古典文學研究輯刊

二五編

曾永義 主編

第14冊

楊家將戲曲之研究(下)

李孟君 著

國家圖書館出版品預行編目資料

楊家將戲曲之研究（下）／李孟君 著 -- 初版 -- 新北市：花
木蘭文化事業有限公司，2022〔民111〕
目 4+218 面；19×26 公分
（古典文學研究輯刊 二五編；第 14 冊）
ISBN 978-986-518-796-5（精裝）
1.CST：楊家將 2.CST：戲曲 3.CST：雜劇 4.CST：宋代
820.8   110022417

ISBN-978-986-518-796-5

9 789865 187965

古典文學研究輯刊
二五編 第十四冊   ISBN：978-986-518-796-5

楊家將戲曲之研究（下）

作　　　者　李孟君
主　　　編　曾永義
總 編 輯　杜潔祥
副總編輯　楊嘉樂
編輯主任　許郁翎
編　　　輯　張雅淋、潘玟靜、劉子瑄　美術編輯　陳逸婷
出　　　版　花木蘭文化事業有限公司
發 行 人　高小娟
聯絡地址　235 新北市中和區中安街七二號十三樓
　　　　　　電話：02-2923-1455／傳真：02-2923-1452
網　　　址　http://www.huamulan.tw 信箱 service@huamulans.com
印　　　刷　普羅文化出版廣告事業
初　　　版　2022 年 3 月
定　　　價　二五編 19 冊（精裝）台幣 48,000 元

楊家將戲曲之研究（下）

李孟君　著

第五章　楊家將戲曲之文學與藝術（上）
——雜劇、崑劇與京劇

　　楊家將戲曲按本論文第一章第一節所述，〔註1〕元·陶宗儀《輟耕錄》有《打王樞密爨》存目，與此同時，南宋羅燁《醉翁談錄》有話本《楊令公》、《五郎為僧》存目。元雜劇有《昊天塔孟良盜骨》、《謝金吾詐拆清風府》兩本，明內府雜劇有《八大王開詔救孤忠》、《焦光贊活拿蕭天佑》、《楊六郎調兵破天陣》三本。明代傳奇有施鳳來《三關記》、姚子翼《祥麟現》（劇情見《曲海總目提要》及《故宮珍本叢刊》），清代民間傳奇有李玉《昊天塔》、《兩狼山》、《女中傑》（僅存劇目及本事），《綴白裘》一書收有《陰送》、《擋馬》二齣戲；清代宮廷大戲有「昇平署」所編之《昭代簫韶》、《鐵旗陣》等，在地方戲曲中有傳統劇目及新編歷史戲，〔註2〕其中以京劇劇目最多，「現代戲」則僅中有數齣劇目，如舞台劇《四郎探母》，以下分成雜劇、傳奇、京劇及各地方戲曲四類（因為《昭代簫韶》的內容龐大，故獨立成一章），分就關目結構、搬演方式曲文賓白、曲牌聯套與排場、穿關砌末等探究其文學與藝術。

〔註1〕請參見本論文第一章第三節〈有關楊家將戲曲之劇目〉。

〔註2〕路應昆指出「『新編歷史戲』是指1949年以後編寫反映歷史人物和故事的戲曲作品。其題材範圍包括五四以前的各歷史時期。同時，1949年以後根據民間傳說故事或神話寓言等編寫的作，一般也在廣義的『新編歷史戲』範疇之內。」參見張迥等編《中國文學通典·戲劇通典》，北京：解放軍文藝出版社，1999年1月，頁670。

第一節　元雜劇之文學與藝術

元雜劇《謝金吾詐拆清風府》與《昊天塔孟良盜骨》之劇情與後世略有不同：《謝金吾詐拆清風府》雜劇在三、四折增加了國姑救楊景的情節，此情節後世戲曲不取，而將戲分集中於柴夫人匿夫、救夫，衍生出豫劇《背靴訪帥》等劇情。《昊天塔孟良盜骨》雜劇的第四折，是後來京劇及各地方戲演出的《五台會兄》或《五台救弟》的最早來源，但五郎的形象與後世戲曲不符，其後衍生的京劇《洪羊洞》，不僅孟良、焦贊喪命，連六郎也悲傷而死，是一齣充滿濃厚神怪思想，且一悲到底的劇碼。這兩齣戲在佈局結構、人物塑造方面還不夠成熟，但其搬演形式、曲牌聯套及曲文賓白都符合元雜劇的表演藝術，以下分別論述之。

一、搬演形式

元雜劇開場的腳色照例由次要腳色擔任，明刊元雜劇大半為「沖末」，猶如南戲傳奇之「副末開場」。開場腳色上場先念「定場詩」，定場詩多數為五、七言四句，一則用以安靜劇場，二則用以表明人物之身分和心志；然後以賓白自我介紹並逗引全劇關目之端緒。如《昊天塔孟良盜骨》雜劇由沖末楊景念定場詩：「雄鎮三關幾度秋，番兵不敢犯白溝，父兄為國行忠孝，敕賜清風無佞樓，某姓楊名景，字彥明，父親是金刀無敵大總管楊令公，母親佘太君。所生俺弟兄七人，乃是平定光昭朗賜，某居第六，鎮守這三關。」《謝金吾詐拆清風府》雜劇由沖末殿頭官念定場詩：「君起早，臣起早，來到朝門天未曉，長安多少富豪家，不識明星直到老。下官殿頭官是也，今有王樞密奏知聖人，因為官道窄狹，車駕往來不便，奉聖人的命，就著王樞密立起標杆，拆到楊家清風無佞樓止，如有違拒者，依律論罪。」這種方式可以說只是將說唱文學的第三人稱改作第一人稱，以符合所謂「代言體」而已。

每一折開頭都先由次要腳色以賓白科汎敷演，關目的進展往往見之於此。然後主唱的正末或正旦才出場，以賓白提端，即接唱曲文。此下乃由正末或正旦當場，配合其他腳色，以曲、白、科敷演劇情。元雜劇一本四折全由一種腳色獨唱，由正末獨唱的叫「末本」，正旦獨唱的叫「旦本」，其例外之作甚少。如《謝金吾詐拆清風府雜劇》由正旦獨唱：

> 【鵲踏枝】割捨了我個老裙釵，博著你個潑駕駘，遮莫待撾怨鼓搋
> 　　　　皇城，死撞金階，覷了他拆的來，分外不由我感嘆傷懷。

【寄生草】咱和你又無甚別雛隙，怎這般狠佈擺，領著火頑皮，賊
　　　　　骨渾無賴，也不問個珠樓畫壁誰家界，然時間早雕欄玉
　　　　　砌都安在，似你這不忠不信害人賊，那裏也有仁有義朝
　　　　　中客。（第一折，佘太君獨唱）

【感皇恩】呀，叫一聲楊景哥哥，直恁的叫不回他，我這裏掐人中
　　　　　七娘子揪頭髮，一家兒鬧喧聒，不爭你沉沉不醒，撇下了
　　　　　即世的婆婆，卻叫俺怎支持，怎發付，怎結末。（第二折
　　　　　柴夫人獨唱）

【賽兒令】他他他也則為俺趙社稷，甘心兒撞倒在李陵碑，便死也
　　　　　不將他名節毀，他也會斬將搴旗，耀武揚威，普天下那一
　　　　　個不識的他是楊無敵。

【調笑令】你道是樞密罵不的，是我罵你這改姓更名漏面賊，蕭太
　　　　　后使你為奸細，幾年間將帝王明欺，則那賀驢兒小名須
　　　　　是你，可不的山河易改，本性難移。

【雙調新水令】我須是真宗皇帝老姑姑，這賊呵誰根前你來我去，
　　　　　　　將皇親廝毀謗，將大將廝虧圖，我和你直叩青蒲，
　　　　　　　揀著那愛處做。（第三、四折國姑獨唱）

在此正旦飾演三種人物：第一折為佘太君怒罵謝金吾蠻橫推倒她的行徑，第
二折為柴夫人擔心楊景私下三關，恐被賊人羅織罪名的心情。第三折為國姑
為維護楊家，慷慨陳詞並直斥王樞密為奸細。另一齣雜劇《昊天塔孟良盜骨》
按照劇情的需要亦三易主角，分別由楊令公、孟良、楊五郎扮正末，因為三
個正末在不同折，所以演唱者有時間可以改扮其他人物。第一折由楊令公演
唱，無孟良和楊五郎；第二、三折由孟良演唱，無楊令公和楊五郎；末折由楊
五郎演唱，無楊令公和孟良。從劇情看，去番邦盜骨的主要是孟良與楊六郎，
卻只見楊六郎盜了骨骸回來，而不見孟良，原因是扮孟良的「正末」已改扮
了，早在五台山出家的楊五郎正在場上演唱。本戲三易主角，這就便於更多
地刻劃正面人物，避免單調。同時把高潮放在第四折，不至於在結尾處給人
一種「強弩之末」的感覺。

　　一種腳色飾演三種人物，是否即一人獨唱？則尚無定論。其關鍵所在，
仍是一個劇團是否只有一位正末或正旦。曾師永義考察了元雜劇劇本，提出

只有一位正末或正旦的可能性較大：譬如元刊雜劇薛仁貴，正末在楔子扮薛大伯，首折扮杜如晦，次折扮孛老，三折扮拔禾，而四折則云「重扮孛老」；元曲選《張生煮海》，正旦首折扮龍女，次折則云「改扮仙姑」：黃粱夢，正末首折扮鍾離昧，楔子則云「改扮高太尉」，次折「改扮院公」，三折「改扮樵夫」，四折「改扮邦老」、更云「正末下改扮鍾離」；柳毅傳書，正旦扮龍女，次折則云「改扮電母」；碧桃花，正旦扮碧桃，次折則云「改扮嬤嬤」；凡此皆可見元雜劇之正末或正旦不止扮飾一個人物，而由「改扮」或「重扮」之語觀之，則雖人物不同，而俱由同一「正末」或「正旦」扮演則無可疑。由於元劇搬演時折間參合歌舞、雜技，所以「改扮」人物自然綽有餘裕。〔註3〕

二、曲牌聯套

（一）曲韻

元雜劇唱詞的押韻，按《中原音韻》之韻部，分為十九部，即東鍾、江陽、支思、齊微、魚模、皆來、真文、寒山、桓歡、先天、蕭豪、歌戈、家麻、車遮、庚青、尤侯、侵尋、監咸、廉纖韻。其中《昊天塔孟良盜骨》押東鍾、家麻、齊微、魚模、庚青韻，《謝金吾詐拆清風府》押皆來、歌戈、齊微、魚模韻。其曲韻有以下特色：1. 由於元代北方口語沒有入聲，所以元雜劇唱詞自然沒有入聲韻。2. 元雜劇唱詞的韻腳，可以平仄通押。3. 在元雜劇劇本中，每折戲的唱詞，都是一韻到底，除特殊者外，不在中間換韻。4. 一折戲的唱詞，可用重韻，而一支曲子的唱詞，一般不用重韻，因為，一支曲子的唱詞，往往句子不多，如用重韻，就會顯得韻腳單調。以下是這兩齣雜劇之押韻：

《謝金吾詐拆清風府》雜劇

楔子【仙呂賞花時】樓、投、州、首。

第一折押皆來韻：【仙呂點絳唇】臺。【混江龍】財、牌、來、垓、咍、捱、外、埃。【油葫蘆】來、柴、來、怪、害、□、帶、排。【天下樂】來、歹、載、來、窄。【那吒令】壞、戴、該、駭、白。【鵲踏枝】釵、駘、擓、搣、階、來、懷。【寄生草】賴、在。【村裏迓鼓】宰、派、概、邁、捽、蓋、袋。【青歌兒】宅、賴、衰、災、骸、來。【賺煞】蓋、改、差、開、猜、害、奈、來。

〔註3〕參見曾師永義《中國古典戲劇的認識與欣賞》，（台北：正中書局，1994 年 8 月二版），頁 268、269。

第二折押歌戈韻：【南呂一枝花】臥、潑、何、掇。【梁州第七】河、過、奪、多、闊、幙、禍、活。【牧羊關】麼、羅、過、破。【罵玉郎】坐、何。【採茶歌】坡、我、魔。【哭皇天】他、潑、窩、火、活。【烏夜啼】羅、過、坐。【尾聲】閣、脫、破、薄、挫、我。

第三折押齊微韻：【越調鬥鵪鶉】得。【紫花兒序】推、離、違、裏、皮。【金蕉葉】力、國【寨兒令】稷、碑、毀、旗、威、敵。【么篇】虧、誰、績、席。【鬼三台】得、嘴、卑、的。【調笑令】的、賊、欺、你、移。【雪裏梅】剔、疾。【禿廝兒】你、遲、闌、裏。【聖藥王】力、位、婢、你、你、疑、抵。【麻郎兒】位、基、戚、義。【么篇】極、衣、妹。【慶元貞】姬、妻、輝、姨。【收尾】昧、跡、你。

第四折押魚模韻【雙調薪水令】姑、圖、蒲。【甜水令】屬、伏。【折桂令】脯、府、除、祖、疏、輿。【喬排兒】都、屠、簿、贖。【水仙子】徒、書、怒、姑、顧。【側磚兒】辱、住、誣。【逐枝歌】初、處、書、徒、誅。【清江引】誤、古。

《昊天塔孟良盜骨》雜劇

第一折押東鍾韻：【仙呂點絳唇】中、送、空、夢。【混江龍】壅、雄、虹、窮。【油葫蘆】蟲、用、風、重、眾、攻、衝、動、鋒。【天下樂】窮、通、送、勇、公。【後庭花】聾、矇、公、逢、送、攻、桶、空、通、風、重、雄、容、終、紅、恐。【青哥兒】弄、控、風、龍、戎、蓬、通、兇、叢、供。【寄生草】懂、閧、動、痛、夢。【賺煞尾】訟、寵、終、風、朧、中、種、重、宮。

第二折押家麻韻：【中呂粉蝶兒】伐、罷、拏、乍、掛。【醉春風】馬、擔、耍、納。【紅繡鞋】話、踢、殺。【石榴花】踏、殺、家、馬、華、壓、加、拏。【鬥鵪鶉】叉、下、化、塌。【上小樓】把、法、差、榻、下。【么篇】撾、薩、話、下。【耍孩兒】甲、扎、馬、蟆、法、擦、罷、瓜。【三煞】花、馬、匣、下、笆。【二煞】踏、掛、拔、把、沙。【煞尾】拏、瓦、塔。

第三折押齊微韻、魚模韻：【正宮端正好】飛、布、蘆、舞、路。【滾繡毬】居、哭、骨、爐、舉、怒、鑪、無。【倘秀才】宇、主、毒、圖、燭。【滾繡毬】呼、數、與、骨、肚、膚、付、屬、取、虛。【倘秀才】戶、窟、燭、駒、途。【滾繡球】豬、虎、覰、物、苦、瑜、圖、夫。【煞尾】去、哭、舉、土、逐、僕、住、伏、負、毒、突、路、斧。

第四折押庚青韻：【雙調新水令】醒、淨、精、敬。【駐馬聽】哽、僧、另、兵、定、騰、靜。【步步嬌】姓、病、輕、兵、聲、應。【鴈兒落】應、競、名、命。【水仙子】腥、燈、證、經、明、請、僧。【鴈兒落】能、硬、佞。【得勝令】生、僧、兄、倖、城。【川撥棹】掙、鄧、生、蠅、頂、贏。【七兄弟】輕、定、星、生、命。【梅花酒】挺、丁、兵、睜、傾、疼、行、生、平、聲、名。【喜江南】僧、情、庭、頸、營。

由以上的韻字可發現《昊天塔孟良盜骨》雜劇第三折齊微、魚模混韻，其餘各折一韻到底，不用重韻。元雜劇每折戲的唱詞，大都一韻到底，而《昊》劇在中間換韻，算是特殊情況。混韻的緣故，不外乎因為韻部的主要元音或韻尾相近而互相假借取協。但因為它們畢竟有別，所以語言旋律的呼應感便相對減低，甚至於不自然，也因此，論曲者都反對混韻。《謝金吾詐拆清風府》雜劇重韻的情形較多，如第一折押皆來韻，其中【油葫蘆】、【天下樂】兩押「來」字，且「來」字重複出現在【仙呂點絳唇】套中，第三折押齊微韻，其中【聖藥王】兩押「你」字，「你」字重複出現在【越調鬥鵪鶉】的後半部。一支曲子儘量不要用重韻，免得單調缺乏變化，《謝》劇「來」字重複出現，因為是在表明事情的情況，如「便是春秋天子也要降香來」、「我只見他帶瓦和磚擁下來」、「向君王前奏去來」、「孩兒每喳喳的叫回來」等，「你」字重複出現，是強調國姑無懼王樞密的惡勢力，如「我可也不怕你，不懼你」、「不到得清清的素放了你」。

（二）套曲

《謝金吾詐拆清風府》雜劇

楔子【仙呂賞花時】

第一折【仙呂點絳唇】【混江龍】【油葫蘆】【天下樂】【那吒令】【鵲踏枝】【寄生草】【村裏迓鼓】【元和令】【青哥兒】【賺煞】　正旦余太君唱

第二折【南呂一枝花】【梁洲第七】【牧羊關】【罵玉郎】【感皇恩】【採茶歌】【哭皇天】【烏夜啼】【尾聲】　正旦七娘子唱

第三折【越調鬥鵪鶉】【金蕉葉】【寨兒令】【鬼三台】【調笑令】【雪裏梅】【禿廝兒】【聖藥王】【麻郎兒】【慶元貞】【收尾】　正旦國姑唱

第四折【雙調新水令】【甜水令】【折桂令】【喬牌兒】【水仙子】【側磚兒】【清江引】　正旦國姑唱

仙呂宮聯套以【點絳唇】【混江龍】【油葫蘆】【天下樂】【那吒令】【鵲踏

枝【寄生草】【賺煞】為基本形式，在此《謝》劇在【點絳唇】七曲之後連用【村裏迓鼓】【元和令】，缺【上馬嬌】，改用【青哥兒】，大致都符合北曲聯套規律。南呂宮劇套法則為【一枝花】、【梁洲第七】之後接【牧羊關】，【罵玉郎】、【感皇恩】、【採茶歌】為兼帶曲，均須連用。【南呂】與【正宮】實為最適於表現劇情出現重大轉變者的宮調，區隔即在於【南呂】情調較偏悲情，【正宮】則否。由於元雜劇重大轉變之處多在第二折，故這兩個宮調正是第二折使用比例最高的兩個宮調。越調首曲照例用【鬥鵪鶉】。【鬥鵪鶉】後照例接用【紫花兒序】。【紫花兒序】後接用【小桃紅】者居多數，【金蕉葉】次之。【禿廝兒】後必接用【聖藥王】，越調套式均頗為簡單，大同小異，故無論劇套散套，均只分為正常及較為特殊者兩類，在此第三折屬特殊，而明內府雜劇《焦光贊活拏蕭天佑》則屬正常。

　　【越調】除了演出戰爭情節外，又多演出科諢表演為重的場面，或氣氛較詼諧突梯的情境，可見其宜於群戲、武戲，或者「鬧場」，因此其音樂可能是陪襯的角色，動作表演或諢鬧的表演才是重點。孫玄齡曾具體分析《南北九宮大成樂譜》中元散曲的樂譜，發現【越調】音樂有「音域不寬闊」、「調式統一」、「結音統一」等特點，並對【越調】的音樂特色得到以下結論：【越調】樂曲的風格顯得平穩和少變化，而且旋律的種類也較單一，各曲牌之間的差異也不大。〔註4〕可見【越調】是一個音樂比較單調的宮調，故使用【越調】的場面其重點在科、諢的表演也就理所應當了。〔註5〕本戲第三折即符合以科、諢為表演重點的場子。

　　《昊天塔孟良盜骨》雜劇

　　第一折【仙呂點絳唇】【混江龍】【油葫蘆】【天下樂】【後庭花】【青哥兒】【寄生草】【賺煞尾】　正末楊令公唱

　　第二折【中呂粉蝶兒】【醉春風】【紅繡鞋】【石榴花】【鬥鵪鶉】【上小樓】【么篇】【耍孩兒】【三煞】【二煞】【煞尾】　正末孟良唱

　　第三折【正宮端正好】【滾繡毬】【倘秀才】【滾繡毬】【倘秀才】【滾繡毬】【尾煞】正末孟良唱

〔註4〕參見孫玄齡《元散曲的音樂》上，（北京：文化藝術出版社），1988年3月，頁251～253。

〔註5〕參見許子漢《元雜劇的聲情與劇情》，（台北：里仁出版社，2003年7月），頁64。

第四折【雙調新水令】【駐馬聽】【步步嬌】【鴈兒落】【水仙子】【鴈兒落】【得勝令】【川撥棹】【七弟兄】【梅花酒】【喜江南】　　正末楊和尚唱

　　元雜劇第一折照例為【仙呂點絳唇】套，第二折【中呂粉蝶兒】套最通用之套式為：「【粉蝶兒】、【醉春風】、【迎仙客】及【紅繡鞋】（或只用【迎】【紅】其一；本宮曲若干，借【般涉】【耍孩兒】及煞或尾聲，全用本宮曲者反不甚多。」〔註6〕聯套的原則為【醉春風】後接用【石榴花】者八套，【石榴花】後接【鬥鵪鶉】，【十二月】後接【堯民歌】、【剔銀燈】後接【蔓青菜】、【柳青娘】後接【道和】，以上必須接用，均無例外。此外，【上小樓】須連【么篇】，例外者不多。此折用【中呂粉蝶兒】表現生魂楊令公托夢予楊景之悲憤：「俺為什麼淚頻揮，也只要您心暗懂。早遣那嘉山太僕來爭鬭，把這宣花巨斧輕輪動，免著俺昊天塔上長酸痛，您若是和番家忘了戴天讎，可不俺望鄉台枉做下還家夢。」因為楊令公骨殖被掛在昊天塔尖，每日被一百個小軍射三百下，所以他盼望楊景趕快來盜取骨殖。【中呂】亦能表現情節轉變，但不如【南呂】、【正宮】此者適合，使用於第二折之次數稍低，而用於第三折者則遠高於兩者。

　　第三折為【正宮】基本套式，【滾繡毬】、【倘秀才】兩調常循環使用，可多至四五次。表現孟良盜取楊令公骨殖時之悲憤：「門環用手搖，門桯使腳踏。則為那老令公骨殖浮屠掛，石攢來的柱礎和泥掇，銅鑄下的旛杆就地拔，那愁他四天王緊向山門把，我呵顯出扶碑的手段，舉鼎的村沙」，在此用了許多誇飾法，生動傳達孟良盜取楊令公骨殖之焦灼心緒。【中呂】與【正宮】在聯套單位上有通用的情形，並同可用【般涉調】，且【正宮】並可轉【中呂宮】，從以上這些情形推論，這兩個宮調在音樂上應有密切關聯。同時由其適於段落多、情感起伏的型態來看，其情感內容的表現上，應較宜於表現激昂的情感。〔註7〕

　　雙調劇套首曲用【新水令】，【新水令】後，接用【駐馬聽】者最多，其次為【沉醉東風】，其次為【步步嬌】，用其他曲調者佔少數。其中【甜水令】、【折桂令】兩曲須連用，【鴈兒落】、【得勝令】兩曲須連用，【川撥棹】、【七弟兄】、【梅花酒】、【喜江南】四曲須連用。此外，劇套不用尾聲而代以他曲者甚

〔註6〕參見鄭師騫《北曲套式彙錄詳解》，（台北：藝文印書館印行，1973年4月），頁92。

〔註7〕參見許子漢《元雜劇的聲情與劇情》，（台北：里仁出版社，2003年7月），頁61。

多，是為【雙調】之特色。【雙調】用於雜劇，大多數在第四折，雜劇高潮，多在第三折；至第四折，因一人獨唱之故，唱者已感疲乏，聽者亦以倦怠，故此折不過收拾情節，結束全局。〔註8〕《昊天塔孟良盜骨》第四折戲《兄弟相認》由【雙調新水令】至【得勝令】共計七曲，《懲兇》由【川撥棹】至【喜江南】共計四曲，最後有寇準對六郎的加官賜賞，乃元雜劇慣用之「謝恩」、「喜慶筵席」表演方式。當因其眾多曲段與曲牌可以導向全劇的結束，又有單支曲牌互相連接，輕快流利，利於最後歡樂場面的演出。〔註9〕

三、曲文賓白

由於元雜劇採用一人主唱，所以，除了主唱角色有唱有白之外，其他各色人物莫不通過賓白，交代互相關係，表明自己處境，透露內心世界，表現性格特點。尤其元雜劇楔子，以賓白為主體，只唱一兩支曲子，也就更要充分發揮賓白的作用，藉以完成楔子負擔著的特定任務。元雜劇曲文賓白俚俗、生動，保留許多當時用語，舉列如下：

（一）狀聲詞

元曲修辭上有一個最大的成就，就是在「寫景擬聲」的技巧上，有一番革新創造，如大量採用「鑲疊詞」，或使用「兩字至四字的擬聲詞」等。〔註10〕

1. 三個字的狀聲詞：三個字的「鑲疊詞」其構成即在一個疊字的前面，再加上一個單字，造成一個比較複雜的副詞或形容詞，如：

（1）「沸騰騰」——「似這等沸騰騰」（《昊天塔》第四折）

（2）「怒轟轟」——「怒轟轟惡向膽邊生」（《昊天塔》第四折）

（3）「不鄧鄧」：氣憤的樣子——「早撥起咱無明火不鄧鄧」（《昊天塔》第四折）

（4）「鬧垓垓」、「氣哈哈」——「只聽的鬧垓垓，越急得我氣哈哈」（《謝金吾》第一折）

（5）「漏沉沉」、「意懸懸」——「聽漏沉沉才勾二更過，意懸懸盼不到來日個」（《謝金吾》第二折）

〔註8〕參見鄭師騫《北曲套式彙錄詳解》，（台北：藝文印書館印行，1973年4月），頁155。

〔註9〕參見許子漢《元雜劇聯套》，（台北：文史哲出版社，1998年12月），頁214。

〔註10〕見黃麗貞《金元北曲詞與彙釋》，（台北：國家出版社，1997年8月），頁138。

（6）不騰騰──「就不怕掇起他不騰騰那殺人心」（《謝金吾》第二折）

（7）廝踏踏──「莫不是大遼軍馬廝踏踏」（《昊天塔》第二折）

2. 兩個字的狀聲詞：

（1）「可搭」──「把這廝帶輭。可搭的就揢定，先捽你個滿天星」（《昊天塔》第四折）

（2）磕擦──「就待劈碎你這天靈蓋，磕擦的怪眼睛」（《昊天塔》第四折）「可搭」與「磕擦」義同，象聲詞，形容刀劍斧等砍殺聲，亦作磕叉、可擦等，皆字異音近而通用，蓋象聲詞本無定字也。

3. 四個字的狀聲詞：

（1）「乞抽扢叉」：斧頭砍物聲──「憑著我這醮金釜，乞抽扢叉砍他鼻凹」（《昊天塔》第二折）

（二）引用俗語

清人杜文瀾《古謠諺・凡例》指出：「諺之體主於典雅，故深奧者必收；諺之用主於流行，故淺近者亦載。陸氏德明訓諺為『俗言』，又訓為『俗語』，乃專指其淺近通行者，而反遺其深奧典雅者矣。」由此看來，杜氏認為「諺語」有兩類，一類是俊美之士典雅深奧的「文言」；一類是淺近傳世通行的「常言」，也就是陸德明所說的「俗言」或「俗語」。那麼所謂的「俗語」，就只是「諺語」的一部分而已。〔註 11〕但口語性的淺近俚俗，卻有古今之異，所以《中國俗語大辭典・前言》指出「俗語」是一個涵蓋面較廣的名詞，包含諺語、歇後語、慣用語和口頭成語四種類型。〔註 12〕曾師永義更進一步說明：「『俗語』和『熟語』都可以作為口頭運用流傳廣遠的通俗語句的共稱。但若欲明顯其分野，則可以『熟語』為共稱，而將『俗語』專稱『俗諺』。」〔註 13〕在此以俗語涵括諺語、歇後語、慣用語和口頭成語等通俗語句。

1.「惡向膽邊生」：形容過度氣憤，惡念就衍生起來。（《昊天塔》第四折）

2.「慈悲為本，方便為門」：人應當同情、幫助別人，給人以方便。（《昊天塔》第四折）

3.「關門殺屎棋」：為當時成語，說棋下得不好，比喻沒用的東西。（《昊天塔》第四折）

〔註11〕 轉引曾師永義《俗文學概論》，（台北：三民書局，2003 年 6 月），頁 90。

〔註12〕 參見溫端政主編《中國俗語大辭典・前言》，上海：上海辭書出版社，1989 年。

〔註13〕 參見曾師永義《俗文學概論》，（台北：三民書局，2003 年 6 月），頁 92、93。

4. 「這廝待放懞掙」：指韓延壽裝糊塗，挑起他的無明火。（《昊天塔》
　　第四折）

5. 「現如今火燒人肉噴鼻腥」「俺幾曾道為惜飛蛾紗罩燈」：不同於長老的
　　菩薩心腸──「為惜飛蛾紗罩燈」，為了怕飛蛾撲火，還用紗布包住燈
　　火，藉此對比出楊五郎不是心懷慈悲的出家人，殺人放火都不怕。（《昊
　　天塔》第四折）

6. 「大但有攙搓，誰與兜羅」：指王欽若是黃帝身邊的紅人，我楊家無法
　　與之抗衡。「兜羅」有詆騙、拉攏之意。（《謝金吾》第二折）

7. 「這的是六耳不通謀」：此為當時成語，關漢卿《包待制三勘蝴蝶夢》
　　第二折【賀新郎】亦有「豈不聞三人誤大事，六耳不通謀」之語。古
　　有「法不傳六耳」的說法。意謂：秘密事情，只能兩人商量，若有第
　　三者知道，就會洩露。指王欽若要謝金吾保守陷害楊景的秘密。（《謝
　　金吾》楔子）

8. 「世不會來家愁殺我，你也心而裏精細不風魔」：指謝金吾神智非常清
　　楚，明白自己的所作所為（《謝金吾》第二折）

9. 「開門不管窗前月，吩咐梅花自主張」──「【長老云】：「正是開門不
　　管窗前月，一任梅花自主張」」：比喻某人對某事不想過問。在此指長
　　老不想管投宿寺中的楊景是什麼人。（《昊天塔》第四折）

（三）引用佛典

1. 「鵲巢」「灌頂」──「誰待要鵲巢灌頂」（《昊天塔》第四折）「鵲巢」、
　　「灌頂」是佛教兩個有名的禪師，即唐代鳥巢禪師，傳說他棲在杭州
　　秦望山盤松上，有鵲結巢於側，故又稱鵲巢禪師。「灌頂」即章安大師，
　　是天台宗的第五代祖師。

2. 無明火──「早撥起咱無明火不鄧鄧」（《昊天塔》第四折）。《大乘義
　　章》卷四：「言無明者，痴暗之心，體無慧明，故曰無明」又為一切煩
　　惱之異名，所謂忿火，當即本於不悟事物而生煩惱所起。敦煌變文《維
　　摩詰經講經文》：「一點無名火要防，焚燒善法更難當」。

（四）語助詞作用的襯字

北曲中加了「襯字」，可以增加曲文活潑的氣氛，由於它沒有特定的字詞、
語彙，也不限字數，所以作家往往以襯字逞能顯才，或增強語氣神情，所以
它也兼有語助詞的作用。

1. 「波」：作轉折、補助語氣用的——「他兄弟每多死少波生」（《昊天塔》第四折）

2. 「也麼」：作轉折、補助語氣用的——「傷也麼情，枉把這幽魂陷虜城」（《昊天塔》第四折）

3. 「兀良」：猶如說「那」——「兀良，只要你償還那令公爹爹命。」（《昊天塔》第四折）

4. 「兀的」：猶如說「這個」「那個」——「父親，兀的不痛殺我也」（《昊天塔》第三折），「什麼人，兀的不是楊景」（《謝金吾》第二折）

這些流行於北方的方言俗諺，含義明確淺顯，使人沒有附會的地方，並異於詩詞的典雅，成為元雜劇的特色。不過，持反對意見者也大有人在，如明·周德清、王驥德、今人任訥等，〔註14〕認為『方言』入曲雖便捷一時，但時移事往語言變遷之後，就無法理解其意，所以應用天下『通語』入曲。戲曲用本色當行之方言是有其道理的，可從三方面來說：1.戲曲的地方性強 2.戲曲是通俗文學 3.戲曲作家寫作之本意非「傳世之作」，旨在娛樂歡喜。其實綜合這三點，就可知道，如果用太雅正的語言，就容易和民眾產生隔閡，一般大眾也不容易理解其情思。

以這兩齣元雜劇來說，除了本色語頗有特色外，尚有其他修辭技巧值得注意，如寫柴夫人擔心六郎私下三關，將遭王欽若陷害，用排比句加明喻、疊字：「唬的我急煎煎心如刀攪，痛殺殺腹若佳剜，撲簌簌淚似扒推」，很生動地表現她焦急不安的心情，順勢就導出「撇下了即世的婆婆，卻叫俺怎支持，怎發付，怎結末」的糾結矛盾。用排比句「不見了祥雲罩碧瓦丹甍，不見了曉日映朱簾繡幙，不見了香霧鎖畫戟雕戈」，透過佘太君三嘆之唱詞，流露出她對美輪美奐的御賜清風府，被謝金吾破壞得蕩然無存的痛惜（《謝金吾》第二折）。此外疊字的出現比例很高，除上述動詞加疊字的狀聲詞外，尚有雙、三、四疊的修辭法，如：「那裏每壹壹哽哽，擾亂俺這無是無非窗下僧」、「越哭的孤孤另另，莫不是著鎗着箭的敗殘兵」（《昊天塔》第四折），雙疊很常見，此兩句也運用對比的技法，寫楊五郎見楊景

〔註14〕如周德清《中原音韻》作詞十法、造語條，就持不贊成用「俗語」、「市語」的看法，他說：「不可作俗語、蠻語、謔語、市語」，但「可作天下通語（指一些通行全國的語言）。」王驥德《曲律雜論》亦云：「世有不可解之詩，而不可令有不可解之曲；曲之不可解，非入『方言』，則用『僻事』故也。」

哭得傷心，懷疑他是打敗仗的殘兵。三、四疊則集中在國姑劫法場時，一方面強調楊景對宋室的功勞：「他他他也則為俺趙社稷」；一方面痛斥王欽若恃寵為非作歹：「怎怎怎著他雲陽市赴這個好筵席」、「遮莫你有勢力、有權位，……來來來來，我敢和你做頭抵」（《謝金吾》第四折），這樣可以製造憤慨的情境，將國姑劫法場合理化。

　　元雜劇一本四折全由一種腳色獨唱，由正末獨唱的叫「末本」，正旦獨唱的叫「旦本」，其例外之作甚少，《謝金吾詐拆清風府》雜劇由正旦獨唱，三易腳色為佘太君、柴夫人、國姑；《昊天塔孟良盜骨》雜劇由正末演唱，三易腳色為楊令公、孟良、五郎。曲牌聯套第一折照例為【仙呂點絳唇】、第四折為【雙調新水令】，二、三折為【南呂一枝花】、【越調鬥鵪鶉】、【中呂粉蝶兒】及【正宮端正好】。押韻方面，在元雜劇劇本中，沒有入聲韻，可以平仄通押，每折戲的唱詞，都是一韻到底，除特殊者外，不在中間換韻。一折戲的唱詞，可用重韻，而一支曲子的唱詞，一般不用重韻。元曲修辭上有一個最大的成就，就是在「寫景擬聲」的技巧上，有一番革新創造，如大量採用「鑲疊詞」，或使用「兩字至四字的擬聲詞」。除了本色語頗有特色外，並常引用諺語、外來語、佛典等，及善用修辭技巧如排比句加明喻、疊字等，讓曲文賓白更俚俗、生動。這兩齣雜劇在搬演方式、曲牌聯套、曲文賓白皆符合元雜劇的特色，提供我們良好的研究素材。

第二節　明雜劇之文學與藝術

　　明雜劇《八大王開詔救忠臣》、《楊六郎調兵破天陣》、《焦光贊活拏蕭天佑》在搬演方式、曲牌聯套都承襲元雜劇傳統。余嘉錫先生認為「也是園藏本所存楊家將諸劇，雖不題名氏，觀其風度，實元人所作。如《開詔救忠臣》第二折、《活拏蕭天佑》第四折、《破天陣》第四折……，諸劇詞氣不平如此，必宋遺民之所作也。當是時，國已亡，天下之人猶追恨奸臣，痛恨醜虜，願保山河社稷。」〔註15〕但此說法尚待商榷，因為這三齣雜劇的曲文賓白與上文分析的元雜劇有較大的歧異，而且搬演方式與曲牌聯套承襲元雜劇傳統，乃因為雜劇的表演藝術上有些侷限。此外，元人不可能在此三齣雜劇中有曳撒、

〔註15〕參見余嘉錫〈楊家將故事考信錄〉，（收於《余嘉錫論學雜著》，台北：河洛圖書出版社，1976年3月），頁424、425。

貼裡、煙墩帽和三山帽等明人之常服，是以筆者認為不能因內容與元人相近，就率爾推論此三齣雜劇為元人所作。以下分四部分分析其文學與藝術。

一、搬演方式

　　這三齣雜劇承襲元雜劇傳統，亦由副末開場，如《焦光贊活拏蕭天佑》頭折，【沖末扮韓延壽領卒子上】云：

> 敢勇番官勝虎彪，黃金甲襯錦貂裘，皂鵰旗抹排成陣，隊隊軍行似水流，某乃番將韓延壽是也，生居塞北，長在番邦，駝馬成群，牛羊遍野，某手下兒郎百萬，番將千員，人人擐甲相持，箇箇排兵列陣，方今大宋國朝，名將極多，惟有六郎楊景，驍勇難敵，英雄好漢，鎮守著瓦橋三關，他手下人強馬壯，俺這裡有一人，是賀驢兒，改名是王欽若，入中原為細作，若是得志，裏應外合，務要收伏了中原，誰想此人到於大宋，果然得志，官拜樞密之職，貪戀中華富貴，忘卻契丹之恩，更待干罷，我如今差細作持書，直至京師，見王樞密去，看他有何機見。

在此由韓延壽先自我介紹，並敷演劇情，讓觀眾很快明瞭遼國的兵強馬壯及野心勃勃，由於邊關告急，是以才有之後八大王聚集寇萊公、太尉黨彥進及樞密使王欽若會商對策之情節。接著【外扮八大王】及【外扮寇萊公】出場云：

> 某乃八大王是也，方今大宋疆封，聖人治事，文武忠良，赤心報國，今有塞北韓延壽，下將戰書來，單搦大宋國名將出馬，某奉聖人的命，選將興兵，某今在此相府中，請眾官來商議，小校喚將寇萊公來者。

> 曾受寒窗十載勞，烏紗象簡紫羅袍，身榮顯耀居官位，報國堅心立聖朝，老夫姓寇名準字平仲，幼習儒業，頗看詩書，一舉狀元及第，隋朝數載，頗有政聲，謝聖恩可憐，加老夫萊國公之職。

在元雜劇中，用得最多的腳色，要算是「外」了，本齣戲的「外」有八大王、寇萊公、楊景、蕭天佑、岳勝、孟良、李瑜、張蓋等八人。「外」所扮演的人物類型沒有一定的限制，但有偏向老漢或官員的意味。除了「末」、「淨」扮演的男子之外，無論皇帝或貴族，無論文士或武將，無論財主或平民，無論老年或中年，都可由「外」扮演，「外」除了扮男子，也可扮女子。傳奇

的「外」多扮老漢，「小外」是「外」的副腳，不一定扮演年輕人。〔註16〕

次要腳色之後主唱的正末才出場唱曲文，此戲由由一人主唱，黨彥進、焦暫扮演正末。其他兩齣《楊六郎調兵破天陣》由楊景一人獨唱，腳色有沖末扮寇萊公，正末扮苗士安、楊景，淨扮都骨林、耶律灰、忽里歹、土金宿、蕭天佑、蕭天佐、蕭虎、蕭彪、顏洞賓，另有呼必顯、胡祥、岳勝、孟良、焦暫、楊宗保等無腳色名目。《八大王開詔救忠臣》，由一人主唱，腳色有沖末扮韓延壽，正末扮六郎、寇準，外扮殿頭軍、林迪，淨扮土金宿、賀懷簡、劉君期，另有八大王、潘仁美、陳林、柴敢、楊七郎、黨彥進等登場人物，但他們並無腳色名目。

二、曲牌聯套

（一）曲韻

聲韻的原理關係到語言旋律和曲調聲情的問題，所以歷年論曲者都很講究聲韻。明・王驥德《曲律》一書，旨在討論作曲的方法，其「論曲禁第二十三」可以說是此書的結論。〔註17〕元・周德清《中原音韻》作詞十法對於聲韻，已經論及要知韻；〔註18〕入聲作平聲，施於句中，不可不謹；平聲字要

〔註16〕參見曾師永義《我國的傳統戲曲》，（台北：漢光文化事業股份有限公司，1998年7月），頁35。

〔註17〕王驥德《曲律》一開頭說：「曲律，以律曲也，律則有禁，具列以當約法。」然後列出了「四十禁」，其中「重韻、借韻、犯韻、犯聲、平頭、合腳、上上疊用、上去去上倒用、入聲三用、一聲四用、陰陽錯用、閉口疊用、韻腳多以入代平、疊用雙聲、疊用疊韻、開閉口韻同押、宮調亂用」等十八禁，都是有關聲韻的問題。轉引自曾師永義《中國古典戲劇的認識與欣賞》，（台北：正中書局，1994年8月），頁129。

〔註18〕金師周生在逐字分析《中原音韻》八十個入聲多音字音讀之後，得出「入派三聲可能就是一種受曲調影響而自然改變原聲調之特殊唱曲音」之結論。另就臧晉叔《元曲選》對元人雜劇百種所作之「音釋」，考索臧氏對入聲字之標音，發現凡是曲文韻腳部分，臧氏一律派協三聲，若曲文非押韻之句中字，則僅有百分之三十九派協三聲，而有百分之六十仍讀入聲，至於一般賓白，則有百分之八十標入聲。學者蔡孟珍認為這項統計頗能符合元曲唱演之規律，即入聲字若在韻腳，因韻腳須延聲曼歌，乃有一唱三歎之致，故不宜唱成斷腔，元曲於是全數派協三聲；入聲字若在句中，則宜按字格與曲調旋律之配合，而或作短腔，或作長腔，又北曲聲情與南曲相較，顯得字多而調促，故元曲句中入聲字有百分之六十唱成短腔，接近入聲之本來字格；入聲字若在賓白，則除非特殊字義或用法（如可能受到某地已無入聲之俚語影響等），否則大都讀成入聲本來面目（佔八成以上），與生活語言極為相近。由此亦可

辨陰陽；要知某調某句是務頭，可施俊語於其上。〔註19〕明代楊家將雜劇遵循《中原音韻》，曲文韻腳部分，一律派協三聲，雖犯了王驥德曲禁之重韻，但大致用韻嚴謹。

《楊六郎調兵破天陣》

楔子押皆來韻【賞花時】：擺、來、臺。

頭折押庚青韻：【仙呂點絳唇】庭、淨、兵、命。【混江龍】勝、經、嬴、撜、城、營、嬴、姓、行。【油葫蘆】名、興、纓、影、境、命、名。【天下樂】誠、嚀、名、清、平。【後庭花】生、兵、能、定、平。【金盞兒】爭、逞、城、橫、境、生。【尾聲】臺、境、領、憑、迎、兵、命、行、鐙。

第二折魚模韻：【中呂粉蝶兒】卒、捕、書、卒、督。【醉春風】粗。【迎仙客】卒、出、輸、處。【上小樓】度、錜、虎、武。【上小樓】武、束、住、數。【耍孩兒】福、武、奴、虎、簿、伏。【二煞】鼓、府、路、糊。【尾聲】武、處、主。

第三折押蕭豪韻：【雙調新水令】霄、哨、刀。【快活三】高、敲、砲。【鮑老兒】交、道、哨、袍、刀。【柳青娘】角、哮、暴、豪、討。【道合】霄、雹、勞、校、調、號、調、操、高、稍。【尾聲】剽、躍、勞。

第四折押皆來韻：【正宮端正好】寨、災、壞。【滾繡毬】垓、才、載、泰、排、階。【倘秀才】災、排、開、概。【脫布衫】排、臺、外。【小梁州】才、懷、來、來。【么篇】外、胎、蓋、臺。

《焦光贊活拏蕭天佑》

頭折押齊微韻：【仙呂點絳唇】基、驛、機。【混江龍】地、禮、會、儀。【油葫蘆】壘、敵、機、濟、輩、威、陲。【天下樂】非、力、賊、稷、理。【那吒令】禮、洗、密、非。【鵲踏枝】賊、梅。【寄生草】義、弊、臣、器。【尾聲】水、一、及、齊、息、地、回。

證明元代實際語言仍有入聲存在，而周德清所謂「《音韻》無入聲，派入平、上、去三聲」指的是曲文韻腳部分，至於「呼吸言語之間，還有入聲之別」，則除了目前聲韻學界所說的元代實際語言仍有入聲存在等觀點之外，似亦可解釋為賓白之唸誦仍有入聲之別，因賓白與生活語言本較接近，故二說並無歧異。參見蔡孟珍〈元代曲韻與崑曲唱唸之關係〉（收於《曲韻與舞台唱唸》，台北：里仁書局，1997 年 10 月），頁 107。

〔註19〕參見周德清《中原音韻序》，（收於陳新雄編著《中原音韻概要》），台北：學海出版社，1985 年 4 月。

第二折押蕭豪韻：【正官端正好】校、豪、好、妙。【滾繡毬】橋、朝、拗、刀、高、到、毫、慣、高、學。【倘秀才】討、剿、高、饒、暴。【呆骨朵】躁、交、夭、落、逃。【脫布衫】哮、消。【小梁州】交、郊、澆、腰。【么篇】道、驕、哨、逃。【尾聲】饒、霄、敲、高、熬。

第三折押庚青韻：【越調鬥鵪鶉】嶺、境、層、頃。【紫花兒序】獰、通、擁、掙、增。【金蕉葉】逞、性、影、景。【調笑令】聲、生、命、驚、爭、燈。【禿廝兒】性、冰、萍、傾、生。【聖藥王】成、明、生、騰。【尾聲】平、逃、省。

第四折押江陽韻：【雙調新水令】鄉、唱、降、藏、喪。【駐馬聽】良、綱、黨、亡、湯、蕩、揚、暢。【川撥棹】疆、場、槍、郎、象、強。【七弟兄】當、防、撞、常、誆。【梅花酒】上、揚、蒼、昂、槍、傷、當、強、殃。【收江南】良、邦、昌、享、降。

《八大王開詔救忠臣》

頭折押蕭豪韻：【仙呂點絳唇】朝、廟、孝、勞。【混江龍】校、勞、標、刀、好、遙。【油葫蘆】討、高、少、道、校、郊。【天下樂】遭、饒、著、袍、逃。【那吒令】豪、小、倒、條。【鵲踏枝】霄、消、惱、曹。【寄生草】討、校、好、孝。【尾聲】朝、道、苗、豪、霄、了、報、朝。

第二折押齊微韻：【中呂粉蝶兒】持、力、戲、威、地。【醉春風】北、理、威。【紅繡鞋】器、雷、猊、為、悔。【石榴花】息、飛、壘、威、機、忌、馳。【鬥鵪鶉】起、敵、藝、急。【十二月】極、飛、微、起、敵。【堯民歌】機、持、飛、回、賊、敵、你、內。【尾聲】裡、內、的。

第三折押魚模韻：【商調集賢賓】主、塗、夫、殂、毒、珠。【逍遙樂】恕、脯、族、虎。【金菊香】卒、疎、躇、夫。【梧葉兒】苦。【醋葫蘆】毒、主、誅、如。【浪來裏煞】毒、路、服。

第四折押江陽韻：【雙調新水令】疆、將、場、亡、望。【喬牌兒】張、障、黨、揚。【甜水令】喪、亡、將、陽。【折桂令】揚、傷、仗、當、朗、忙、狂、張、亡、詳。【落梅風】當、傷、放、亡、悵。【攪箏琶】暢、詳、臣、狼、腸、傷、掌、良。【沽美酒】場、疆、狼、傷、殃。【太平令】量、雙、狀、像、忙、王、上。

以上三齣雜劇，押蕭豪韻者有三折，齊微、魚模、江陽、皆來、庚青韻各押兩次，所以明雜劇在用韻部方面顯然重複性高。明雜劇恪守元曲用

韻嚴謹，沒有混韻，但有重韻，如《楊六郎調兵破天陣》第二折押魚模韻
【中呂粉蝶兒】兩用「卒」字，第四折押皆來韻：【小梁州】兩用「來」字，
《焦光贊活拏蕭天佑》第二折押蕭天豪韻：【滾繡球】兩用「高」字。這三
齣戲曲韻部之聲情與詞情吻合，如《八大王開詔救忠臣》中寇準審潘美，
因案情水落石出，所以用魚模韻表舒徐之感，第四折因為楊繼業與楊七郎
沉冤得雪，故聲情較壯闊，用江陽韻；《楊六郎調兵破天陣》用皆來韻，表
瀟灑地攻破天門陣。

（二）套曲

《八大王開詔救忠臣》

頭折【仙呂點絳唇】【混江龍】【油葫蘆】【天下樂】【那吒令】【鵲踏枝】
【寄生草】

【尾聲】正末楊七郎唱

第二折【中呂粉蝶兒】、【醉春風】、【紅繡鞋】、【石榴花】、【鬥鵪鶉】【十
二月】、【堯民歌】、【尾聲】正末楊景唱

楔子【賞花時】

第三折【商調集賢賓】【逍遙樂】【金菊香】【梧葉兒】【醋葫蘆】【浪來裏
煞】正末楊七郎唱

第四折【雙調新水令】【喬牌兒】【甜水令】【折桂令】【落梅風】【攪箏琶】
【沽美酒】【太平令】正末楊景唱

第三折由商調組合而成，商調套式結構簡單，由首曲【集賢賓】與次曲
【逍遙樂】結合為一引導用之曲段，之後有【金菊香】、【梧葉兒】、【醋葫蘆】、
【浪來裏煞】等套曲，其適宜表現低緩哀傷之劇情，又有適用於反覆敘述之
曲段，呈顯出「悽愴怨慕」〔註20〕之感。《八大王開詔救孤忠》此折《計拿潘
太師》為過場，雖然潘仁美的戲份很重，但他不是正末，只能說白，卻不能唱
一句正曲。《智審潘太師》為主場，由【集賢賓】到【浪來裏煞】共計六曲，
本折由寇準扮正末，所以此折下半場才由他主唱。一般說來，曲文屬於詩歌
化的語言，長於抒發情感，賓白接近生活語言，長於敘述事情，但本折戲曲
文不但少，又很俚俗，完全沒有詩意可言。

〔註20〕見燕南芝庵《論曲》的說法，引自許子漢《元雜劇聯套》，（台北：文史哲出
版社，1998 年 12 月），頁 220。

　　本折戲與《楊家將演義》情節類似，但與京劇《清官冊》的情節差異頗大。小說中潘仁美一幫人被押至太原，潘仁美暫被安置在佛寺。寇準奉命來太原審潘仁美。潘尚不知寇準來此之目的，以為是昔日同僚、遂設酒招待寇準，以圖打聽消息。寇準將計就計，趁潘美酒醉套出真言。潘仁美坦承犯罪的情節平鋪直陳，沒有戲劇高潮，王季烈《提要》稱此劇「曲文率直，當是伶工筆墨，惟關目尚周密耳」。〔註21〕其後清‧《昭代簫韶》花了太多篇幅寫陰曹、小鬼之恐佈氣氛及情節，雖然有振聾發聵之警世作用，但就審美角度而言，仍有太多糟滓，此中裝神弄鬼的場景經過不斷加工，變成此戲曲的一大特色。

《焦光贊活拏蕭天佑》

　　頭折【仙呂點絳唇】【混江龍】【油葫蘆】【天下樂】【那吒令】【鵲踏枝】【寄生草】

　　【尾聲】正末黨彥進唱

　　第二折【正宮端正好】【滾繡毬】【倘秀才】【呆骨朵】【脫布衫】【小梁州】

　　【么篇】【尾聲】正末焦贊唱

　　第三折【越調鬥鵪鶉】【紫花兒序】【金蕉葉】【調笑令】【禿廝兒】【聖藥王】【尾聲】正末焦贊唱

　　第四折【雙調新水令】【駐馬聽】【川撥棹】【七弟兄】【梅花酒】【收江南】正末焦贊唱

《楊六郎調兵破天陣》

　　楔子【賞花時】正末楊景唱

　　頭折【仙呂點絳唇】【混江龍】【油葫蘆】【天下樂】【後庭花】【金盞兒】【尾聲】　正末楊景唱

　　第二折【中呂粉蝶兒】【醉春風】【迎仙客】【上小樓】【上小樓】【耍孩兒】【二煞】【尾聲】　正末楊景唱

　　第三折【雙調新水令】【快活三】【鮑老兒】【柳青娘】【道合】【尾聲】　正末楊景唱

　　第四折【正宮端正好】【滾繡毬】【倘秀才】【脫布衫】【小梁州】【么篇】正末楊景唱

〔註21〕見王季烈《孤本元明雜劇提要》，（台北：商務印書館，1971 年 11 月），頁 41。

　　與南曲戲文唱腔以「單曲連用」為特點的結構不同，北曲雜劇唱腔顯然是一種「異曲銜接」的套曲結構。從現存的元雜劇劇本中唱詞所使用的曲牌和套數來看，北曲雜劇所用的「套數」共有九個。它們是【仙呂點絳唇】套、【中呂粉蝶兒】套、【雙調新水令】套、【正宮端正好】套、【南呂一枝花】套、【越調鬪鵪鶉】套、【商調集賢賓】套、【黃鐘醉花陰】套、【大石六國朝】，其中使用最多的是前五套，一般第一折唱【仙呂點絳唇】套，第四折唱【雙調新水令】，二、三折唱【中呂粉蝶兒】套、【正宮端正好】套、【南呂一枝花】套。〔註22〕北曲套數的首曲，是套數中最重要的曲牌，實際決定套數的組合形式，而北曲中能作套數首曲的也只有那十餘支如【端正好】【新水令】【粉蝶兒】【點絳唇】等，因此不同的套數，也可以以首曲為名。

　　明代這三齣內府雜劇的套曲結構顯然承襲元雜劇，第一折必用【仙呂】，一因其適於平鋪直敘，不強調劇情轉變的型態。二因其可以使用較長的引導曲段，這些都是合乎第一折特點之處。同時如有必要，它也可以適用任何變化，故使用【仙呂】可以應付絕大多數第一析的需求。〔註23〕第四折用【雙調】，因為雜劇高潮多在第三折，第四折不過收拾情節，結束全劇，但《楊六郎調兵破天陣》將【雙調】置於第三折，【正宮】置於第四折，是比較特殊的，因為此戲第三折是過場，非高潮所在，第四折因為破了遼軍的天門陣，免不了慶賞眾降、歌功頌德，較偏向喜悅及高昂的情緒。

三、穿關砌末

　　所謂「穿關」是指串演關目的各類角色，其所戴的冠服和所執的器械或其他物品。我國九歌的巫覡，優孟的衣冠，踏謠娘中蘇中郎的「著緋、戴帽」，參軍戲中參軍的「綠衣秉簡」。其他搬演「啞雜劇」者要「以粉塗身，金睛白面，如髑髏狀，繫錦繡圍肚看帶，手執軟杖。」搬演「七聖刀」者要「披髮文身，著青紗短後之衣，錦繡圍肚看帶，內一人金花小帽，執白旗，餘皆頭巾，執真刀。」搬演「歇帳」者要「假面異服，如祠廟中神鬼塑像。」搬演「抹蹌」者要「或巾裹，或雙髻各著雜色半臂，圍肚看帶，以黃白粉塗齊面。」凡此都

〔註22〕參見海震《戲曲音樂史》，（北京：文化藝術出版社，2003年6月），頁64。
〔註23〕參見許子漢《元雜劇的聲情與劇情》，（台北：里仁出版社，2003年7月），
　　　　頁92。

可以從其服飾、砌末和臉部化裝中、看出妝扮者的身分和性質。〔註24〕《脈望館鈔校內府本雜劇》及《孤本元明雜劇》附有「穿關」，楊家將明代雜劇之「穿關」如下：

《楊六郎調兵破天陣》

寇萊公：兔兒角襆頭、補子圓領、帶、蒼白髯

卒子：紅碗子盔、青布釘兒甲、褡膊、劍

正末苗士安：一字巾、補子圓領、帶、三髭髯

呼延必顯：鐵襆頭、蟒衣曳撒、袍、項帕直纏、褡膊、帶、帶劍、猛髯

頭折

韓延壽：狐帽、膝襴曳撒、毛襖、鬧粧茄袋、帶、三髭髯

番卒子：練垂帽、虎兒斑丟袖貼裏、皮條茄袋、刀

都骨林：練垂狐帽、皮襖、戰裙、皮條茄袋、刀

耶律灰：練垂狐帽、毛襖、戰裙、皮條茄袋、刀

忽里歹：練垂狐帽、皮襖、戰裙、皮條茄袋、刀

土金宿：練垂狐帽、毛襖、戰裙、皮條茄袋、刀

蕭天佐：練垂狐帽、皮襖、戰裙、皮條茄袋、刀

蕭天佑：練垂狐帽、毛襖、戰裙、皮條茄袋、刀

蕭虎：練垂狐帽、毛襖、戰裙、皮條茄袋、刀

蕭彪：練垂狐帽、毛襖、戰裙、皮條茄袋、刀

顏洞賓：散巾、皮襖、縧兒

胡祥：一字巾、補子圓領、帶、三髭髯

祗候：攢頂、圓領、項帕、褡膊

呼延必顯：同前

呼延必顯又上：同前

正末楊景：攢頂、玉色曳撒、項帕、褡膊、三髭髯

第二折

岳勝：萬字巾、膝襴曳撒、項帕、直纏、褡膊、帶、帶劍、三髭髯

僂儸：萬字巾、錦襖、項帕、法黑駐、直纏、褡膊、劍

〔註24〕參見曾師永義《中國古典戲劇的認識與欣賞》，（台北：正中書局，1994年8月二版），頁231。

焦贊：髯髮陀頭抹額、膝襴曳撒、皂袍、項帕、直纏、褡膊、帶、帶劍、猛髯

孟良：萬字巾、膝襴曳撒、項帕、直纏、褡膊、帶、帶劍、紅髯

寇萊公、卒子：同前

正末楊景：三山帽、玉色蟒衣、玉色袍、項帕、直纏、褡膊、帶、帶劍、三髭髯

岳勝：鳳翅盔、膝襴曳撒、袍、項帕、直纏、褡膊、帶、帶劍、三髭髯

焦贊：同前

孟良：四縫笠子盔、膝襴曳撒、紅袍、項帕、直纏、褡膊、帶、帶劍、紅髯、火葫蘆

李瑜：鳳翅盔、膝襴曳撒、袍、項帕、直纏、褡膊、帶、帶劍、三髭髯

張蓋：鳳翅盔、膝襴曳撒、袍、項帕、直纏、褡膊、帶、帶劍、三髭髯

楊宗保：鳳翅盔、膝襴曳撒、袍、項帕、直纏、褡膊、帶、帶劍、三髭髯

呼延必顯、卒子：同前

都骨林、番卒子：同前

韓延壽、顏洞賓、都骨林、忽里歹、耶律灰、蕭虎、蕭彪、蕭天佐、蕭天佑、土金宿、番卒子：同前

《八大王開詔救忠臣》

頭折

韓延壽：狐帽、膝襴曳撒、毛襖、鬧粧茄袋、帶劍、三髭髯

番卒子：練垂帽、虎兒斑丟袖貼裏、皮條茄袋、刀

土金宿：練垂帽、皮襖、戰裙、皮條茄袋、刀

殿頭官：兔兒角幞頭、補子圓領、帶、三髭髯

八大王：兔兒角幞頭、補子圓領、帶、帶劍、三髭髯

卒子：紅碗子盔、青布釘兒甲、褡膊、劍

潘太師：麥簷帽、蟒衣曳撒、袍、項帕、直纏、褡膊、帶、帶劍、三髭髯

賀懷簡：皮麥簷帽、膝襴曳撒、掩心甲、項帕、直纏、褡膊、劍

劉君期：皮盔、膝襴曳撒、掩心甲、項帕、直纏、褡膊、劍

陳林、柴敢：攢頂、藍曳撒、項帕、褡膊、三髭髯

卒子：同前

呼延贊：鐵幞頭、蟒衣曳撒、袍、項帕、直纏、褡膊、帶、猛髯、竹節鞭

楊令公：夆簷帽、蟒衣曳撒、袍、項帕、直纏、褡膊、帶、帶劍、蒼白髯

正末楊景：三山帽、玉色蟒衣曳撒、玉色袍、項帕直纏、褡膊、帶、帶劍、三髭髯

七郎：同前呼延贊

第三折

潘太師、賀懷簡、劉君期、卒子：同前

黨彥進：鐵幞頭、膝襴曳撒、袍、項帕、直纏、褡膊、帶、帶劍、猛髯

長老：僧帽、僧衣、數珠

潘太師、賀懷簡、劉君期又上：同前

正末寇萊公：同前殿頭官

長老又上、陳林、柴敢：同前

第四折

八大王、卒子、正末楊景、正末楊景又上：同前

劉達：攢頂、圓領、項帕、褡膊

祗侯：同前劉達

劉達又上：同前

江廉、孟德：同前劉達

潘仁美：小帽、手帕、藍曳撒、綿布韃、三髭髯、帶刑法

賀懷簡：手帕、青直身、綿布韃、帶刑法

劉君期：紗包頭、藍直身、綿布韃、帶刑法

正末楊景、劉達、殿頭官、祗侯、八大王又上：同前

由上可看出武將的穿關以「蟒衣曳撒、袍、項帕直纏、褡膊、帶」為基套，番將以「練垂狐帽、皮襖、戰裙、皮條茄袋、刀」為基套，除了孟良「四縫笠子盔、紅髯、紅袍、火葫蘆」及焦贊「鬅髮陀頭抹額、皂袍、猛髯」造型較特殊外，其餘皆有一套規範。根據學者宋俊華統計，〔註25〕《脈望館鈔校內府本雜劇》中的漢族官軍將領服飾，共約有四十五套，其中使用人數最多的三套依次是：第一，「鳳翅盔、膝襴曳撒、袍、項帕、直纏、褡膊」（五十四人），主要為普通將領如曹仁、李肅、楊宗保、楊志等。第二，「皮盔、膝襴曳撒、

〔註25〕參見宋俊華《中國古代戲劇研究》，（廣東：廣東高等教育出版社，2003年7月），頁86。

掩心甲、項帕、直纏、褡膊」（四十多人），主要為性格滑稽的將領如範當災、蔡瑁、段志賢、夏侯淵等使用。　第三，「麥檐帽、鱗衣曳撒、袍、項帕、直纏、褡膊、帶」（三十六人），主要為軍中統帥或王侯如廉頗、袁紹、楊令公等所用。可見漢族官軍將領的套裝具有類型性，它從地位、性格、情感上把武將劃分為不同的類型。另外，套裝的構成也有規律性。在四十五套裝中，以「蟒衣（膝襴）曳撒、袍、項帕、直纏、褡膊、帶」為基本組件的約有三十四套，就佔了百分之七十五；以「錦襖、項帕、法黑韐、直纏、褡膊」為基本組件的約有四套，佔了百分之九，它們構成了漢族官軍將領穿戴的基本框架，而穿戴模式的豐富性，則主要通過服飾組件的數量、顏色的不同，以及武將盔帽款式的變化來實現的。

　　馮沅君〈古劇四考跋〉對腳色類型衣冠巾帶的統計，對比劇中人物的性格、年齡、社會地位，歸納出「妝裹」的六項標準：

　　番漢有別：如中國兵戴紅碗子盔，番兵戴回回帽。

　　文武有別：如文官的帽多是幞頭，武官則多是盔。

　　貴賤有別：如青布釘兒甲是兵卒穿的，高級將領則穿蟒衣曳撒。

　　貧富有別：如襖兒是一般婦女穿的，補衲是貧窮婦女穿的。

　　老少有別：如用花箍兒的是少年女子，用眉額的是老婦人。

　　善惡有別：如麥簷帽是一般重要武人戴的，皮麥帽則戴者雖多是武將，但其性格多滑稽險詐。〔註 26〕

　　像這樣六項的「妝裹標準」，自然把中國古典戲劇帶入程式象徵藝術的領域，明清的傳奇、皮黃也自然相沿成習。明雜劇的穿關雖然種類不多，但其服飾也往往帶有象徵意涵。如潘仁美、楊令公戴麥簷帽，表示其乃重要的武人，賀懷簡戴皮麥簷帽，表示其性格多滑稽險詐。不同質料的服飾也具有指示角色類型的符號意義：凡穿皮襖、皮條茄袋者多半為番胡腳色。穿「布」衣者，表示卒子、農人、乞丐等貧賤角色。凡穿戴鐵幞頭者如楊七郎、呼延贊、黨彥進，多為性格剛烈暴躁之人。

　　雖然明雜劇所穿之服飾距今已久遠，但根據考古的資料及史書、野史的記載，尚可窺探究舞台上所穿之服飾與當時常服之關係。如曳撒、貼裏、煙墩帽和三山帽都是明代宦官的常服，但在雜劇中全部被用作武將戎服，

〔註26〕參見馮沅君《古劇說滙》，（台北：商務印書館），頁 67。

這也說明宦官與因為明代宮廷雜劇有密切關係。曳撒，又名「一撒」，是一種由紗羅紵絲做成的長袍，「其制後襟不斷，而兩旁有襬；前襟兩截而下有馬面，褶往兩旁起」。曳撒在明初主要用於宦官，有官者衣色用紅，上綴補子；無官者衣色用青，無補。如劉若愚《酌中志》所云「（曳撒）惟自司禮監、寫字以至提督止，並各衙門總理、管理，方敢服之。紅者綴本等補，青者否。」〔註27〕一般膝部織有橫襴，稱為膝襴曳撒，如《明史·輿服志三》講：「（宦官）又有膝襴者，亦如曳撒，上有蟒補，當膝處橫織細雲蟒，蓋南郊及山陵扈從便於乘馬也。或召對燕見，君臣皆不用袍，而用此。」繡有蟒紋的曳撒即蟒衣曳撒是宦官的盛服，往往非皇帝特賜不得穿用，後來也變成受寵宦官的燕閒之服。又《明史·輿服志三》載：「永樂以後，宦官在帝左右，必蟒服，制如曳撒，繡蟒於左右繫衣鸞帶，此燕閒之服也。」〔註28〕明代的官員偶爾也穿曳撒，如《續文獻通考》：「（正德）十三年，車駕還京，傳旨俾迎候者，用曳撒、大帽、鸞帶。」〔註29〕雖然如此，在整個明前期曳撒仍主要為宦官所服用，是宦官的常服，與明雜劇把曳撒專用於武將是根本不同的。

　　貼裏，也是明代宦官所穿的一種長袍，以紗羅紵絲制成，大襟寬袖，下長過膝，膝下施一橫襴。明初，貼裏的顏色及是否用補都根據宦官職司而定，如劉若愚《酌中志》卷十九：「貼裏，其制如外廷之䃾褶。司禮監掌印、秉筆、隨堂，乾清宮管事、牌子、各執事、近侍，都許穿紅貼裏，綴本等補，以便侍從禦前。凡二十四衙門、山陵等處宮長隨、內使、小火者，俱穿青貼裏。」萬曆年間，宦官魏忠賢專權攬政，隨便更易服制：「自逆賢擅政，改蟒貼裏，膝襴之下又加一襴，名曰三襴貼裡。最貴近者，方蒙欽賞服之。又有雙袖襴蟒衣，凡左右袖上裡外有蟒二條。自正旦燈景以至冬至陽生、萬壽聖節，各有應景蟒紵；自清明秋千與九月重陽菊花，俱有應景蟒紗。逆賢又創制滿身金虎金兔之紗，及滿身金葫蘆燈籠、金壽字喜字，遇聖壽節及千秋或國喜或印

〔註27〕參見劉若愚《酌中志》卷十九，台北：偉文圖書出版有限公司印行，1976年9月，頁471。

〔註28〕楊家駱主編《明史·輿服志三》卷六十七，（台北：鼎文書局印行，1975年，6月），頁1647。

〔註29〕轉引自宋俊華《中國古代戲劇研究》，（廣東：廣東高等教育出版社，2003年7月），頁81。

公等生日搬移，則穿之。」〔註30〕三山帽，圓頂，帽后高出一片山牆，中凸、兩邊削肩，呈三山之勢，故名。本是明代宦官的官帽，在雜劇中卻用作楊景、趙雲等武將的服飾。

總之，曳撒、貼裡、煙墩帽和三山帽都是明代宦官的常服，在雜劇中全部被用作武將戎服，佔整個武將服飾套數的百分之八十。所以，宦官服飾是明代雜劇武將服飾的一個重要來源。明代雜劇大量使用宦官服飾，一方面表明了明代雜劇服飾與明代常服關係非常密切，另一方面說明明代宦官演戲對雜劇服飾影響很大。如前所述，明代宮廷雜劇演員中有一部分是宦官，他們有時就穿著宦官常服演戲。

《全明雜劇》中只有《脈望館鈔校內府本雜劇穿關本》及《孤本元明雜劇》的「穿關」標明得很清楚。而其他曲書如《雕蟲館元曲選本》、《脈望館鈔校于小穀本雜劇》、《盛明雜劇》、《新鐫古今名劇合選》、《顧曲齋古雜劇本》等〔註31〕皆無標明「穿關」，所以《脈望館鈔校內府本雜劇》這批「穿關」，是迄今發現最早較有規模的戲曲服飾史料，對於研究戲曲舞台美術之歷史演變有重要價值，亦為明前期宮廷雜劇無名藝人特殊貢獻。〔註32〕

四、曲文賓白

楊家將明內府雜劇的曲文賓白多為伶人所填寫，受限於時空環境及學識文采，所以曲文賓白較元雜劇略遜一籌方面，如《楊六郎調兵破天陣》由楊景一人獨唱，但曲文賓白不肖其口吻：「我擒虜寇火燒了攢寨。我也曾破匈奴砲打碎了那樺皮城。……則為我領雄兵一鎮定了輸贏。掃妖氛萬里知咱名姓。【云】往常我與番兵交戰呵。【唱】殺的那韓延壽北走。他可也不敢南行。【云】想楊景也曾東蕩西除，南征北討，困來馬上眠，渴飲刀頭血，立下蓋世功勳，不想今日埋名隱跡，何日是我那崢嶸顯要時節也。」這段曲文賓白感覺粗俗、好名利，與楊景充滿愛國熱忱，有智慧膽識之形象不符。其他的修辭技巧分析如下：

〔註30〕參見劉若愚《酌中志》卷十九，（台北：偉文圖書出版有限公司印行，1976年9月），頁471～474。

〔註31〕參見陳萬鼐主編《全明雜劇》，（台北：鼎文書局印行，1979年）第10、11、12冊。

〔註32〕參見徐子方《明雜劇研究》，（台北：文津出版社，1998年1月），頁32、33。

1. 疊字（三個字狀聲詞）：運用疊字來描摹各種聲音，構成摹寫聽覺的象聲詞。明雜劇中的象聲詞取法元雜劇，極其豐富，且能引起聽讀者的共鳴。

（1）昏鄧鄧──氣憤的樣子。登登，多做鄧鄧。鬧垓垓──喧鬧，做「垓垓」的聲音：「鬧垓垓一天殺氣，鬧垓垓將士猙獰。」（《焦光贊活拏蕭天佑》第三折【紫花兒序】）「昏鄧鄧征塵蕩起，嗔忿忿對壘迎敵。」（《八大王開詔救忠臣》第二折【十二月】）

（2）骨碌碌──轉動的樣子：「聽撲鼕鼕催陣鼓。……我直殺的高阜處骨碌碌人頭亂滾。低窪處骨突突鮮血模糊。」（《楊六郎調兵破天陣》第二折【二煞】）

（3）惡哏哏──同惡狠狠。狠，以惡聲申斥。嗔忿忿──發怒的樣子。忿忿，恨怒不平貌。不刺刺──跑馬聲：「惡哏哏門旗前答話了。鬧垓垓陣勢裏喊聲高。響璫璫喧天聒耳戰鑼敲。忽刺刺助殺氣催軍砲。」（《楊六郎調兵破天陣》第三折【快活三】）「惡狠狠行兵北極，不刺刺戰馬如飛。量你這番賊虜寇，我將你小覷低微。（《八大王開詔救忠臣》第二折【十二月】）

（4）齊臻臻：整齊的樣子，不刺刺：跑馬聲──「我則見齊臻臻手持著兵器，撲鼕鼕鼓震春雷，則我這坐下馬不刺刺驟狻猊。」（《八大王開詔救忠臣》第二折【紅繡鞋】）

（5）趷磴磴──馬蹄聲：「恁時節趷蹬蹬馬蹄兒慢行，響璫璫鞭敲金鐙。」（《楊六　郎調兵破天陣》第一折【尾聲】）

2. 對偶：語文中的上下兩項，字數相等，句法相似或相同的，就叫做「對偶」。

「嗔忿忿臨敵敢勇，氣昂昂下寨安營」（《楊六郎調兵破天陣》頭折【混江龍】）

「吳鉤槍似火光飛，坐下馬似追電出。」（《楊六郎調兵破天陣》第二折【迎仙客】）

3. 比喻：譬喻是一種「藉彼喻此」的修辭法，凡是兩件或是兩件以上的事件中有類似之點，說話作文時運用「那」有類似點的事物來比方說明「這」件事物的，就叫「譬喻」。

「青氈笠子，『似』千池荷葉弄輕風。雪色皮裘，『如』萬朵梨花映曉日。」（《八大王開詔救忠臣》頭折）

「我覷那匈奴奸黨，恰便『似』湯澆瑞雪一時亡。」（《焦光贊活拏蕭天佑》第四折）

4. 語助詞：表現說話人的語氣，所以也叫語助詞。語助詞通常是在句子的後面，但也有放在句首或句中的。

也波——做轉折補助語氣用的：「俺如今大殺番兵這一遭，豈肯輕也波饒。（《八大王開詔救忠臣》頭折【天下樂】），「俺怎做的避箭畏刀趄是非，見吃著堂也波食。」（《焦光贊活拏蕭天佑》頭折【天下樂】）

兀那——猶如說那，「兀那番賊，趁早納降。」（《開詔救忠臣》第二折【十二月】）

5. 引用：即說話或寫文章引取其他有關言論、材料、或者文獻、史料典籍、格言、成語、警言、故事、寓言、歌謠、俚語等，以闡明或佐證自己的論點，表達自己的感情，這種修辭手段，也稱引語、引證。

（1）典故：鼎鼐廟堂臣——「你是那調和鼎鼐廟堂臣。扶危救困安邦器。」（《焦光贊活拏蕭天佑》頭折【寄生草】）。伍子胥困在丹陽——「想著俺東蕩西除。南征北討。驅兵領將。到做了伍子胥困在丹陽。」（《八大王開詔救忠臣》第四折【甜水令】）

（2）成語：七擒七縱——「俺也曾旗開得勝。若論著挾人捉將慣曾經。雖不學七擒縱。常則是千戰千贏。」（《楊六郎調兵破天陣》頭折【混江龍】）

（3）方言俗語：可兀的——必定（1）「穩情取平番寇，可兀的救銅臺。」（《楊六郎　調兵破天陣》楔子【賞花時】）（2）「敢可兀的還營寨。」（《楊六郎調兵破天陣》第四折【正宮端正好】）（3）「合該那韓延壽明朝可兀的歸地府。」（《楊六郎調兵破天陣》第二折【二煞】）。

（4）外來語：哈喇——蒙古語，殺的意思：「看了楊六兒，委實英勇。殺的我碎屍兒直流。你則看他那箇老兒，又兜搭。又有箇小將軍十分勇猛。若我再戰一會兒。直當喫他哈喇兒了。」（《八大王開詔救忠臣》第二折【紅繡鞋】）

6. 誇飾：言文中誇張鋪飾，超過了客觀事實的，叫做「誇飾」。誇張是一種言過其實的修辭方式。

「我直著『殺氣騰騰暗碧霄』，秋水鑼鳴不住敲。」（《焦光贊活拏蕭天佑》第二折【尾聲】）

「我教他便自寫招狀，則那他『罪同山岳』。」（《八大王開詔救忠臣》第三折【逍遙樂】）

明內府雜劇雖也有富含民間俗趣之曲文賓白，如「喜孜孜」、「笑吟吟」、「苦淹淹」、「不剌剌」等狀聲詞，或「髮練雙垂語不真，皮條油鬧繫腰身。腥臊臭穢人皆躲，刺塌皮襖搗殺人」等譬喻詞（《八大王開詔救忠臣》頭折）。但不若元雜劇的蒜酪味、本色語，由於賓白為伶人自為之，故多鄙俚蹈襲之語，如：「【劉君期云】寇老官兒。我元帥狗也似箇直人。在下老劉也不虛。若有一些兒不實。我就是鱉養的。【正末云】此事一莊莊都是實。【劉君期云】你這箇老兒。我恰纔賭了這等大誓。若有虛情。我再賭一箇大大的。」我就是癲頭黿養的。」（《八大王開詔救忠臣　第三折》）在此用狗、鱉等動物來自嘲嘲人，缺乏情味。元雜劇雖然也有很多俚語，但這些俚語包含著當時的成語、俗語及典故，頗有時代特色，但在此只見些粗鄙的罵人語，實在無法相提並論。

明代這三齣內府雜劇的套曲結構顯然承襲元雜劇，第一折必用【仙呂】，第四折用【雙調】，二、三折用【越調】、【商調】、【中呂】、【正宮】，但《楊六郎調兵破天陣》將【雙調】置於第三折，【正宮】置於第四折，是比較特殊的。明雜劇的穿關雖然種類不多，但其服飾也往往帶有象徵意涵，如潘仁美、楊令公戴鍪簪帽，表示其為重要之武人，賀懷簡戴皮鍪簪帽，表示其性格多滑稽險詐。凡穿戴鐵幪頭者如楊七郎、呼延贊、黨彥進，多為性格剛烈暴躁之人。《脈望館鈔校內府本雜劇》、《孤本元明雜劇》這批「穿關」，是迄今發現最早較有規模的戲曲服飾史料，對於研究戲曲舞台美術之歷史演變有重要價值，亦為明前期宮廷雜劇無名藝人特殊貢獻。明內府雜劇雖也有富含民間俗趣之曲文賓白，但不若元雜劇的蒜酪味、本色語，由於賓白為伶人自為之，故多鄙俚蹈襲之語，而且有些粗鄙的罵人語，實在無法與元雜劇相提並論。

第三節　崑劇名作——《擋馬》〔註33〕之文學與藝術

崑山腔，本是起源於江蘇崑山的地方聲腔，又稱崑腔；其所謂「崑曲」，是用崑山腔來歌唱的樂曲，所謂的「崑劇」則是用崑山腔來演唱的戲劇。根據記載元末顧堅曾以其「唱腔」改良過崑山腔，不過在明中葉以前的數百年間，民間流行的是海鹽腔和弋陽腔，崑山腔似乎只是侷限於崑山一代的地方

〔註33〕上海崑劇院主演，財團法人中華民俗藝術基金會發行之錄影帶。

土腔而已。崑山腔的崛起，並成為中國戲曲重要的聲腔，是在明代嘉靖以後，其中可能歷經祝允明散曲清唱的改革，陸采從戲曲上提升崑山腔的藝術，魏良輔、梁辰魚等創發一種「流麗悠遠」「體局靜好」、「轉音若絲」的新腔——「水磨調」，同時梁辰魚也為崑山腔編寫了《浣紗記》劇本，而享有「崑劇開山」之名。〔註34〕在這些人士的共同努力下，崑山腔逐漸雄霸劇壇，使得南戲轉變為傳奇。清代中葉由於劇作家太過注重駢儷的詞藻和唱曲，使它離觀眾愈來愈遠，成為案頭文學，目前崑山腔雖已沒落，但它從明朝到清朝，長期流播的結果，各地方劇種都受其影響，2001 年 8 月 15 日更成為受聯合國保護的文化遺產——首批人類口述及非物質文化代表作。

北方崑曲的傳統劇目約有二百多個，大致可分三類：1.源於元雜劇 2.來自南戲劇目 3.來自明清傳奇、清代高腔以及時調的劇目，〔註35〕因為崑曲的音樂性格與以干戈鐵馬為主的楊家將戲曲較不相符，因此僅有零星幾齣，源於元雜劇者如朱凱《昊天塔》的《托兆》、《激良》和《會兄》，來自明清傳奇、清代高腔以及時調的劇目者如《女中傑》（四齣）《祥麟現》（四齣）及《擋馬》。

《擋馬》內容敘述楊八姐奉佘太君之命，女扮男裝至幽州刺探軍情，返國途中遇流落番邦的宋將焦光普，兩人原先發生誤會，有格鬥的場面，後化解誤會，焦光普還犧牲自己的小孩救八姐。此劇在乾隆年間用亂彈腔演唱，清末已失傳，民國三十八年上海崑劇團方傳芸、汪傳重新排演，人物著裝也進行了設計，以切合特定身份和環境，加強美化，有利舞蹈，承演者王芝泉、張銘榮、陳同申又有發展。〔註36〕

楊八姐出場「趟馬」，其表演的方式是在舞臺上，手持馬鞭跑圓場上場，表現騎馬趕路的情節，當中運用了「鷂子翻身」、「平轉」、「飛腳」、「旋子」等跳轉技巧，以組合成套的身段，來體現人物騎馬時的各種神情。接著唱首曲【醉花陰】：「曉夜驅馳沙漠境，怎知俺女兒改扮，衝破它羅網層層，也故不得身入險境，抖擻起無敵精神，管教它馬嘶人困」，並自報家門：「俺天波府

〔註34〕參見曾師永義〈論說「腔調」〉，頁 60～61，係台大「戲曲史專題」之上課講義。又見邱坤良《中國傳統戲曲音樂》，（台北：遠流出版社，1981 年 11 月），頁 46、47。

〔註35〕參見《中國戲曲劇種大辭典》，（上海：上海辭書出版社，1995 年 6 月），頁19、20。

〔註36〕見中國戲曲志·上海卷編輯委員會《中國戲曲志——上海卷》，（北京：新華書店，1996 年 12 月），頁 405、406。

楊八姐，奉吾兄之命來探軍情，憑這腰牌混進番營」，皆為傳統程式。簡練的手法，交代了角色、事件，並且一開始就顯示出載歌載舞的特點。楊八姐掛寶劍、戴翎子、提馬鞭，做工頗為繁重，身繫絆胸，勾勒出人物健美的體態，頭套加翎子、狐尾，表示變身為番將。王芝泉更改穿快靴為厚底靴，增添「腳掏翎子」等特技，表現出女性名將改扮男裝、深入虎穴臨危不懼的英雄氣概。〔註37〕

　　焦光普亦以傳統程式出場，自報家門：「俺隨楊家八虎闖幽州，不幸被胡兒所擒，數年來想逃出胡邦，無奈沒有腰牌」，交代之後為了盜腰牌所衍生的情節。他的「掛招牌」、「上椅子」的動作，虛實結合，豐富了舞台畫面，他掛旅店招牌後，用「坐椅背」來表現其機警、靈敏的性格。在【眉畫序】大小鑼鼓的快節奏中，八姐唱著「趁著這霧散雲稀，匆匆玉勒頻催」出現，焦光普隨即擋馬，想趁機搶奪它的腰牌。擋馬表演亦是虛實結合的程式：初擋，焦光普出其不意迎頭而上，揮動手巾撩亂馬眼；楊八姐直揮馬鞭蹉步左右避讓。再擋，楊八姐端腿翻身，撥轉馬頭改道，焦光普急隨緊堵。二擋不成，焦光普以敏捷的矮步連續踢腿，在馬足前強行阻擋，被踢開後，乘機抓牢疆繩，把馬帶住。這個過程，以虛代實，配以驚慌的馬嘶聲、打擊樂和管弦樂齊奏的「混牌子」音樂，表現得逼真、緊湊、火爆。

　　「盜腰牌」一節，楊八姐因店內掛有南朝圖畫產生警覺，起唱主曲【喜遷鶯】，首句「怎來的南朝風韻」，翻高重疊演唱，繼而由小心沉思進入緊張判斷：「卻生在南國伶仃。真堪驚，俺好似逃秦晉，須謹慎。僅提防動真情落入陷阱」。身段隨著起雲手，跨腿踢腿，俯身要翎子四處觀察。焦光普偷偷進門，潛於身後，幾次伸手，都被楊不意嚇回。接著焦光普矮步躡足緊貼緊隨楊八姐，上桌「三角倒立」轉體落於桌後，二人的身段動作配合緊密，絲絲入扣。

　　方傳芸、汪傳 武戲文唱，簡練的開打接【水仙子】曲牌一問一答的對唱，完成劇情。王芝泉等則多方借鑑，使之成為一齣以開打為主的武戲。先是奪劍，運用婺劇「踢劍出鞘」特技：楊八姐倒轉劍柄，向倒地的焦光普步步進逼。焦光普猛地足踢劍鞘尾，寶劍從鞘口直飛空中，焦迅速「前滾翻」把即將落地的寶劍接住，這一連串動作，必須在奪頭的鑼鼓節奏中，穩、準、狠地完成。

〔註37〕見中國戲曲志・上海卷編輯委員會《中國戲曲志──上海卷》，（北京：新華書店，1996 年 12 月），頁 405、406。

　　楊八姐急於置對方於死地，焦光普無奈以椅子自衛。開打借鑑河北梆子，以椅子功為核心，結合各種筋斗，出現許多獨特的場面。為了防避楊八姐的進攻，他用「勾躺椅」，閃過劍刺，既驚險又有強烈的戲劇性。接著用「躺椅背」的動作做自我防衛，表現其身輕如燕、精靈機智的人物性格。之後用加官形式，翻過椅背，增添武打的真實性、趣味性，又可刻畫人物的機伶、敏捷。繼而又有推椅加官、滾椅加官、躍椅背案頭、撐椅背叩前撲、踩椅腳坐立表現在室內圍繞桌椅開打的情節，〔註38〕體現人物性格的機智、靈活。以上這些動作都要求動作連貫迅速，二人默契配合無間。

　　此劇源自《綴白裘》梆子腔之《擋馬》，但原劇的情節發展太迅速，焦光普對楊八姐從敵對、猜疑、信任，到最後殺子相救，態度急遽變化，缺少合理的心理刻畫，所以改編本就寫焦光普為了盜取楊八姐的腰牌，以便過關回國而擋住八姐的馬，使情節發展更合理，人物性格更鮮明。除了京劇、崑劇外，一些地方戲曲都有此折子戲，表演路子也大同小異，不過有些劇種會有其招牌身段如泗州戲表演時用了「壓花場」中的百馬大戰身段，還有頂碗、卷席筒等特技，〔註39〕可惜隨著老成凋謝，此表演技巧已失傳了。

第四節　京劇名作之文學與藝術

　　京劇（又稱國劇、平劇）是由皮黃腔發展而來的，皮黃是西皮和二黃的合稱，因為西皮和二黃在音樂的本質是不相同的，故皮黃調在中國戲劇聲腔的源流上，不能算是一個本源而是非出一源的兩種聲調的合流。

　　說到京劇的成長史，就要先從徽戲說起。明代萬曆年間弋陽腔流傳到皖南徽州，與當地戲曲結合而形成徽調，根據王驥德等人的說法，那還是一種簡陋的土戲，由於那時崑腔勢力雄厚，徽調自然對它有所吸收和學習；到了清康熙中葉，亂彈興起，使徽調產生兩大系統，即「吹腔」和「撥子」。吹腔的內涵是極其複雜的，其中有的就是梆子腔的曲牌，有的是由「四平腔」受亂彈的影響而形成，到後來又有一部分再度發展而成為「四平調」；撥子因為初用「火不似」即「琥珀」的一種彈撥樂器而得名，它也有相當濃厚的梆子味

〔註38〕見余漢東《中國戲曲表演藝術辭典》，（台北：國家出版社，2001年10月），頁373～375。

〔註39〕見中國戲曲志‧安徽卷編輯委員會《中國戲曲志——安徽卷》，（北京：新華書店，1996年12月），頁407。

道，與吹腔的關係其實很密切，它的進一步發展就成為「嗩吶二黃」。在乾隆末年徽戲已經有較完整的班社，高朗亭入京，更以安慶二黃會京、秦兩腔為三慶班，時稱「三慶徽」。緊接著四喜、啟秀、霓翠、和春、春臺等徽班相繼入京，造成了徽班在北京的雄厚勢力，終於形成了三慶、四喜、春臺、和春四大徽班各擅勝場的局面。道光初年漢調來京，其中余三勝、程長庚、張二奎等皆以二黃享大名，他們不僅充實了徽班，同時對它的發展也起了推動的作用。原來徽班裏本有二黃、吹腔、京腔、秦腔、崑腔，而漢調加入後，使其中的二黃、西皮（即秦腔經湖北傳入武漢，而與當地民間曲調結合演變而形成的腔調）更加發展。徽漢會流以後，已經不是合班，而是雜揉諸腔各調融會貫通而形成一個完整的新劇種了。由於它是形成於當時的北京，故稱京戲，民國改北京為北平，故又稱平劇。這時它不僅有二黃、西皮、吹腔、南梆子、反二黃，並且還有高腔、崑腔、囉囉腔等等，而且逐漸流播全國，儼然以「國劇」自居了。〔註40〕

　　楊家將戲曲在京劇中有接近四十齣傳統劇目，〔註41〕根據不同流派其塑造的戲曲人物形象、表演風格也不同，如梅蘭芳的端莊華貴、周信芳的老練蒼勁、奚嘯伯的雋永清新……，其獨特的藝術風格給予觀眾不同的審美享受。除了傳統劇目外，近年來又迭有新編劇作，如《楊門女將》、《北國情》等，呈顯不同的主題思想，在表演藝術方面也多所突破。京劇的唱、唸、做、打具有嚴格的程式性，不同的角色行當有不同的規範和路數，其傳統的道具、服裝、化妝及佈景，往往具有象徵性、裝飾性，是門很深奧的學問。茲挑選幾齣較具代表性的作品，分析其文學、藝術特色：

一、《雁門關》

　　京劇《雁門關》，一名《八郎探母》，又名《南北和》。早在道光四年慶昇平班劇目就有《雁門關》和《四郎探母》並列，是連台本戲，可以連演八天。這齣戲人員眾多，碰到義務戲聯演場合，比《四郎探母》還受歡迎。根據早期節目單顯示，上演頻率絕不比《四郎探母》低，甚至排在大軸的機會還遠遠

〔註40〕見劉靜沅〈徽戲的成長和現況〉，轉引自曾師永義〈中國地方戲曲形成與發展的徑路〉（收錄於《詩歌與戲曲》，台北：聯經出版事業公司，1986年4月），頁136、137。

〔註41〕見陶君起《平劇劇目初探》，（台北：明文書局股份有限公司，1982年7月），頁210～222。

超過。〔註42〕內容描述金沙灘一役,楊八郎延順被擒,改名王司徒,與遼邦青蓮公主成親。八郎思母,為青蓮識破,她盜取母后令箭,助其探親。八郎與元配蔡秀英相會後,欲返遼邦,孟良、焦贊,責以大義。焦贊且盜其遼邦令箭,詐開城門,大敗遼兵。蕭后知後,欲斬青蓮,碧蓮為之求情,協助討回令箭,兩人聯合出戰,帶罪立功,不料為孟金榜與蔡秀英所擒,留之宋營。八郎與青蓮欲返遼邦,又為蔡秀英劫歸,收押禁見。楊四郎討令出戰,蕭后怕他趁機逃走,竟將四郎及其子當為人質,綁上城樓問斬,以威脅佘老太君。太君不甘勢弱,亦以二公主為人質而威脅蕭后。八郎左右為難,痛哭於城下,請求息戰,太君與蕭后均置之不理。後來韓昌駙馬被太君所擒,佘太君請求韓駙馬傳達願與蕭后和平共處之心聲,終於兩方達成共識,不再兵戎相見,而以親家相稱,是一種南北和解的結局。

《四郎探母》源出於《雁門關》,〔註43〕與《四郎探母》不同的是,《雁門關》的男主角為楊八郎,由小生扮演多了幾許風情,與鬚生四郎的抑鬱相比,情味上有許多不同。在「見母」及「相見」二場,八郎有繁重的做工。由於他被視為奸細所以被宋軍銬上鎖鏈,他見母時二次磨蹭手中之鏈條,甩辮髮、跪步前進,佘太君確認他是失聯十餘年的八郎時,双抖手表驚懼之心情,兩人並隨鑼鼓點呼喊彼此的悵恨,此時為了強調母子相認的鏡頭,其他在同一舞台的四郎妻、八郎妻、八姐都背對觀眾,時間好似在此停格,太君唱完「心潮翻轉奪淚滾」,四郎妻、八郎妻、八姐才又轉身面對觀眾。在「相見」一場,八郎唱著「催命戰鼓連天響」,他對著城樓上之蕭后行拜禮,再見被綑綁在一邊的小孩,心中焦急萬分,二拜蕭后請求原諒,在此用抖手、後墜髮、甩圓圈髮十五圈、硬屁股坐、軟屁股坐〔註44〕等高難度的做工,表現他在困境中掙扎、拼搏的頑強精神。他左右為難地唱著「兩下裏擺下殺人場,子女兒長綑城上,妻室嫂嫂哭斷腸,母后端坐城樓上,城下坐的是白髮高堂」,最後決定「不顧生死往前闖,塌天大禍我一人當」,於是跪行、甩髮請蕭后謝罪。

〔註42〕見王安祈《當代戲曲》,(台北:三民書局,2002年9月),頁195。

〔註43〕齊如山《京劇之變遷》一文,清道光、咸豐年間明鬚生張二奎據全部《雁門關》八郎探母事改編此劇,當時四喜班《雁門關》極叫座,張二奎在別班亦排之,恐人謂其偷演,乃另起爐灶,編為《四郎探母》。轉引自曾白融等編《京劇劇目辭典》,(北京:中國戲劇出版社,1989年),頁557。

〔註44〕參見《中國戲曲表演藝術辭典》,(台北:國家出版社,2001年10月),頁300、301。

《雁門關》之八郎是個有情有義、優柔寡斷之人，他與元配妻子乍然相逢的頃刻雖然沒有抱頭痛哭，互訴相思之苦，但也跟她說明是時局的捉弄，不得不如此。當母親要求他留下令箭，助她進入雁門關，他不敢違抗，但卻難過地認為自己害了青蓮母子三人性命，最後還願意承擔一切的結果，只求赦放其妻嫂、兄長、子女等，比起《四郎探母》中四郎見妻時的冷漠與面對蕭后的處斬的膽怯，展現出他男子氣概的一面。

　　《雁門關》中的太君與《四郎探母》的形象略有不同，雖然見到失散多年的兒子兩者情緒都激動不已，慈愛之情溢於言表，然而《雁門關》中的太君還多了軍事家的韜略，她責怪八郎探母之時間急促，心中只想著回遼邦歸還令箭，解救青蓮公主及其兒女，誠乃身歸心未歸，要求八郎留下令箭，而且不讓他回遼邦，作為引誘青蓮公主的誘餌。「相見」一場，青蓮公主及碧蓮公主請求蕭后讓她們到宋營殺八郎，以示其忠貞。後來太君動之以情，稱讚她們是好媳婦，希望跟她們好好聊聊，瓦解了她們的心房。「決戰」一場，當蕭后知悉兩姊妹投降後，勃然大怒要斬其兒女時，太君亦威脅要斬青蓮公主及碧蓮公主，以其人之道還諸其人之身，是很高明的戰略運用。在此戲中蕭后一直佔下風，她的女兒、女婿、孫子都是楊家人，在親情與愛國的激烈矛盾下，她深深地不能諒解她們，責備她們只顧夫妻兒女之情，不顧國家社稷，然而她忘記了當初是她糊塗，將女兒許配給他們的。情勢已到如此，蕭后無語問蒼天，只得同意與太君媾和，還幫四郎八郎求情：「望太君多寬宥，順水把舟推」，她在這裡已少了女主的氣焰，變成一位平凡的母親了。

　　除了《四郎探母》外，與《雁門關》相關情節之劇種劇目如川劇、滇劇《八郎回營》、湘劇《八順回國》、和劇《八郎招親》、柳子戲《南北和》，此外秦腔、豫劇、徽劇、河北梆子亦有此劇目。據《雁門關》之情節而擴大發展的劇目亦不少，如川劇的《禹門關》，寫楊八郎在楊家兵發禹門關時，為掩護楊繼業突圍，而挺身代父擋鑣，是一齣在金沙灘之役前即已壯烈殉國的戲。〔註45〕

　　與京劇的《雁門關》的結局上有很大的差距者，如豫劇《打楊八》、《楊八郎探母》，描述八郎出戰，為韓昌所俘，改名木易，招為駙馬，十餘年後因思念太君，乃返宋朝探母，回北國後，想對宋營有所貢獻，遂將北國虛實寫

〔註45〕既然八郎已死，那八郎又如何能再被擒招駙馬，回營探母呢？劇情最後留下了這樣的伏筆——八郎臨終前薦其雙胞胎兄弟入宋營，因此此劇又名《雙八郎》。

成書信，欲射入宋營，不料箭落韓昌之手，八郎只得落得壯志未酬，自刎而死，此劇又名《斬楊八》。〔註46〕上黨梆子楊家將戲《萬壽宮》連本戲中第五本《雁門關》（又名《八郎探母》）〔註47〕，敘述八郎延光流落北國，化名王鰲，招贅遼國梨花公主，聽從呼延必顯之勸假意降遼。宋仁宗聽信讒言，以呼、楊兩家意圖謀反，而將楊府舉家典刑正法。多虧八千歲及寇準、包拯二相捨命相保，才命太君帶罪出兵，剿滅遼國，活捉八郎。仁宗限定三日後若取來蕭后首級，則呼、楊謀反事假，否則謀反一事便是真。太君帶兵至邊關，八郎聞訊，以「偷襲敵營」為名，騙梨花公主前來盜令箭，然後到宋營探母。母子相見抱頭痛哭，太君痛定，復斥八郎不忠不孝、棄國忘家，並命八郎返回遼邦，取來蕭后首級，一為為國除害，二為救呼、楊兩家。八郎連夜受命而回，取了蕭后首級，由呼延必顯陪伴，攜公主、兒子回返宋營。遼兵發現後窮追不捨，八郎讓呼延必顯護送公主、兒子逃脫，自己留下斷後，奮力拼搏，最後寡不敵眾自刎而死。

《雁門關》、《四郎探母》中四郎和八郎變節的事實始終是創作者心中的焦慮，即使在《四郎探母》盛演的同時，民間就已有逼死四郎、八郎的結局了。大陸與台灣都曾禁演《四郎探母》，劇作家必須加上四郎回營獻北國地理圖形的一段小插曲，才能救「探母」的戲。〔註48〕雖然時移事往，創作的環境不同，但民族融和、親人團圓幸福與四海和平始終是人類的共同心願，因此這類戲曲才能弦歌不輟，成為經典劇目。

二、《三岔口》

《三岔口》是京劇裏一齣精彩的武打短劇，全劇對白很少，幾乎皆以身段動作呈現，其以一九五一年代為界限，劃分為老《三岔口》與新《三岔口》兩種版本。老《三岔口》中的劉利華綽號「夜行鬼」，是個開黑店的職業強盜，當他見來了投宿的犯人與公差就要殺人劫財，不料保護焦贊的任堂惠出現了，於是他準備殺掉這一干人，但武藝不甚精湛的他反被人所殺，正因為如此，由葉盛章先生飾演的劉利華勾歪臉、歪嘴、歪眼的臉譜，其後如傅小山、趙連升等前輩則勾畫相類似之臉譜，象徵此反面人物之刁滑邪惡。

〔註46〕《斬楊八》未見原劇本，劇情提要見《豫劇傳統劇目匯釋》，鄭州：黃河文藝出版社，1986年。
〔註47〕劇本收入《中國地方戲曲集成 山西卷》，北京：中國戲劇出版社，1959年。
〔註48〕見王安祈《當代戲曲》，（台北：三民書局，2002年9月），頁193。

　　一九五一年中共當局想利用此劇出國宣傳演出，但認為劉利華的盜賊角色不妥，於是由葉盛章、李少春兩位主演者，會同中國戲曲研究院的編劇范鈞宏，進行整理改編。改編後的劇情是：劉利華原是綠林英雄，但非常有正義感，夫妻二人在三岔口開店，敬仰正人君子，討厭贓官惡棍。當焦贊發配過路住店之時，他懷疑那個隨後跟進來的任堂惠，是奸臣派遣來暗害焦贊的奸細。為了保護焦贊，他在夜間潛入任堂惠臥房觀察動靜。於是驚醒任堂惠，二人在黑暗中展開一場緊張的打鬥，不料把住在另一間房裡的焦贊也驚醒了。後來還是劉利華的妻子取來燈火，雙方才恍然大悟這原來是一場誤會。

　　經過這樣一改，劉利華便由反面人物變成正面人物了。自然，代表他那兇惡殘暴性格的臉譜也隨之取消了。據說梅蘭芳以中國京劇院院長的地位曾反對改劉利華的臉譜，但他有職無權，沒能反對成功。其實豈止臉譜一項，即連劉利華的一切繁複的舞蹈動作，也全是按照武丑的行當創造的程式，如今武丑易為武生，若再用原來的一套表演程式，那是如何地不調和？當葉盛章和李少春就改編本演出時效果不好，散戲後抗議電話紛紛而來，問葉盛章為什麼不按老樣演？〔註49〕因為原先這戲的主旨就在表現邪不勝正，觀眾很不能接受劉利華在劇中不被殺死。

　　由此看來老《三岔口》與新《三岔口》最主要的差別在於店主劉利華的正邪之分。張春華與張雲溪主演的新《三岔口》，已於一九七六年拍攝成戲曲電影片，因應劉利華的正面人物形象，穿扮、臉譜等皆須改變，於是張春華和同事們一起設計了一個具有正義感的劉利華，他被施以粉彩，畫了粗短眉毛，勾出雙炯炯有神的眼睛，從劇本到服裝也作了改變。兩人的表演極為出色，也已經穩固了其經典地位。它吸引人的決不僅僅是武打的驚險激烈。相反，劇中真正的交手只有兩三個回合，表演上突出的是兩個對手在黑暗中相互摸索的戲劇性過程，明明舞臺上有燈光照著，但觀眾從他表演中卻體會到了極強的「黑夜效果」。他和張雲溪眼對眼，鼻尖幾乎碰到了鼻尖，可還是視而不見，妙趣橫生地摸索著。但一旦兩人武打起來，功夫又乾淨利落、迅捷靈敏地展現出來，贏來滿堂掌聲。

　　本戲在穿關及虛擬表演上富有特色，任堂惠穿抱衣抱褲，又稱「豹衣豹褲」、「英雄衣」，樣式為瘦袖、大領大襟，衣下邊緣有打摺的白綢子兩層，衣

〔註49〕參見趙聰〈中共戲曲改革的實例〉，（香港：香港中文大學出版社，1969 年 8月），頁 133。

褲同色，繡小團花圖案，白中有色彩的變化，又不失白色的整體感，是短打武生的扮相。劉利華則穿黑花褲衣短打，黑中有不太突出的花紋做點綴，在黑色中又有變化，兩人一黑一白、一美一醜，形成強烈的對比。〔註50〕因劉利華認定任堂惠住店不懷好意，在半夜用尖刀挑開門栓、輕推兩扇門，蹲伏著溜進門去，任堂惠亦有所準備，二人夜間交手。舞台上只擺著簡單的一張桌子，但作用很大，《三岔口》的桌技包括跳桌角、高毛躍桌、後毛躍桌、三角頂過桌、撐桌懸腿、桌上滾背、撐桌旋子、翻桌旋身躺、抱桌頂、上桌屁股坐等技巧。〔註51〕此時桌子有平衡的效果，一人蹲踞其上，一人站立其上，形成一高一低之對比，或一人在桌上走「上桌屁股坐」，一人在桌下走「翻桌旋身躺」，形成一上一下之對比，這些動作要求兩人默契十足地配合協調，而且動作要連貫迅速。但當任堂惠躺在其上睡覺時，桌子符號的意指就發生了變化，它變成了一張床。

　　虛擬表演是京劇表演的基本表現手法，京劇舞臺上大到登山涉水、騎馬打仗、小到開門關窗、吃喝睡覺……無不運用虛擬的表現手法，其特點就是不用燈光佈景等舞臺技術來製造生活的實景，而是演員通過一定的行當程式進行創造，將人物的行動和寫景、抒情緊密結合在一起，調動起觀眾的想象來共同創造舞臺的生活圖景。如福建莆仙戲《春草闖堂》的「換轎進府」一場，春草進公堂冒認「姑爺」救了薛玫庭，知府胡進是個混迹官場的老奸巨猾，他一定要去相府面見小姐求證。為了表現福建山路之崎嶇難行，轎夫一面把抽步、趨步、躍步、矮步等各種步法組織起來，表現上坡、下坡、跳溝、過灘、和急轉彎，知府在後面追得汗流浹背，甚至連靴子都跑丟了，在此雖沒有高山、陡坡、深溝等，但觀眾反有更廣闊的想像空間，知道這些是對客觀景物的描繪，而且也同時表現春草的聰明機智、胡進的卑鄙愚蠢。另如《拾玉鐲》中孫玉姣要開門、關門、出門、進門、餵食、趕雞、穿針、引線，舞台上既無門、雞、食；也無針、線，但經由演員虛擬化、程式化之表演，卻使這些道具或場景一一被指示出現了。〔註52〕

〔註50〕張連《中國戲曲舞台美術史論》，（北京：文化藝術出版社，2000年9月），頁157。

〔註51〕見余漢東《中國戲曲表演藝術辭典》，（台北：國家出版社，2001年10月），頁376～382。

〔註52〕見蔣星煜《中國傳統戲曲的一些藝術特徵》，載於《中華戲曲》第十五輯，（太原：山西古籍出版社，1993年8月），頁218～219。

老《三岔口》和新《三岔口》各有其特色及擁護者，但近年來的演出以新《三岔口》為主，是各劇種常常演出的折子戲。此戲在黑暗中摸索及桌技的虛擬表演，將寫景、寫情、寫人混融一體，任堂惠的細心謹慎與劉利華的唐突粗魯，由此亦可顯見出來。

三、《穆桂英掛帥》

《穆桂英掛帥》原為豫劇傳統劇目，又名「老征東」、「平安王」或「楊文廣征東」，為豫劇名旦馬金鳳代表作。一九五九年梅蘭芳、陸靜岩、袁均宜等根據豫劇改編為京劇，而以征討西夏為背景，他們結合梅蘭芳的聲腔特點編寫唱詞，均采用「人辰轍」，〔註53〕除保留原劇中的「我不掛帥誰掛帥，我不領兵誰領兵」這兩句台詞外，其餘的均重新改寫，節錄精采曲文如下：

> 姐弟們奉母命進京打探，跨駿馬展雙翅路家鞭。姐弟們在門前仔細瞻望，天波府果然是威武堂皇。大紅旗插至在百尺樓上，畫閣上一排排上陣刀槍。楊金花雖女流豪情倜儻，執霜矛舞劍要馳騁在沙場。我楊家上三代是保國上將，小文廣定作個四代棟樑。」（第三場　進京）

> 弓如滿月人似燕，低飛斜舞射金錢；這一箭要射金錢眼，金花一見喜心間。二箭離弦紅線斷，射斷金錢把駕參。要擒猛虎入深山，欲攬明月上青天；比武場身手顯，文廣今日奪魁元。開弓要射南來雁，成竹在胸不怕難。頑童開寶弓暗吃一驚，好似令公又重生；莫非他是楊門後？！（第四場　比武）

> 長江大河波浪滾，淘不盡忠良一片心，二十年來身退隱，猶把安危念朝廷。喜的是繩武有人多英俊，四代又現那龍虎身；王倫的本領何足論，這才是安邦保國的人。見帥印不由人心酸難忍，是悲是喜兩難分。我只說人死印去緣已盡，卻不道君處朝堂我歸林。二十年一旦又逢春，楊家代代掌帥印。到如今見印不見人，睹物傷情心生

〔註53〕國劇的唱詞必須遵守十三道轍：「中東」、「發花」、「言前」、「灰堆」、「人辰」、「由求」、「衣妻」「梭波」、「疊雪」、「江陽」、「苗條」、「姑蘇」、「懷來」轍。十三道轍是國劇裏的用字，照韻尾的類屬而定的一種分類，等於詩詞中的韻腳。《穆桂英掛帥》採用「人辰轍」，是歸ㄣ的音。參見王元富《國劇藝術輯論》，（台北：黎明文化事業股份有限公司，1970年11月），頁192、193。

恨。我怎能袖手旁觀不願乾坤。為國家說什麼夫亡子殞，盡忠何必問功勳。（第五場 接印）

《穆桂英掛帥》採用「人辰轍」，是歸ㄣ的音，如「接印」一場的韻尾字有「問」、「墳」、「門」、「心」、「陣」、「人」、「恨」、「分」、「云」、「寧」、「春」、「奮」、「震」、「凜」、「軍」。此劇雖然錘煉的時間很短，但其中卻熔鑄了梅先生幾十年精湛的藝術經驗，充份展現了梅派的高華神韻，不僅是梅氏晚年的代表作，更可視為梅派藝術的壓卷之作。「掛帥」和其他的梅派作品一樣，劇本方面掌握住了「簡」、「古」、「淡」的特質，不以曲折的劇情、衝突的張力取勝，恰好似山水寫意，淡淡幾筆，即勾勒出了深遠的意境，而這正是中國傳統戲曲抒情特質的深刻展現。〔註 54〕《掛帥》是豫劇名旦馬金鳳的代表作，此中的穆桂英融合了青衣刀馬武生各行當表演技巧，創立了帥旦行當。通過唱念做舞的融和，塑造了一個血肉豐滿的巾幗　英雄形象。梅蘭方為了和馬金鳳有區別，他創造出「捧印」獨舞，又設計了「西皮導板」轉「原板」、再轉「南梆子」，再轉回「原板」的唱法，十分新穎。〔註 55〕

「穆桂英掛帥」共有七場戲，穆桂英出場的是第二場「鄉居」、第五場「接印」和第七場「發兵」，雖僅三場，卻無一處能放鬆。「鄉居」這場戲裡穆桂英初次登場，此時她已退隱很久了，應當塑造成一個家庭婦女的形象，所以梳大頭，純粹青衣的打扮和舉動。「接印」一場是全劇的重點，梅蘭芳在這裡有不少創新，為了呈顯穆桂英從不願掛帥到接印發兵之間的轉變，他增加了一段獨舞。

然而此刻的桂英仍是青衣的扮像，這段舞蹈該怎麼加才合適呢？梅蘭芳說：鄭亦秋文中提到他在觀賞河北梆子的掛帥時，看到演員有個左右兩沖的身段，因而得到了啟發，聯想到老戲「鐵籠山」和「史文恭」劇中人物老慮身段，或可借用到穆桂英身上，因此大膽採用了「九錘半」的鑼鼓來配身段。九錘半是武戲中常用的鑼鼓，用在青衣的身段上則是梅先生創造的。他在動作上處理得比青衣誇張些，又比刀馬旦文靜些，用這兩種方法把兩類行當融化在一起。〔註 56〕

〔註 54〕參見林鶴宜《國立復興劇藝實驗學校劇校國劇教科書劇本研讀》，（台北：國立復興劇藝實驗學校，1996 年 3 月），頁 168～177。

〔註 55〕參見李仲明、譚秀英《百年家族——梅蘭芳》，台北：立緒文化事業有限公司，2000 年 5 月。

〔註 56〕參見鄭亦秋〈穆桂英掛帥排演隨筆〉，（收錄於《梅蘭芳藝術論評》，台北：商鼎文化出版社），1991 年 10 月。

　　穆桂英原本是不願掛帥的，甚至綁子上殿，要文廣交出帥印，她用大段「二六」說明宋王平日聽信讒言，將楊家將累代功勳置之腦後：「非是我臨國難袖手不問，見帥印又勾起多少前情。楊家將捨身忘家把社稷定，凱歌還人受恩寵我添新墳。慶昇平朝堂內群小並進，烽煙起卻又把元帥印送到楊門。宋王爺平日裏寵信奸佞，桂英我多年來我早已寒心，誓不為宋天子領兵上陣」，二六腔節奏緊湊適合於表達內心情緒。經過太君激情勸勉，她終於答應掛帥，「一家人聞邊報雄心振奮，穆桂英為保國再度出征，二十年拋甲冑未臨戰陣」，此處唱得豪情激蕩，一波三折，用西皮散板表現其心情之轉變。接著他揮動水袖，轉身從台右內方，直衝向下場門，做執杖殺敵式，繼而雙手左右眉做攬鏡自照的動作，表示年事已高、今非昔比，然後左右撩袖兩望、再拋袖，暗示三關上將俱已凋零。越打越緊的鑼鼓，襯托出了她此刻的心情——「老驥伏櫪，壯心不已」，覺得自己還有足夠的信心去戰場衝鋒陷。於是一抖水袖，上肢微微震動了一下，接著精神抖擻地唱「難道我竟無有為國為民一片忠心」。

　　此時他反背兩手面向內，做了個短暫的停頓，二通聚將鼓、號角齊鳴聲中，其高漲的情緒澎礴而出：「猛聽得金鼓響畫角聲震，喚起我破天門壯志凌雲，想當年桃花馬上威風凜凜，敵血飛濺石榴裙。有生之日當盡責，寸土怎能夠屬於他人。番王小丑何足論，一見能擋百萬的兵。」這裡用西皮流水板表現其慷慨激昂之心情，是由消極轉為積極之關鍵。梅蘭芳利用背部作戲，微微抬頭，隱隱的往內走了幾步，跟著兩手水袖齊往右翻，驀然轉身，兩眼透出光芒。捧印時的四句散板「我不掛帥誰掛帥，我不領兵誰領兵，叫侍兒快與我把戎裝端整，抱帥印到校場指揮三軍」，唱腔普通，並無奇特迴旋之處，但唱來充滿了樂觀自信、勃氣英發，手中之印，更有助於表現穆桂英出征前的磅礴氣慨，最後他抱著帥印威風凜凜地下場時，兩眼凝視著帥印，目光中流露出對帥印的親切愛惜之情，與前面初見印時的抗拒、反感相互對照。

　　「發兵」一場，她穿著女紅靠，色彩紋樣極為美麗，襯托出巾幗女將在沙場上英武的氣質。訓子之情節，顯現她一絲不苟的軍紀及嚴母的風範。文廣一直以奪得帥印沾沾自喜，父親宗保「些許事休得掛在口吻，初臨陣莫張狂自炫才能」「到軍中莫多言，待命出征」，並以當年犯了軍法也曾受過重責，說明遵守軍紀的重要性，但禁不起寇準之稱讚，文廣不但輕敵而且還向母親挑釁「我是聖上欽點的先行，難道您的軍令還大得過聖命嗎？」桂英甩袖怒

視，要斬文廣，最後宗保懇請寇準求情，桂英才原諒文廣不成熟的行為。在此唱腔亦有改變，原本由南梆子演唱，抒發對丈夫女兒的親切纏綿之情，但在指責文廣缺點「此兒任性忒嬌生」時則改用西皮原板，顯示情感的變化。南梆子和原板由於節奏相當，所以在運用上也非常自然圓潤，為本劇唱腔中最大的特色，也是京劇唱腔上之創新。〔註57〕

「捧印」是此戲的重心，甚至可以單獨演出折子戲，因太過搶眼，所以其他部分就較顯得遜色，如同徐城北先生所說「它也有美中不足，因為這一折的位置相當於起承轉合中的『承』——稍微『靠前』了些。等這場唱過，無論是稍後的『懲子』，還是最後的『出征』，都顯得力度不足而草草結束。」〔註58〕然而，梅蘭芳所編導之《穆桂英掛帥》已成經典之作，梅派後學如梅玖葆、魏海敏亦步亦趨追隨大師的腳步，並發揚梅派之精隨。

四、《楊門女將》

新編京劇《楊門女將》由范鈞宏與呂瑞明先生改編揚劇《百歲掛帥》，共有十二場，最重要的場次為「驚變」、「靈堂」、「比武」、「探谷」等，由中國京劇院演出，趙金聲擔任舞台設計。

天波府張燈結綵、喜氣洋洋。正準備為鎮守邊關的楊宗保舉辦五十壽宴。不料，噩耗傳來，西夏王文興兵犯境，宗保身中暗箭，傷重身亡。年滿百歲的折太君力抑悲痛，慷慨激昂地駁斥了主和派王輝的謬見，凜然掛帥，率領居孀的兒媳、孫媳等全家出征。陣前，西夏兵將，場場敗陣，便退至老營，憑藉天顯頑守。並設計欲將文廣誆進葫蘆谷，以威脅楊家。但這詭計為折太君於是命令桂英乘機探谷，直搗西夏老巢。桂英母子、楊七娘闖進絕谷後，踏遍群峰，歷經波折，憑藉老馬識途和谷內採藥老人的幫助，攀上棧道奇襲敵後，與太君前後夾攻，一舉殲滅西夏兵。

「驚變」一場，背景中心位置是一個橙黃色織錦，綴金色花紋圖案的大紅壽字，舞台上五張桌子呈雁翅狀排開，上罩平金繡大紅緞子桌圍椅，畫面富麗，格調喜慶。原本要幫宗保慶祝五十壽誕，但當柴郡主、穆桂英見孟懷源、焦廷貴穿素服、面帶愁容，便覺情勢不妙，她倆聽到宗保為國捐軀之事

〔註57〕 參見林柏姬《梅蘭芳平劇唱腔研究》，（台北：學生書局，1985年10月），頁 242～245。

〔註58〕 參見徐城北《京劇春秋》，（台灣商務印書館發行，2001年12月），頁354。

後掩袖悲啼，桂英用甩袖、滾袖、雙折托袖表悲苦萬分之心情。她們的苦還必須忍住哀痛、強做歡笑，免得老太君擔心，桂英忍痛簪花，飲下酒後，搖搖欲倒，引起太君的懷疑「桂英平日裏頗有酒量，為甚麼一杯酒醉倒廳堂？郡主她——支支吾吾精神迷惘，焦、孟將——吞吞吐吐神態失常！莫非是風波陡起三關上？」後來焦廷貴脫口說出「臨終之時……」，讓太君猝然驚坐、手中杯隨即掉落、拭淚將紅絨花摘下。但太君並沒有被擊倒，反而要郡主回房休息，顫抖地拿著酒杯，要眾人同飲，共同祭奠宗保在天之靈。整場戲節奏緊湊、對比強烈，雖哀卻不沉湎。

「金殿」一場，背景是明黃底色，繪金龍圖案，兩側赭色金龍花紋邊條，前面吊掛的帳幔和桌圍椅也採用明黃色，顯得金碧輝煌。宋王苟安意圖求和，楊家不屈而主戰，如此必然產生「請纓」之情節。編劇沒有讓宋王與太君正面交鋒，而是創造了一位新人物——王輝，他是求和派畫著花臉，暗示品格有瑕疵，但他既非與楊家有仇的權貴，又非私通西夏的內奸，只是一個膽小怕事、鼠目寸光之人，〔註59〕讓他與正義機智的寇準爭辯，達到推舉楊門女將掛帥出征之目的。

「靈堂」一場，背景是淡灰色底，銀色織錦圖案，中間有藍色五蝠捧壽圖案，上綴黑絨質的大「奠」字。前面的帳幕由白紗制成，配白緞銀線的桌圍椅，全場景以淡灰色為基調，氣氛悲壯肅穆。太君駁斥王輝朝中無人可掛帥之說，雙翻袖顯示其激動之心情，桂英自告奮勇願當先行官，粗獷直率的楊七娘說「眾女將衝鋒陷陣精百戰，好似那七郎八虎在世間」，文廣也幫腔：「我是英雄少年，可以為國上戰場」，讓王輝招架不住又惱又怒，他說「太君此番出征，若不敗於西夏，下官情願摘下這頂烏紗，從今以後，永不入朝為官。」到此讓宋王意圖苟安而來，變成頒旨出征而歸。

「探谷」一場配合劇情發展，借助燈光變化，並移動山景片，改變了環境氣氛，讓景色動了起來。為了與表演及其場景相協調，它採用了中國畫的青綠山水畫法。在連馬兒都遲疑不敢前進的絕境，桂英等人有一段精采的舞蹈表現夜尋棧道的艱辛。桂英左手挽住馬韁繩，右手握住馬鞭，高高舉起，表示揚鞭催馬，做舉鞭式，繼而右手持馬鞭、左手持長矛做馴馬式，馴馬式表示主人翁所騎之馬高大、凶悍，而騎乘之人物具有高超的馴

〔註59〕參見范鈞宏〈楊門女將寫作札記〉，（收錄於《戲曲編劇論集》，上海：上海文藝出版社），1981 年 12 月），頁 217。

馬技能和超群的武藝，她小碎步急行，旋即數次翻身，後來張彪及其他士兵彈板挺身前撲，表現人物翻山越嶺、攀登懸崖峭壁的情節，由於默契十足讓觀眾感受到力與美的結合，在此掌聲不斷。然而棧道仍是尋不到：「大霧茫茫，難以辨識」「重山疊嶺，棧道難尋」，當分頭尋棧道的七娘、文廣又與桂英碰面，桂英心頭一震唱著「難道是識途的老馬待揚鞭」。接著就是文廣鞭打白龍馬，馬顛跑的情形，文廣此時獨自現身舞台上右手拿馬鞭，左手持長矛，虎口朝內拎馬頭，用於表現戰馬受驚之情形。繼而表演催馬式、拽馬式、橫托馬鞭的程式著重表現人物努力戰勝困難，在艱苦惡劣的困境中拼搏掙扎的神情。費了九牛二虎之力，突然間馬終於停住了，原來是老馬識途，尋獲棧道了。

第十場採藥老人的出現為桂英等人帶來一線曙光，他搖頭晃腦抖腳做抽搐狀，並佯裝成又聾又啞的人，後來桂英拉著他的手並說明自己是楊家將，才解開他的心房。他用原板演唱「聽說是楊元帥為國喪命，不由得年邁人珠淚淋淋！楊家將保社稷忠心耿耿，數十載，東西征，南北戰，立下了汗馬功勞，老漢我聽得明來記得清，夫人你繼夫志再探絕嶺，我也要表一表報國之心，抖一抖老精神我把路引——」由「心」到「抖」字唱腔拉的很長，有點難度，尤其還要抖著手來唱，更不容易，雖然他只是點綴性人物，但卻令人印象深刻。

在這齣戲中桂英穿女白靠並插女白靠旗，而七娘穿女黑靠並插女黑靠旗，女白靠用於年輕貌美的刀馬旦，女黑靠則呼應七娘剛直、豪放的性格。七娘在此戲也有突出的表現，像她在桂英與文廣的比武會上擔任擂鼓手，第一回合兩人不分上下，第二回合眼看桂英將得勝，七娘臨陣指點文廣，又怕文廣精疲力竭，所以提前停鼓，急得汗水淋漓，七娘急的是文廣若無法取勝桂英，將無法迎戰西夏，後來桂英果然贏了，她用橫提槍、單槍迎面花，體現戰勝後振奮的心情。在第八場與西夏王的戰鬥中，七娘身手矯健翻身數次、甩槍、丟槍、接槍、轉槍，身手不凡，嚇得西夏將兵潰敗而逃。

楊宗保與楊文廣在本戲是一實一虛的兩個「戲眼」〔註60〕，雖然宗保在此一直沒有現身，但他的殉身激發了楊門女將及文廣的戰鬥精神，因為文廣是一脈單傳，所以才有王文的絕谷誘兵，絕谷誘兵對太君與桂英是一招險計，

〔註60〕見范鈞宏〈楊門女將寫作札記〉，（收錄於《戲曲編劇論集》，上海：上海文藝出版社，1981年12月），頁217。

文廣的生與死在一線之間，制勝與蹈險、國家與宗祧是兩難的抉擇，如此就有戲劇性的衝突，夜尋棧道、飛越天險等較有傳奇色彩的情節也順理鋪陳，有了天助、人助之後，殲滅西夏便成了預料中之事。

　　范鈞宏與呂瑞明先生說明他們十分喜愛揚劇《百歲掛帥》「壽堂」、「比武」二場戲，但「揚劇以描寫楊家與宋王的內部糾紛為主，通過內部糾紛的解決，以表現楊門女將在大敵當前捐棄私怨，慨然出征的英雄行為，因此以主要筆力放在比武以前，而出征以後的情節就比較簡單」，他們改編時不以忠奸對立、朝廷寡恩為主軸，揚棄了灰暗低沉的色調，轉而描寫楊門女將剛毅堅強、機智勇敢的性格，讓一門忠烈的英雄形象更動人，鼓舞人心的力量更強烈。〔註61〕果然，此戲受到很多好評，就情節、排場、舞台佈景、演員的唱念做打等方面而言，都屬上乘之作，學者王安祈分析百劇與楊劇的情節時說：「揚劇《百歲掛帥》結尾只以太君「下棋論戰」的戰略巧思為結，缺少的不是事件的不足，而是情感無法一貫而下。開頭由慶壽逆轉為報喪的情緒衝擊無法延續至最後，那麼這齣戲只能以武打交戰做一熱鬧的結束，卻無法在宗保驟逝的情懷中獲得深刻的感動。范鈞宏明確地掌握了情感的因素，最後一場採藥老人的安排，便顯然不只是製造『由聾啞到能言、由困處絕境到尋得棧道』的『表面曲折』而已。」「最後一場整個情境和壽堂的為夫慶壽取得了感情的聯繫，楊宗保的影子貫串了整齣戲，情感主軸始終沒有中斷，緊湊的結構中始終貫穿凝聚著豐沛的情緒震盪。」〔註62〕

　　這齣戲頭尾呼應，充分掌握了對比的技巧及情感的矛盾，兼以唱腔生動、歌詞優美，結合各種高難度做工，可稱得上是新編京劇中的高水準作品。

五、《北國情》

　　新編京劇《北國情》由內蒙古京劇團演出，導演李仲鳴說明導演這齣新編歷史劇，想捕捉的是民族神韻，通過京劇藝術的寫意手法，他生動鮮明地傳達出契丹民族特有的精神氣質和審美屬性。〔註63〕此外，他也認為京劇的

〔註61〕見范鈞宏〈楊門女將寫作札記〉，（收錄於《戲曲編劇論集》，上海：上海文藝出版社，1981年12月），頁217。

〔註62〕參見王安祈〈當代戲曲的發展——大陸的戲曲改革（上）〉，（收錄於（《當代戲曲》，台北：三民書局，200年9月），頁40。

〔註63〕李仲鳴〈談北國情的導演設想〉，（《復興劇藝學刊》第二十六期，1999年1月），頁111～115。

程式不是一成不變的，要根據時代的要求去革新和創新，所以本戲在空間、行當的安排、場次的銜接、砌末的運用、服飾穿著都有新的突破。

首先設計了拜奧禮這一群舞場面。拜奧禮是北國人民民間舞蹈，在這齣戲裡他把它運用在婚禮一場戲中，用拜奧禮的儀式性和象徵性，傳達北國人民那種樂觀的人生態度。在服裝上，他設計了大氅式的服裝及拖地大斗篷，遼兵的頭飾也力求突出北國特色。蕭太后耍令旗的姿態很俐落，她穿長斗篷而非戰袍，穿靴子而非船鞋、花盆底兒，一方面配合其武打戲，一方面可以符合其少數民族之身份。在布景上，還設計了多功能的裝飾幕布，圖案選擇了馬鞍，因為馬鞍夠表現北國人的心理，馬鞍在北國是平安，友誼的象徵，借以表示北國人民熱愛和平的心聲。導演還設計了八扇轉門，不僅能夠起到轉換背景的功效，而且能夠為場景的變化，人物出場發揮作用。

本戲的優點是編劇功力不錯，雖然整齣戲沒有反面角色，但戲劇衝突仍然存在，而且又增加了奶媽這個角色，誇張逗趣很討喜。她由男性反串，在戲中有番跟斗等跌撲動作，又巧用機智化解國舅殺四郎的畫面。蕭太后由飽綺瑜飾演，她現年五十餘歲，曾拜尚小雲為師，武功底子很深厚，但嗓音較不圓潤，所以導演在本戲沒有突顯她的武功，安排她演出太多文戲，是較失敗之處。本戲強調出她寬闊的胸襟，如楊業碰李陵碑而死，太后馬上脫掉長斗篷為她覆蓋，表現對英雄崇拜之情。又她聽說宮女之兄弟因參與對宋作戰戰死，馬上賞賜豐厚的銀兩給她，都可看出她的通情達理。為了表現蕭太后的雄風，導演設計了黃龍傘蓋這個道具，再配上小傘來陪襯，這樣蕭太后一出場，既顯示出蕭太后的身份，又表現出遼軍的威風（後來又改為以傘代表戰車輪）。為了表現出蕭太后指揮藝術的遊刃有餘，導演也借鑒了舞蹈中的拖舉動作，讓群眾演員將蕭太后高高托起，這也是一個新創的程式，為的是表現蕭太后指揮若定的大將風範。

本戲的空間處理值得注意，如第三場桃花與四郎第一次見面，兩人一見鍾情，本戲安排兩人如雕像般屹立良久，之後，奶媽云：「嘿這可真是的呀，千里姻緣一線牽……，我給剪斷了！」兩人才如夢初醒，回過神來。唱曲時，因為唱的時間較長，所以聚光燈就打在她身上，頓時四郎就無光線，彷彿在舞台消失一般，如此可集中戲份。又京劇的砌末都以假道具代替，但此戲宮女魚貫列時都拿著真蠟燭，感覺蠻好的。此外，導演還借鑒

了電影蒙太奇的表現手法，來強化京劇的程式，比如楊令公戰死一場戲。楊令公被帶著面具的韓昌驚落下馬。這時楊令公精疲力竭，為了表現他此時的心態，他為韓昌設計了三個影子，也就是說，這時有四個同樣的韓昌出現，動作都是一致的，這樣可以表現楊令公主觀的鏡頭。由於傷痛，使楊令公眼花撩亂，因此眼前出現了四個韓昌，這就能夠表現楊令公為國奮勇獻身的感人精神。

又導演設計了以旗代幕的新程式，戲裡出現了八面顏色鮮豔的大旗，這八面大旗，他賦予豐富的表現力。打仗時大旗揮舞可表現波瀾壯闊的戰爭場面，而戰旗又可以變戰車（旗的兩面有不同的圖案），這樣旗不僅有了旗的意義，而且有了戰車的意義，把戰旗和戰車融合為一，起著一箭雙雕的作用。其次，由於舞台空間有限，我就用旗來分割，轉換場面，這樣不同場景武打場面，就可以在同一個舞台上進行了。

《北國情》是《四郎探母》相關作品，但立意不同，裝扮不同，角色也不同。《金沙灘》、《李陵碑》在一般戲劇的演出過程頗長，但此戲很簡潔地交代劇情，只花了大概二十餘分演出。韓昌出現在《雁門關》等戲是花臉扮相，此戲韓昌則是小生。他戴面具與楊業作戰時，用本嗓唱，但三、四場則用假嗓唱。蕭天左在《四郎探母》的戲為丑角，在此改為淨角，戲份也重。

此戲與《四郎探母》同樣都是利用小阿哥盜令，但前者敘述太后馬上知道女兒桃花的心思，直接點破她：「駙馬思母心切意欲南歸探母」「這本是人之常情，為何不明說？是這樣偷偷摸摸的矇騙本后？」「或許當上了君主命該如此！連親生骨肉也處處戒備，事事相瞞」後來她不准桃花拿令箭，因為時機尚未成熟，賜四郎令箭，如同叫他去送死，後來決定讓四郎當遼與宋議和特使，不但可與折太君見面，又可以化干戈為玉帛，太后之通情達理、思考周密由此可見一般。《四郎探母》一劇鐵鏡公主捏了一下小阿哥，就輕易盜令成功，而且十年來蕭后一直以為四郎是南朝木易小將，沒想到他竟是仇家楊家將，與《北國情》相較之下，則顯現編劇較草率，說服力較薄弱。蕭后大動肝火要殺四郎，二位國舅在這裡有滑稽逗趣的表演，他們建議公主「將小阿哥丟給蕭后，拿著刀子抹著脖子」，後來蕭后果然饒赦四郎，但仍對公主的行為不能諒解，經過鐵鏡再三請饒，蕭后終於原諒她了。

《北國情》此劇突破了《四郎探母》相關戲劇的窠臼，在編劇與戲劇程式的安排頗見功力，然而在唱腔方面略嫌不夠字正腔圓，導演很明顯地要表

現其主觀意識，強調少數民族特有的風采及蕭太后寬宏的胸襟，雖然難以攀越《四郎探母》的成就，但亦有其不可抹滅的特色。

六、京劇小劇場《穆桂英》〔註64〕

「巾幗英雄戰爭三部曲」之一的京劇小劇場《穆桂英》，迥異于以往《穆桂英挂帥》的情節，展現穆桂英挂帥出征前複雜的心理狀態。穆桂英對生與死的釋義並非傳統的忠君報國，而是現代人對戰爭的態度，她也會焦慮、害怕、恐懼，甚至對生充滿了渴望。在竹笛和胡琴激越的喧響中穆桂英出浴登壇祭拜先人，求助亡靈給自己智慧、膽識。戰死疆場的楊繼業、楊六郎、楊宗保的亡魂在磬聲中顯現，穆桂英向亡靈傾訴內心的彷徨和猶疑。全劇就此展開人魂相遇，人鬼對話，人魂衝撞，人與人的掙扎。沐浴中的穆桂英疑慮滿懷愁腸百結，面對即將到來的征戰和殺伐陷於迷惘，她不知道是進是退，不知是生還是死，她吟唱著：「怕見天，天高雲淡，又是新墳一片」。在與亡魂的對話中，深入剖析這位巾幗英雄的內心世界，這個穆桂英多情善感，內心充滿懷疑和憂患，她唱著：「苦呵苦，怕呵怕，家無家，國無國。楊家沒了男人，只剩下百歲的老人還要殺，又有多少青壯年死在百歲老婦的刀下。」

除批判國無英雄、戰爭之慘烈外，也抒發穆桂英在成為寡婦後的情慾抑鬱，編導也很體貼地設想到卸下戰袍後，穆桂英也如同其他女性，需要男人的溫存與憐惜，愛情的滋潤更勝雨露春泥，才不會讓人乾枯腐朽。觀眾爭議的焦點是為什麼要讓穆桂英出現在一個現代的浴盆裏？為什麼會有楊宗保和穆桂英鴛鴦戲水的情節？導演李六乙指出「浴盆是一個人最隱蔽最私密的場所，人在沐浴的時刻最能體現真實的狀態，讓穆桂英沐浴就是讓她回到女性的原初狀態，回到女性的本能，回到隱私的領地。從這個視角切入她的內心，看她的精神狀態。選擇這個視角可能會和英姿颯爽的穆桂英不一樣，但更真實。楊家的男性都死光了，一群孤兒寡母生活在一起，她們會思念，她們也有對愛情的渴望，有對安寧、和平、幸福生活的渴望，穆桂英也

〔註64〕「小劇場」（Little Theatre）一詞來自西方，它有幾個意思：規模小，具有實驗、業餘性質，故與職業大劇場可以截然劃分，它是反傳統、反主流文化的。參見《台灣現代戲劇研討會論文集》，（台北：行政院文化建設委員會，1996年9月），頁19、20、21、254。京劇小劇場即是具有實驗，不遵循傳統京劇表演程式、音樂、腳色服飾、舞台砌末的現代京劇。

不例外。」〔註65〕摘下楊宗保「髯口」的大膽處理和運用，與傳統戲曲的虛擬表現有著異曲同工之妙。導演在這裡以間離的敘述方式將「髯口」轉化為穆桂英傾訴的角色對象，藉以表達和抒發穆桂英內心的孤獨、焦灼和困惑，以及一個女人對恩愛先夫的情愛、性愛和思念。把生者與死者心靈之間的交流，充分外化在戲劇場景中，不僅使「小」的劇場獲得了大的戲劇空間，重要的是，讓我們看到了從戲曲傳統的做派和程式中脫穎而出的一種新的程式，一種可以肯定的「固本求新」的方法和方向。〔註66〕

　　在京劇小劇場《穆桂英》中，舞臺燈光在黑暗中亮起，強烈的光束聚焦舞臺中央一個撒滿玫瑰花瓣的現代浴盆和兩把木椅。磬聲響起，出征前的穆桂英長髮輕挽，一身紅衣，在午夜沐浴淨身，戰袍和花翎放在浴盆邊的木椅上。這樣的佈景及道具，令人覺得很新潮，沒錯，這就是導演李六乙的風格，年輕的導演有著實驗的精神，他的小劇場戲劇《原野》曾將電視和馬桶搬上舞台，舞台中心是馬桶，無所不在的隱喻充斥全劇。〔註67〕雖然導演強調京劇小劇場《穆桂英》的程式設計與傳統戲曲的表演有異曲同工之妙，但老一輩的人還是無法接受，仍有人認為他走偏鋒。

　　《穆桂英》一劇中，傳統的臉譜被一種新的塗描方式取代了：三代楊家亡靈從額角延伸到臉頰的金、白、黑「龍」和白、灰、黑髯口，標榜著楊家三代英烈的歲月痕跡。穆桂英那發跡在額頭上延續的殷紅，從櫻唇過度到揚撒落英的呼應，在這裡幾乎成了一種戲劇意象的提示。角色的服飾上、蟒袍夾身、玉帶裹腰的傳統行頭被白色長衫所置換，穆桂英不再著華麗的彩披登場，而是身披一襲玫瑰色紅裝貫穿始終，張揚著生命和欲望的烈焰。符號化的紅與白，完成了陰陽兩界、生死兩茫和進退兩難的形而上界定，於其文本賦格式的二元相悖的兩難結構中，導揚著「新戲劇」的革新訴求！表演程式上：「一桌二椅」的舞台形態雖被異化，其傳統的影象印記還在，依舊不失舞台構成的靈魂和戲劇表演的支點。戲曲演員主要的表現手段之一「身段」的程式，被分解運用。慢中突變的節奏轉換，似停頓非停頓的技術難度，一改過

〔註65〕見〈舞台劇「穆桂英」有新意 台上上演玫瑰浴〉，http://ent.sina.com.cn，2003年8月18日。

〔註66〕見黃海碧〈出浴的穆桂英——一次打破歷史文化侷限的表達〉，（《中國戲劇》第558期2003年11月），頁20、21。

〔註67〕參見藺海波〈九十年代中國戲劇研究〉，（北京：北京廣播學院出版社，2002年10月），頁320。

去單一的敘事和說明，追求一種內容更加充實、內涵更加豐富的表演境界。誇張的「水袖」在劇情演進和情緒轉換中，除了拋、甩、抖、轉的律動，又豐富了與肢體結合的踩、撐、抽、拉的運用，較之以往水袖的表演語意不僅多了一層表現力度的手段，更有了戲劇進程中的「停頓」處理。

　　曾經執導過京劇、評劇、豫劇、崑曲、呂劇、川劇、眉戶劇、柳琴戲等地方戲曲的李六乙，〔註68〕堪稱戲劇導演中涉足劇種最多的人，對此，他說：「不同劇種表達方式不同，這就在手段上豐富了我今後的創作。比如在這次的《穆桂英》中，我就在樂隊中加入了川劇幫腔的手法，雖然在手法上與川劇不盡相同，但從外部形式上很容易看出是來自於川劇。另外，京劇中常用的崑腔也會運用其中。」此外，故事的開場，不是用一遍鑼鼓引領的「武揚」，鑼鼓喧囂、擦鈸齊鳴。與之迥異的是，一聲磬響盪漾著京胡「三大件」頗有新意的旋律，那聲音一觸耳鼓就帶著濃濃的「京味兒」，旋律中又另有一種新鮮出爐的東西，旁白似的描寫著淨身沐浴中籠罩在多情善感、心懷疑慮、心事茫然、愁緒難理的穆桂英。這樣平心靜氣地直接切入和直奔主題的聲畫表達，在嘗試《穆桂英》「新戲劇」走向的基調和形式的探索中，也讓觀眾在理解小劇場戲劇的實驗精神。〔註69〕

　　李六乙從戲曲傳統的做派和程式出發，試圖創造出一種新的程式。他說：「要讓老戲迷們不僅能看到熟悉的水袖、髯口的傳統表現方法，而且還會有一種讓大家吃驚的、嶄新的玩法。全劇有戲曲程式，但改編的餘地很大，身段程式甚至比傳統的戲曲還要誇張，但表現力更強，過去的身段程式說明和敘述性的成分較多，但這次將更有內涵和內容，是一種形而上的表現手法。」〔註70〕中國古典戲曲強調虛擬與寫意，蘊含豐富的藝術創作，但某些「戲曲程式」囿於時代之演進、舞台之轉換、觀眾口味的變化，逐漸顯得僵化呆板，

〔註68〕李六乙是北京人民藝術劇院導演、劇作家。代表作品有話劇《莊周試妻》、《軍用列車》、《雨過天晴》（編劇、導演）、《非常麻將》（編劇、導演）、《原野》、《風月無邊》（聯合）、《萬家燈火》（聯合）等；戲曲《四川好人》（川劇）、《貧嘴張大民的幸福生活》（評劇）、《宰相劉羅鍋（三、四本）》（京劇）、《白蛇傳》（編劇、導演，豫劇）、《偶人記》（改編，崑曲）等。

〔註69〕參見黃海碧〈出浴的穆桂英——一次打破歷史文化侷限的表達〉，《中國戲劇》第558期，2003年11月，頁20、21。

〔註70〕見〈李六乙堅持小劇場　戲曲革命自編自導《穆桂英》〉，http://ent.sina.com.cn，2003年8月18日。

實有加以檢討修正的必要，李六乙試圖從情慾主題、戲曲程式、音樂設計等改造京劇，除了《穆桂英》，尚有《梁紅玉》等巾幗英雄系列，且讓我們拭目以待。

第五節　地方戲曲名作之文學與藝術

中國有三百多個戲曲劇種，由於語言環境、音樂特點、社會歷史、藝術傳統等因素，所以造成各劇種傳統劇目的種類、演出風格、審美情調的差異。地方戲曲稱之為「板腔體」，劇種間雖然彼此有些差異，但在長期的演出過程中，由於戲班藝人的遷徙、腔調因唱腔改良而變化提升、民族民間傳統習俗給予戲曲廣闊空間等因素，聲腔會產生交流、變化的情形。〔註71〕「板腔體」的優點是結構較為靈活，文辭可俗可雅，音樂構成穩定在聲腔與板式的內容裏，而不必像「曲牌體」的戲曲音樂，每支曲子都有個別結構，需要按一定章法來處理。〔註72〕以下擇取幾個較重要的戲曲劇種如豫劇、崑劇、上黨梆子、評劇、楚劇等，分析其楊家將戲曲之代表作。

一、豫劇《穆桂英掛帥》

河南梆子是梆子腔傳入河南後，和當地民歌及說唱鼓子曲結合而成的戲曲。因為它後來成為河南最大的劇種，故亦稱為豫劇。它十分講究唱功，不僅主要腳色有大段的唱，多者可達百句以上，而且配角也有很多唱段。其次，豫劇具有較大的自由性，它的唱詞、說白和動作，都不十分固定。同一齣戲，不僅不同戲班的演出不盡相同，就是同一演員在不同時間演出也有差異，而且在演出過程中，還可以夾雜其他劇種的唱腔。又豫劇唱腔較為簡單、平直，近似於說白，它以二八板和流水為主，常用大本嗓，男女唱腔在起腔和拖腔

〔註71〕余從在《戲曲聲腔劇種研究》歸納聲腔變化的原因有 1.人口遷徙，戲班和藝人也隨之遷往新的地區 2.「戲路隨商路」 3.官員之「避籍」與「調遷」各地 4.民族民間傳統習俗，給戲班和藝人提供在農村活動的廣闊空間。曾師永義認為以上主要著重在「流播他鄉」之原因，除此外，還可補充 1.因演唱方式而變化成長 2.由鄉村進入城市而發生變化 3.因藝術家唱腔改良而變化提升 4.由曲牌逐漸發展蛻變而形成。參見曾師永義〈論說「腔調」〉，頁 56～60，係台大「戲曲史專題」之上課講義。

〔註72〕見孟繁樹《中國板式變化體戲曲研究》，（台北：文津出版社印行，1991 年 3月），頁 37。

時大都帶有輔音，這些特點使豫劇以獨特的風格自立於梆子戲之林。〔註73〕其劇目多取材於歷史故事和民間傳說，其中楊家將戲有三十多齣，如《闖幽州》、《兩狼山》、《審潘》、《董家嶺》、《破天門》、《破洪州》、《十二寡婦征西》等。

　　此劇1956年由洛陽豫劇院首演，導演桑建修，音樂設計魯濱、劉青、張世虎，舞美設計王大一、張敏，名旦馬金鳳飾演穆桂英。同年12月參加河南首屆戲曲觀摩演出，獲劇本一等獎、導演、舞台美術一等獎，馬金鳳獲演員一等獎，演出遍及全國二十多個省市，演出達三千多場。本劇分五場：晨省、進京、比武、接印、出征，第二場「進京」是過場，交代時空的轉化，第四場「接印」是戲眼，刻畫穆桂英掛不掛帥心情的轉折點。馬金鳳扮演的穆桂英融合了青衣、刀馬、五生各行當表演技巧，創立了帥旦行當，通過唱、念、做、舞的融合，創造了一個血肉豐滿的巾幗英雄。

　　內容敘述楊家將已辭朝二十年，因遼東安王擾亂朝廷，文廣兄妹進京參加比武，文廣刀劈王倫，奪得帥印。穆桂英焦急不安地在家中坐等，文廣兄妹歸來，當文廣說出校場比武，殺死王倫的事，並說：「咱主不加罪於我，賜下招討帥印，叫你出征呢！」桂英大驚失色，左手疾速抓袖，翻袖花按在文廣肩上，兩眼直盯文廣不語，望帥印思潮沸騰。越想越氣，抬手打了文廣一巴掌，決心綁子上殿，辭印請罪。女兒搬來了佘太君，太君唱：「為國家講不起往日之恨，到府門去鳴鐘快整三軍。」穆桂英唱：「為開言來心如焚，我也不是貪生怕死不掛帥印，恨只恨那宋王昏庸叫人傷心，穆桂英我十年未曾離戰馬，咱楊家世世代代軍中人，磨壞多少鞍和鐙，穿破了鐵甲無數身。闖江山來爭乾坤，哪一陣不傷咱楊家人？沙場上死的是忠良將，安享榮華是那奸佞賊臣。老太君你只知為國把忠盡，再看看至今可比不得大破天門。大軍帳前缺少了焦孟二將，我身邊也無有了排風釵裙。文廣兄妹年紀小，上陣打仗我是不能放心哪！」悲壯的豫東二八板抒發出她二十年的心頭怨，身邊的忠良將都殞落了，且宋皇又寵信讒佞，她不願再為君主賣命了。老太君一片丹心道：「你不替文廣去掛帥，有老身親自去平番。」穆桂英熱淚盈眶，只得應諾。太君下場，穆桂英以一段緊打慢唱，抒發她那招封印的痛楚心情和思想轉折過程。

〔註73〕見孟繁樹《中國板式變化體戲曲研究》，頁259。

　　突然，聚將鼓擂響，打斷了她的思緒。她轉身細聽，三聲鼓響，把她帶近二十年前提刀跨馬、橫掃敵寇、血戰殺場的情景之中。在此，馬金鳳吸收了蓋叫天的「山膀」、「雲手」、「丁字步」等五生身段，並設計了「蹉步」、「跨馬」一系列大幅度的動作，〔註74〕以表現穆桂英煥發出當年叱吒風雲的英雄氣慨。「我不掛帥誰掛帥、我不領兵誰領兵？」這裡用了四個水袖動作，一甩左，二甩右，三撩水袖攬手裡，然後將兩個水袖一起向外拋出。緊接著左袖撩起向前直打出去，表示勇往直前，抱印點兵。穆桂英激動地將雙袖彈出，覆蓋在招討印上，然後捧起凝視，一手將印高高托起，一手戰戰兢兢地摸著，進而將臉親切地貼在帥印上。〔註75〕梅蘭芳在欣賞完馬金鳳的「掛帥」後，認為穆桂英從不掛帥到掛帥的轉折太快，於是再她主演的「穆桂英掛帥」加入了經典的一段獨舞。五十三歲時，馬金鳳重新詮釋「掛帥」，在「接印」這一場用兩條主線處理，一條線以內景戲表現穆桂英內心的掙扎與矛盾；另一條線外景戲，以群眾大型舞蹈表現邊關沙場兩軍廝殺的場景，營造出穆桂英掛帥的重要性，〔註76〕並順勢地導引出此必然結果，由此說明推陳出新、精益求精，會得到更多觀眾的認同，也更能豎立此劇之標竿。

　　「掛帥」一場，剛中有柔，武戲文唱，一百一十二句唱腔全用豫東二八板連貫下來，〔註77〕結構嚴謹，聲情並茂。「怒一怒把兒的頭來刌」一段，用的動作說唱連板一氣呵成，通過拔劍而不出鞘的動作，展現出統帥之威嚴、母親之堅毅，反倒是宗保落淚、楊文廣思鄉在一旁暗哭。唱到：「咱老夫老妻要並馬行」時，以一個托宗保鬍鬚的動作，展示了她們倆戎馬一生，相依為命的夫妻情意。

〔註74〕見中國戲曲志・河南卷編輯委員會《中國戲曲志──河南卷》，（北京：新華書店，1992 年 12 月），頁 382、383。並參見《中國戲曲表演藝術辭典》，（台北：國家出版社，2001 年 10 月），頁 69、70、110。

〔註75〕見中國戲曲志・河南卷編輯委員會《中國戲曲志──河南卷》，（北京：新華書店，1992 年 12 月），頁 382、383。

〔註76〕參見魯煤〈賀馬金鳳「穆桂英掛帥」大創新〉，載於《中國戲劇》2001 年 3 月，頁 43。

〔註77〕河南梆子包括兩種調子，即豫西和豫東調。一般說來，豫東調較開朗、活潑；豫西調則含蓄、哀怨。今二八板結合了豫西和豫東調而構成，一板一眼 2／4 拍，可構成上百句的大唱段，主要用於敘事。又可據劇情和人物感情變化的需要而調整，既能表現明快、爽朗、喜悅，也能表現急切、緊張和激憤、悲痛的情形。見中國戲曲劇種大辭典編輯委員會《中國戲曲劇種大辭典》，（上海：上海辭書出版社，1995 年 6 月），頁 969。

二、上黨梆子《三關排宴》

上黨梆子流行於山西晉東南地區，秦漢時這裡屬於上黨郡，以此得名。雖名「梆子」〔註78〕，實際上包括崑曲、梆子、羅羅、卷戲、皮黃五種聲腔，但主要以梆子為主，崑曲、皮黃次之，羅羅、卷戲只有幾齣小戲，不占主要地位。據李綠園《崎路燈》載，乾隆年間曾有山西澤州鑼戲和黃河以北的卷州戲班，以及由「梆、羅、卷」三合班在開封城內演出，多聲腔的上黨梆子，可能就由此三合班演變而成。〔註79〕

在山西各路特別是上黨梆子中，楊家將之戲多至幾十本，從焦循《花部農譚》〔註80〕提供的情況看，搬演楊業父子為奸人所害，悲壯殉國的《兩狼山》，早在乾隆時期就已經很流行。《綴白裘》中三十餘種地方戲曲劇目都是梆子腔班社的演出本，該書收有兩齣，一為《陰送》，一為《擋馬》，〔註81〕楊家戲在梆子腔中大量出現，是很耐人尋味的，因為滿清統治政權用高壓手段迫害漢民族，百姓不可能直接反應其不滿的心聲，只好曲折地歌頌反迫害的楊家將愛國情操。以下介紹的《三關排宴》是《四郎探母》的姊妹作，但兩者的主題思想、人物性格完全不同。

此劇原名《忠節義》，又名《忠孝節》，是《昊天塔》、《五絕陣》、《八姐盜髮》連本台戲的最後一齣。1956年由山西省長治專區人民劇團整理演出，易名為《三關排宴》。溫喜雲飾佘太君，吳婉芝飾蕭銀宗，郭金順飾楊延輝，同年參加山西省第二屆戲曲觀摩會演出獲集體演出獎，郭、吳、溫獲演員獎。

〔註78〕梆子腔之命名，係來自其特殊的擊節樂器——木梆而得名，它起源於甘肅、陝西一帶，是由明代以來流行在陝西地區的弋陽腔餘流，結合甘陝地方民歌，新形成的一種腔調，又名秦腔。其名稱曾經一度用得很廣，將弋陽腔以外的各種地方戲曲都通稱梆子腔（或亂彈），而後則專指秦腔而言。參見邱坤良《中國傳統戲曲音樂》，台北：遠流出版社，1981年11月，頁49。

〔註79〕轉引自《中國戲曲劇種大辭典》，（上海：上海辭書出版社，1995年6月），頁156。

〔註80〕見《續四庫全書》第1759冊，（上海：上海古籍出版社，2003年2月），頁83～89。

〔註81〕《綴白裘》是清·乾隆中葉，一套戲曲選本的匯集，其命名「意取百狐之腋，聚而成裘」，所收的都是當時歌場上最精采、流行的折子。《陰送》在共賞齋版中標為梆子腔，書口上卻印有「亂彈腔」字樣，這就是說，它屬於梆子腔劇目，但演唱時要唱亂彈腔。由此可知《綴白裘》中的梆子腔不是單一聲腔，它包含了西秦腔漢亂彈腔等多種聲腔，所以是一種綜合性聲腔。見孟繁樹《中國板式變化體戲曲研究》，（台北：文津出版社印行，1991年3月），頁162、181。

筆者所購得之《三關排宴》VCD，乃長春電影公司於 1962 拍攝之戲曲電影，郝聘芝飾演佘太君，其餘演員大至沒變。四郎楊延輝在上黨梆子《三關排宴》呈現貪生怕死、不忠不孝的形象。他在遼邦隱姓埋名十餘年，因為蕭后要與佘太君議和，他恐怕此行不利，因此向桃花公主吐實言，公主聞言大怒，四郎跪拜叩頭再叩頭請求原諒，讓公主又憐又惜：「幾句話嚇得他心慌亂，戰戰兢兢好可憐，不向母后將他獻，他總是仇家一男兒。十餘載言行我親眼見，他果然不曾做過將，若稟母后將他斬，一夜夫妻百歲緣，你好比糖糕灑上胡椒面，辣不辣來，甜不甜。」後三句的比喻詞，很貼切地點出四郎的尷尬腳色，他是牆頭草，兩邊都不是人。

在「接關」一幕四郎遠遠望見佘太君，急忙單腿勒馬，惶恐、羞愧地下馬悄悄站在一旁。蕭銀宗下場後，佘太君開始巡視遼國的將領，一眼看見躲躲閃閃的楊四郎，略一思索，不動聲色地回頭用眼神暗示穆桂英招呼桃花公主。接著穆桂英迎桃花公主下馬，楊宗保依次迎遼將入關。四郎正欲夾在眾將中混進關去，不料卻被楊宗保認出，宗保跪在地上高聲喊道，「迎接四伯父！」四郎大驚失色，單腿後退，看看宗保，又羞又窘，恨不得有個地洞鑽進去。最後，他跺腳，用手使勁把帽子往下一拉，遮臉垂頭，假裝無事一樣走過宗保身旁，偷偷看了一眼宗保，他便急急慌慌下場。蕭后此時知道四郎是太君之四子楊延輝，震驚地暈倒了，此時四郎躲在門外，被桃花公主叫了進來，只見他以袖遮臉，不敢見母，後來跪拜太君時，又被桃花公主叫來探視其母。蕭后醒來，用手揉心肝：「把一個仇家子招為皇親，在深宮養猛虎改名變姓」，繼而用手撐肚子勉強站立，怒氣騰騰指著四郎：「孤知人知面，不知他的心」。幸虧公主跪地撒嬌為四郎求饒，說明在赴會前已知其為仇人之子，怕被斬首才不敢稟明母后。蕭后歷經天人交戰後，決定原諒四郎，請求太君不要提四郎之事，還是商議和談之事。

佘太君在關下迎接北國蕭太后這場戲的台詞，只有佘太君和蕭銀宗幾句簡單的禮節套語，主要是通過動作、表情表現人物之間錯綜復雜的關係和深刻的矛盾衝突。遼將，韓昌、蕭天佐、蕭天佑、桃花公主、四郎騎馬從上場門上，遼兵站在洞門。蕭銀宗上場（四丫環停輦），佘太君上前迎接，二人見面寒喧，敘套話，接著是整冠抖袖，「三請三讓」，即三次行禮，三次還禮。鎖吶吹【揚州傍妝台】佘太君讓蕭銀宗先行一步，蕭銀宗矜持地

向關門（下場口）走去，驀地一抬頭，看到了豎在關門上的「宋」字大旗，她不覺愣了一下，倒吸一口涼氣，微微後退兩步。佘太君看在跟裡，搶上一步，欠身相讓。這一讓，使蕭銀宗馬上意識到自己剛才的失態，她立即使自己鎮靜下來，略偏頭用眼神招呼了二下眾將「小心保駕」。然後，一甩袖，一挺胸，昂首闊步地從佘太君身旁走過，並用眼瞟了一下佘太君。當回到室內，太君唱：「幸喜得咱兩國息兵罷戰」，只見蕭太后眼神斜睨，有點心虛，當太君以酒慶賀蕭太后玉體安康時，蕭太后的眼神又斜睨，她不敢喝酒回敬，只敢以酒祭蒼天，說明兩人貌合神離，蕭太后尤其戒慎小心，唯恐被宋軍傷害。

整個接關儀式都是在鎖吶牌子【揚州傍妝台】中進行的。在鎖吶牌子中，至始至終都要配以兩面大鼓，用豐富的鼓點襯托人物的情緒，和心理節奏的變化。當蕭太后看到關上的「宋」字大旗時，心裡震驚，後退幾步，鼓點在她「一驚」、「一退」中也突然加好似人物的心潮滾動一樣。當她控制住自己的情緒，矜持地下場時，鼓點的節奏、聲音也有意控制，和人物的故作鎮靜、表面平穩的表演相呼應。楊四郎見宗保突然跪地，高喊四伯父時，鼓點暴風驟雨般響了起來，把人物突然受驚，心亂如麻的內心節奏形象地表現出來了。〔註82〕

此劇之佘太君異於《四郎探母》中之慈愛形象，她知道四郎投降蕭太后，心中早就下定主意，要趁著兩國議和時討回四郎依法追究，並疾言厲色責備他：「一不忠君罪比山重，二不孝違母命滅絕天倫，三不義拋結髮又把妻聘，棄國土忘根本怎能為人？降遼邦他不對本國主孝敬，怎保他到後來不降旁人？」太君此時用抖動的手指著四郎的面，要蕭后留這無恥不義的畜生。蕭后聞言也躊躇猶豫：「這等人怎保他再無二心，倒不如做人情放他歸宋」。四郎選擇回宋，但迎接他的卻是囚車，他方寸大亂，頭往後仰，頓時帽已掉落，只剩墜髮，他求老母寬容，跪著拉她的衣服，但換得的是無情的譏諷：「想當年那遼邦設下虎口，你兄弟去赴會大戰幽州，你兄長一個個命喪敵手，不成功已成仁壯烈千秋，唯有你小畜牲投降蕭后，配了她桃花女得意悠游，十餘年來事敵寇，將銀宗來稱母后，老身叫你懶回頭……得新窩忘故主不如豬狗，還妄想回遼邦與虎為儔，我大宋錦江山天闊地厚，也無處容你這無恥的下流」，

〔註82〕見中國戲曲志‧山西卷編輯委員會《中國戲曲志——山西卷》，（北京：新華書店），頁 404、405。

罵完便離身而去。這番話將四郎罵得體無完膚，但他仍請託焦光普代為求情，焦光普曉以大義：「千不該萬不該投降遼，到如今落得覆水難收，……為大將捨不得拋頭斷首，當年你還闖什麼幽州」，後來排風更明白告訴他即使太君原諒他，他回到天波府也很難過日子，因為沒有一個僕人願意侍奉他，也不敢讓其他人知道四郎住在此地，勸他還是死了心。四郎發現天地之大竟無容身之處，萬念俱灰下遂自刎而死。

同樣是探母，《三關排宴》與《四郎探母》、《雁門關》的人物性情都不同，《三關排宴》中的太君冷酷無情，竟然積心處慮要殺害四郎，口口聲聲為了楊家之名聲，絲毫沒有考慮到「人心唯微，道心唯危」，何況四郎陣前被俘，桃花公主、蕭后對四郎亦有恩情，敵對的關係使得四郎痛苦地被包夾在其中，若說他為了故國當內應，則陳義過高，若說他眷戀權勢美色，不肯逃離遼國，也非事實。本劇不斷強化四郎負面角色，他唯唯諾諾、忘恩負義、忝不知恥，竟還承認自己是不得已而陣前投敵。他讓所有愛他的人痛心：桃花公主為他被母后驅逐而自殺，蕭后也因此損失一女兒，又楊家上下都認為四郎投效敵國是一種恥辱。若非走投無路，他也不會選擇一死百了之方式來解決此困境。

上黨梆子《三關排宴》深為中共當局喜愛，後來長春電影製片廠將它拍攝成戲曲電影，以期廣為流傳、擴大宣揚。〔註83〕後來吳祖光先生根據此劇改編成《三關宴》，兩者不同之處：1.曲文賓白較富文學性　2.蕭太后原先就知道木易駙馬為楊四郎，佘太君與蕭太后議和時才知道四郎被桃花公主招贅為駙馬　3.桃花公主帶著小孩參加議和，將小孩交給佘太君就自殺。學者認為《三關宴》的佘太君很冷酷無情，對兒媳、兒子和孫子都毫無所動，實在抹煞人性至極。〔註84〕但吳祖光先生認為《三關宴》的改編就是要刻劃佘太君的大義凜然，蕭太后的老謀深算，桃花公主的一片癡情和楊四郎的叛徒嘴臉，戲的主題是愛國主義精神，借劇中人抒發他的思想情感。〔註85〕

〔註83〕因為當年在大陸搞「階級鬥爭」，「親不親、階級分」是毛澤東口諭的最高指
　　　導原則。參見陳宏〈一起來探母的思考〉，收錄於（《復興劇藝學刊》第二十
　　　六期，1999年1月），頁155。
〔註84〕參見陳宏〈一起來探母的思考〉，頁154。
〔註85〕吳祖光〈愛國主義萬歲——說說三關宴〉，收錄於（《復興劇藝學刊》第二十
　　　六期，1999年1月），頁104。

三、揚劇《百歲挂帥》

揚州戲原名為維揚戲或維揚文戲,是從揚州的花鼓戲和蘇北一代的香火戲發展而成。揚州花鼓戲在民國八年被杭州的大世界戲院邀請上演,頗受觀眾的歡迎,但它那粗獷的演出形式和僅有的四十多齣小戲,畢竟無法完全滿足觀眾的耳目。於是它吸收了京劇的關目排場、表演形式、服飾化妝和音樂場面,此外,它又廣泛地吸收當時流行的揚州小曲,將它融化到舞台之上,在劇目上也添了很多「部頭本戲」,雖然它是沒有劇本和唱詞說白的「路頭戲」(又名「幕表戲」),但仍受到人們的喜愛,所以就由小戲蛻變成大戲。〔註86〕香火戲源於古代的「儺」,原先專事驅邪降福、酬神祭鬼等迷信活動,稱「香火」,又有「文」、「武」兩種:「文香火」需學會寫、唸、唱、表;「武香火」需學會流子、流星、飛叉、上刀山(踩刀)、下油鍋(用手入熱油鍋撈鐵)等技藝,它主要活動是「做會」,這些祈禱神祇的「會」,也具有適應農民、漁民等文化生活要求的性質,所以在內容方面逐漸發展為唱神話故事,形式上也從文香火的坐唱和武香火的武打發展為唱做結合,香火終於發展成香火戲。〔註87〕

揚劇《百歲掛帥》取材於揚劇連本幕表戲《十二寡婦征西》,〔註88〕敘述西夏王進犯三關,楊宗保陣前喪命,焦廷貴、孟定國二將攜靈骨回汴梁天波府。正值清明節,折太君帶眾兒媳去宗廟祭祖,驚悉惡耗,闔家悲慟萬分,婆媳相繼暈倒,太君甦醒後,歷數楊家英雄業績。此時宋仁宗與八賢王前來祭奠,弔唁是假,請楊家發兵是真。在八賢王的勸說下,佘太君掛帥,穆桂英當先行,十二寡婦同去征西。

天波府大廳壽堂「驚變」一場,是全劇最為精彩的得意之筆,聲鳴九霄的「鳳頭」所在。揚劇老路子以佘太君於清明節中,帶領眾媳婦赴家廟祭奠家門烈士。適值宗保陣亡的惡耗傳來,十二寡婦悲上加悲,痛哭不已。這樣

〔註86〕參見曾師永義〈中國地方戲曲形成與發展的徑路〉,(收錄於《詩歌與戲曲》,台北:聯經出版社,1988 年 4 月),頁 128。

〔註87〕參見《中國戲曲劇種大辭典》,(上海:上海辭書出版社,1995 年 6 月),頁 405。

〔註88〕幕表戲是一些戲曲的最原始演劇形態,無詳細之記載,無定本之成型,唱白臨場任意發揮,因此容易湮滅。《十二寡婦征西》在民國三十年已瀕臨失傳,為了搶救、整理這齣老戲,江蘇省揚劇團特意請揚州市揚劇團老藝人周榮根講述,南京市曲藝藝人榮鳳樓加以註解,最後由吳白陶主持整理加工工作。參見謝柏梁《中國當代戲曲文學史》,(北京:中國社會科學出版社,1995 年 11 月),頁 106、107。

的處理雖然也有道理，但未免有雪上加霜、淒慘有餘而力度不濟之嫌。從第二稿開始，吳白匋聽取了老演員王金鴻的建議，參考了《鐵冠圖・別母》一場的手法，〔註89〕將清明祭祖改為替宗保慶祝五十壽辰，造成喜中轉悲、悲中見壯的氣氛突轉，為之後前仆後繼的報國豪情、殺敵衝陣的巾幗英氣蓄足情勢，一系列衝突也就由此激烈展開。面對此沉重的打擊，太君並沒有掉一滴淚，只是身體略向後一仰，立即控制住自己的感情，為了鼓舞全家化悲痛為力量，他遙祭宗保在天之靈，並歷數楊家世代忠勇，讚美宗保死有重於泰山，表現了百歲元戎的胸懷，實在非常悲壯，連田漢和馬少波兩位戲曲專家也對這場戲讚揚備至。

　　二、三場花很多篇幅寫楊家與皇室之恩怨情仇。太君與楊家眾人同仇敵愾，火速向宋仁宗請纓，然而昏庸之皇上卻在後宮飲宴不接見太君，如此則必然產生尖銳的衝突。御弟范仲華、柴郡主乃至太君對宋仁宗的軟弱無能都頗有微詞，揚劇直接敘述臣對君的譏諷，御弟范仲華云：「兩班沒有一人應，具是貪生怕死臣。若是今天加封賞，個個搖頭擺尾把功爭。若是今天擺御宴，個個舔嘴接舌上龍庭。真正國家有危難，呸！呸！呸！個個頸項朝裏伸。」三關告急，只有楊家能解圍，范仲華及八賢王要仁宗親自到楊家祭奠功臣，到楊家後柴郡主冷嘲熱諷：「小兒有何德能，敢勞萬歲親來祭奠。」又她觀察到「萬歲無有眼淚淋，分明是想來搬兵，不是悼亡靈，我這裡裝作不知把話論。」後來她乾脆說明太君年邁無法掛帥，桂英陣中產子，身體不佳，文廣年幼，要棄武習文章，好幫楊家留後。太君也趁此機會諷刺仁宗：「汴京城禁軍八十萬，培植了忠勇將千百成行。……萬歲你聖明天子堯舜一樣，早識得誰人忠勇誰賢良。我楊家雖說是世代武將，到如今心有餘，力量不強，戰死在沙場上我一家事小，怕只怕外患深，國家敗，百姓遭殃。」國家至尊的皇上在此不斷遭到白眼，非常尷尬，但國無良材，卻是不爭的事實。范鈞宏與呂瑞明則認為君臣爭論當有分寸，流於說理論辯，又必枯燥乏味，根據「戲」的要求，最好能出現一些朝臣周旋期間激化矛盾，所以他們創造出膽小怕事、鼠目寸光、自命穩重其實誤國的老臣──王輝，〔註90〕借他與楊家眾將爭辯，達到與《百歲掛帥》不同的效果。

〔註89〕參見謝柏梁《中國當代戲曲文學史》，頁107。
〔註90〕參見范鈞宏〈楊門女將寫作札記〉，收錄於（《戲曲編劇論集》，上海：上海文藝出版社），頁216、217。

　　吳白匋認為《百歲掛帥》「鳳頭」、「豬肚」皆備，惟響亮之「豹尾」始終難以形成。在電影本撰寫之後，作者又為戲曲本加寫了襲敵、棋局等結尾，但始終構不成與「驚變」一場首尾呼應的強度。以「棋局」為例，太君藉著與桂英下棋，告訴她「以柔制剛、棉裏裏鐵，是此局關鍵」「棋局如戰局，必須全盤著眼，只要看得遠算得清，冷靜一點」「他那裡車馬炮全力來犯，我國士象貼身車保帥平安，但等他貪吃子兵力分散，我這裡運長車直破重關」，桂英也體悟到太君借棋指點，不能只憑熱血去應戰。襲敵與棋局就整齣戲的結構而言，顯得比重太少，又沒有引人注目的高潮，吳白匋自道個人才力有限，只能寫到此為止。

　　更進一步的攀越，則是由京劇名編劇家范鈞宏與呂瑞明來完成。如他們將揚劇「比武」一場中文廣以梅花槍勝桂英的本事，改編成文廣苦求母親，桂英讓兒三分，母子情深的舐犢之情便表露無遺。此外在「襲敵」的部分，增加了太君瞭營、桂英夜探葫蘆谷、老馬識途及採藥老人等生動的情節。《楊門女將》第七場寫瞭營應戰，敘佘太君月夜裡勘查地形，定下奇兵直搗葫蘆谷，大軍掩戰飛龍山的殲敵戰術，最終前後夾擊，裡應外合、全殲敵軍。這正與穆桂英的思路不謀而合。適值王文派人來了戰表，要與楊文廣在葫蘆谷前交鋒對陣，穆桂英母子遂將計就計，順水推舟，冒險入谷。王文大喜揚言，太君若兩日之內不獻出邊關，他將縱火燒谷，致楊文廣母子於烈焰之中，新的險象又如此緊迫地展現在觀眾面前。第八場演桂英孤軍深入葫蘆谷，於黑夜大霧之中踏近青山，仍難以找到進軍敵營的棧道。後在採藥老人的幫助下，終於在懸崖峭壁間尋棧道襲敵。這就使第九場中的前後夾攻，全殲敵營的勝利合情合理。

　　《楊》劇在人物塑造方面給予了精雕細刻，將舊戲中的大夫人掛帥改成由佘太君掛帥，能突出老少四代全家出動的愛國主題和浪漫色彩，表現楊文廣請纓比武、上陣殺敵的少年英雄氣概，更能展示出楊家將代代相傳、浴血奮戰、死而後已的剛烈傳統。佘太君飽經憂患，心中翻滾過多少失子之痛。她從柴郡主，穆桂英婆媳倆的失態之舉中，從焦、孟二將的志忑之語中迅速問明實情，復以過人的堅強意志撫慰眾人，以為宗保亡靈灑酒慶功的特殊方式告慰於列祖列宗。有這些豪邁之舉，她才能當場諷諭宋皇，主動掛帥出征，具備自始至終的性格統一性。再如楊七娘的豪放不羈：「你們不要爭來不要搶，我此去三關不帶千軍和百將，只要焦、孟二侄兒和文廣。披上七郎當年的烏鱗甲，拿出我那根八十一斤的丈八槍，跨上千里追風馬，郝字帥旗迎風飄揚。

一陣鑼鳴三聲砲響，兩軍陣前威風浩盪。他來一個我殺一個，來兩個，殺一雙。我定要活捉王文把賊寇全殺光，勝利捷報一日三傳白虎堂。」她搶著當先鋒，信誓旦旦要殺敵立功，但太君一生謹慎，最後還是讓桂英掛帥。

　　本劇的主題是忠奸之爭鬥，豫劇《五世請纓》及滇劇《楊門女將》〔註91〕也都根據《十二寡婦征西》改編，主題亦為忠奸之爭鬥，但《五世請纓》中因主和派勝利，迫使桂英之子小滿堂盜令旗，太君誤以為是桂英而叫她跪下，欲行家法，沒想到小滿堂、孟強都承認自己盜令旗，楊門眾女將及老楊洪都跪下要求太君同意桂英出征，這一幕令人血脈噴張，為楊門女將不懼權奸、忠心報國的英雄氣概喝采。而滇劇《楊門女將》大幅度改變人物脈絡，讓包拯力辯奸臣張英，雖然楊門女將如願出征，但張英卻又派奸人張信擔任副先行，阻撓楊門女將之行動，而私通敵營。所以就揚劇《百歲掛帥》、豫劇《五世請纓》及滇劇《楊門女將》、京劇《楊門女將》的改編效果而言，揚劇《百歲掛帥》雖比不上京劇《楊門女將》的高潮迭起，但卻勝過豫劇《五世請纓》及滇劇《楊門女將》的關目結構，已取得不錯的成績了。

四、評劇《楊八姐游春》

　　評劇同一些古老的戲曲相比，是一個新興的劇種，從其形成時期算起，至今也才有七十餘年的歷史。儘管它的歷史較短，發展卻極為迅速，其題材較生活化，也不排斥傳統戲曲之程式化。近三十餘年，評劇已成為我國幾個影響很大的戲曲劇種之一。

　　評劇發源於河北省唐山地區。前身是唐山地區流行的蓮花落（民間演唱形式），後與關外的二人轉（亦稱蹦蹦戲，也是一種民間演唱形式）相結合，吸取了河北梆子、京劇、皮影等藝術營養，於1912年前後，在唐山形成了評劇。評劇音樂亦屬板腔體，就其基本板式而言，有慢板、二六板、垛板、流水板、散板、反調等。文武場伴奏樂器與河北梆子相同。民國三十八年後，評劇音樂有了很大的發展，以慢板和反調唱腔為例，不僅增加了生行的慢板和反調唱腔，還創造出不同調性的慢板和反調唱腔；伴奏上也增加了許多前所未有的中、西樂器，一改評劇傳統音樂的舊面貌。

〔註91〕豫劇《五世請纓》VCD，主演王慧，河南文化藝術音像出版社；滇劇《楊門女將》見《雲南戲劇選目選》，（雲南：雲南人民出版社，1980年2月），頁163～196。

　　《楊八姐游春》敘述天波楊府八姐、九妹乘馬游春，偶遇仁宗皇帝，仁宗見八姐貌美，命八千歲提親。折太君以索取世間難尋的彩禮拒此婚事，仁宗惱怒，命劉文晉搶親，御林軍圍住楊府，楊門女將嚴陣以待，此劇是評劇中四個影響較大的劇目之一。

　　全劇情節起伏跌宕，寓莊於諧，文武相兼，行當齊全，以老旦戲為重。重場戲「索禮抗君」，唱詞生動，富於民間文學色彩。「面君鬧殿」的大段唱，是豐富評劇旦行唱腔中的老旦重頭唱。後宮佳麗三千，宋君竟嫌不夠，還強取豪奪楊家女，國家大事全然不管，浸淫在女色田獵的縱欲生活，也怪不得折太君要大動肝火，不惜死諫了：

> 我要你一兩星星二兩月，三兩輕風四兩雲，五兩火苗六兩氣，七兩黑煙八兩琴音，火燒龍鬚三兩六，簍粗牛毛要三根，公雞下的蛋要八個，雪花曬干要二斤。要你茶盅大的一個金剛鑽，天鵝的羽毛織毛巾，螞郎的翅膀紅大襖，蝴蝶的翅膀綠羅裙，天大的一個梳妝鏡，地大的一個洗臉盆。

在此利用數字遊戲堆砌星月風雲等無法用量計之自然物當聘禮，接著用誇飾法要一堆天大地大之嫁妝，整段唱詞隔句押韻，押韻字是雲、音、根、斤、巾、裙、盆，規律又嚴謹，唱起來極富節奏之美。

> 鐵拐李的葫蘆我要半，給女兒做個炭火盆。韓香子的花籃要一個，準備給女兒盛線針。張國老的毛驢我也要，好送女兒騎回門。……金磚鋪地三尺深，一步一棵搖錢樹，兩步兩個聚寶盆，聚寶盆上站金人，金人的身高一丈二，不要銅鐵全要金。這些財禮還不夠，要你上方的娶親人，王母娘娘娶門客，玉皇大帝來執賓，哼哈二仙把鑼打，四大金剛抬轎人，上八仙的吹鼓手，金童玉女把燈蹬，二十八宿的對子馬，九天仙女報花人，中八仙要來七個，當中不要呂洞賓，他本是戀花貪酒的一位騷神。

她要八仙所佩帶之寶物，像鐵拐李的葫蘆、韓香子的花籃、張國老的毛驢，要民間傳話神話之仙人來主婚、把鑼敲、抬轎、執喜燈……等，這當然是不可能的事，這樣的寫法極具民間素樸的特色，〔註92〕雖然擺明抗婚卻極有技

〔註92〕早在漢樂府〈上邪〉就有此寫法：「上邪，我欲與君相知，長命無絕衰，山為陵，江水為澤，冬雷陣陣，夏雨雪，天地合，乃敢與君絕。」用四件不可能發生之事，說明自己對男子的眷戀與愛意，充滿了民間素樸的熱情。

巧。此外，她只要七仙來祝賀，不要呂洞賓來，因為他貪杯好色，來到世上也不正經。宋君當然聽得出來，她特別強調這就拐彎抹角地罵人──你後宮三千佳麗還不夠，竟垂涎我楊家八姐，實在是好色之徒。如此絃外之音，讓宋君勃然大怒，更是卯上佘太君，明確宣告要娶楊八姐。同樣地，本段亦押韻，唱起來音韻和諧，極富節奏之美。

　　御史劉文晉塗了大白臉象徵奸邪，他跟皇上獻了調虎離山之計：「請皇上宴請佘太君，向她賠不是。另則，派三千御林軍至天波府搶楊八姐進宮。」八姐身穿女靠，未等劉文晉將聖旨念完，即行離去，表示對宋君的鄙薄，後來八姐、排風、九妹與御林軍等展開戰鬥，這裡穿插了詼諧逗趣的情節，劉文晉之子及御林軍被楊八姐等人打得潰不成軍，劉文晉被打得頭上的紗帽只剩一個翅，蟒龍袍凌亂難遮身，一足穿靴、一足赤腳，非常狼狽不堪。八姐持長槍與眾將打鬥時，用了掖槍花、提槍花、橫提槍等要槍花的單槍表演程式，〔註93〕配合抓翎、旋身等動作，表現出她颯爽的英姿，也宣示對皇帝荒唐行為的不滿。

　　這種種抗君辭婚的行為惹火了宋仁宗，皇上宣太君上殿，責備佘太君欺君抗旨，云「普天之下歸孤管，蠻荒之地我能平，一朝之王孤有權柄，你敢說孤不平，孤定選定楊八姐」，此時君臣之衝突對立急遽升高，太君直指仁宗「像你這樣只愛美女，不愛江山的人王主，這大宋的萬里江山，怕要斷送你的手中」，並不卑不亢地說：「百姓搶親要處死，皇家搶親該如何處理？」皇上一聽惱羞成怒，要將折太君綑綁在武門，幸賴八賢王求情得免受辱，然而佘太君心緒翻騰，唱道：

> 埋怨我主忠奸不分，自古道忠臣不怕死，想起你的江山千斤擔，
> 我們楊家替你擔著八百斤，我們楊家幫大宋創過業，立下汗馬功
> 勳……雙龍會大郎替過你宋王死，二郎短劍下為我喪身，三郎被
> 馬踏尸如泥，可憐他落得尸骨無存。四郎押糧不知去向，至今他
> 尚未歸門。五郎五臺山出家不染紅塵。六郎鎮守三關口，兵馬元
> 帥統三軍。七郎北國回來搬救兵，被灌得酩酊大醉，綁在芭蕉樹
> 上亂箭穿身。八郎失落番邦無音訊。令公他血戰金沙一片忠心，

〔註93〕見余漢東《中國戲曲表演藝術辭典》，（台北：國家出版社，2001年10月），頁410、411。

> 碰死李陵碑他盡了忠，早知忠良將都有如此下場，我情願回故鄉，
> 不願事君。

這一段長長的唱詞訴說對宋室的耿耿忠心，一方面又嚴峻地拒絕這門婚事，
她說道：「泰山不倒女兒不出嫁，黃河不乾女兒不成親，太歲要娶楊八姐，等
八十八歲再成親。」表明婚事不敢抗旨，但婚期應由父母做主，以宋王之威，
也對她無可奈何。在一旁的王丞相高高數起大拇指，對著佘太君淡淡一笑，
這笑容包藏著無線豐富的內涵：既有對宋君自討沒趣的諷刺，更有對佘太君
敢抗婚的膽識和智慧。

本劇將仁宗寫成貪愛美色，糊塗昏潰的國君，為了將楊八姐迎娶進宮，
不惜跟佘太君說：「你府八姐容貌美，孤要封她為貴人，封她貴人還不算，
我還要封你楊家人滿門，孤封你三歲的玩童戴紗帽，七歲花姐札鳳裙，站殿
將軍人兩個，一輩一個閣老人，太君若嫌官職小，孤王的江山，咱們兩家
分」，國君不思勵精圖治，反愛楊家的女裙釵，楊家豈是貪愛權貴之人？讓
一邊的太君直搖頭，京劇亦有《佘太君抗婚》此劇目，都表達對封建王權的
不滿。

五、楚劇《穆桂英休夫》

湖北的花鼓流派很多，〔註94〕其中較具代表性的是後來稱為楚劇的黃孝
花鼓。黃孝花鼓根源於黃梅採茶戲，相傳係黃梅一帶的茶農，在採茶時大家
唱山歌，由一人領唱，眾人接腔，隨後便扮一丑一旦踩高蹺演出。大約在清
代中葉，這種歌舞型式流傳到黃河、孝感一帶，受了當時流行的清戲（高腔）
的影響，乃去高蹺而作平地演唱，因此形成表演故事的打鑼腔，進一步才發
展成黃孝花鼓。腳色以三小（小生、小旦、小丑）為主，表演時不用伴奏，只
有鑼鼓鐃鈸節制動作，尾句或句尾由後場幫腔。

跟很多其他的花鼓小戲一樣，黃孝花鼓戲最初被官府認為有礙風化，只
能在農村暗中活動，演員多屬業餘性質，服裝也很簡便。黃孝花鼓戲進入城
市之後，為了豐富它的表演內容，除了原有民歌小曲約聲調及故事內容外，
也吸收了許多清戲的聲調及劇目。大約在民國十五年，黃孝花鼓戲名楚劇，

〔註94〕根據地區分別，鄂東有黃孝花鼓、黃梅採茶戲、東路子花鼓；鄂南有天晌花
　　　　鼓，鄂西有恩施燈戲；鄂北及鄂中有襄陽花鼓、遠安花鼓，其唱腔雖各不同，
　　　　但不外打鑼腔及民歌小曲兩類。

並開始在租界以外的漢口其他地力表演。同時由原由後場幫腔的句尾，改由胡琴接腔，使原僅有鼓板、鑼鈸之類的武揚加上了文場，起初只有一把胡琴，後來又加上了二胡。

楚劇傳統劇目有正劇、悲劇、諷刺喜劇、鬧劇等類型，但大多取材於農村生活和民間傳說，一部分取材於歷史故事。其語言特色是唱多白少、語言樸實、通俗易懂，鄉土氣息濃厚。楚劇的腳色，原來只有小生、小旦、小丑，後來由於本身的發展，才繁衍成生行有生、末之分，旦有青衣、花衫之分；丑行有小丑，兼老旦；另外淨係由小丑分出。各腳色的唱腔，在花鼓戲時期，無論生、旦、丑一律用本嗓，惟旦腳吐字較柔軟，行腔亦較婉轉。進入城市後小生改用假嗓，但旦腳仍以用本嗓者。

楚劇《穆桂英休夫》的劇目頗為聳動，忍不住讓人想一窺其堂奧，歷史上有所謂的「七出」，但大多是夫休妻，少有妻休夫，〔註95〕本劇在選材、立意、主題上突破窠臼，塑造了一個可親可愛的穆桂英形象，這個穆桂英不是那個在戰場上叱吒風雲、武藝壓倒群雄的武將，而是一個稚氣無邪、純真樸實、性情剛烈卻又深明大義的剛進門的新媳婦。陣前招親是對封建婚姻觀的否定；槍挑公爹，是對封建綱常觀念的蔑視；楊府休夫是對封建婚權的挑戰，對封建婦道的批判。編導用一個比一個尖銳的矛盾，一次比一次沉重的打擊，層層鋪墊、步步緊逼，終於把穆桂英逼到「休夫」的「絕境」。

桂英的夫婿宗保是八房最寵愛的獨子，所以面對「掠奪」兒子的桂英，眾婆婆懷著敵意，紛紛想出許多方法要挫其銳氣。宗保習慣被眾人拱著哄著，個性唯唯諾諾，以服從長輩為原則，雖知五娘強行當統帥於「法理」站不住腳，仍要桂英從「人情」上考慮，將帥印讓給五娘。桂英看清宗保的個性及楊家根深蒂固的傳統觀念，於是下定歸去山林的決心，此戲很寫實地反映傳統中國婦女的處境，唯有忍耐再忍耐，才能媳婦熬成婆，然後再煎熬下一代，如果沒有忍耐的精神，就只能像桂英黯然離去。幾千年重覆的悲歌，被習慣

─────────────

〔註95〕如唐太宗時劉寂妻夏侯氏因父親失明，便自請離婚，奉養老父及後母，見劉煦《新校本舊唐書附索引六》《第一百四十三卷 列女傳》，（台北：鼎文書局，二版，1979 年 2 月），頁 5143。又如秀才楊志堅嗜學而家貧，妻子王氏索書求離，刺史顏真卿以為王氏學朱買臣之妻，貪愛權勢、傷敗風教，所以判其離婚，任其改嫁，但杖責二十，可見棄夫而去的行為，被認為傷風害俗，因此這些案例不會太多。見唐范攄《古今詩話叢編·雲溪友議上·魯功明》，（台北：廣文書局，1971 年），頁 16、17。

「自由」的桂英棄之如敝屣，代表現代女性的一種覺醒，不再被物化、行尸走肉，要活出自我、破繭而出。

本劇就選材、立意、主題、文詞和舞台藝術而言表現是很突出的，曾獲得 1996 年湖北省首屆，武漢市第四屆「五一工程」入選作品，但比較美中不足的是：《穆》劇的高潮無疑是桂英休夫，可是休夫之後，她馬上又後悔了。第五場寫她「一聲休字崩出唇，一陣悔意湧上心」，編劇花了一些筆墨刻畫其心情之轉折：一方面擔心若回山嶺後，誰要帶兵對抗天門陣，一方面還在思念勾魂的人兒──宗保。很可惜的最後此戲仍走上團圓的結局，桂英又回到宗保的身邊，振聾發聵之效果也就被打了折扣。

導演邱長元明確地提出「在戲曲傳統中找魂」，借鑒現代藝術與其他地方藝術的手法，創造具有戲曲傳統美和現代感的表演形式。〔註96〕《穆》劇一開始就令觀眾耳目一新，抽象圖騰的布幕投射藍色的燈光，又以乾冰製造氤氳，八位手持雲帚，穿著少數民族服裝的少女舞動著，升降式的舞台中桂英冉冉而出，又有伴唱的美音，讓主角一出場就氣勢不凡。又如第二場桂英與宗保成婚後兩人皆穿著紅衣，四位婢女手持藍紫色螭虎綴以綠珠串之活動性拱門，其後有兩兩成對的高聳木雕屏風；當柴郡主出現時，布幕改換成鳳凰圖案，可見布景的變幻根據不同腳色與事件而做調整。第三場八房婆婆出場時載歌又載舞，一房各有一旗一椅，先是排成一列六張椅，第二次換成兩列各排三椅，方向相背，第三次是一前二後相背，第四次又回復一列六張椅之情形，每一次的轉換隊形，暗示「一個婆婆一條心，六個婆婆六根筋。一根一根好扯斷，絞在一起就理不清」，諸如此類都看出作者努力突破傳統戲曲舞台藝術之用心，此戲大部分是色彩繽紛、熱鬧非凡，但有時用青藍色之燈光表現陰鬱憂傷，使舞台演出別有風味。

幫腔在各劇種都有，只是所用的曲調、方法不盡相同，一般說來可分一句一幫腔、中間幫腔、尾音幫腔三種。〔註97〕本劇的幫腔有化龍點睛之妙，大都集中在每場戲的開場及末場。如第一場戲開場，穆桂英冉冉從升降階現身，眾女兵載歌載舞簇擁著桂英，幫腔為「為破天門下山林，送親來了穆桂英，不用親迎八抬轎，一路歡歌到汴京，一路歡歌，一路歡歌到汴京」，讓人感受到她對宗保的愛意。第四場桂英拜見眾婆婆時，幫腔為「一個婆婆一條

〔註96〕楊華〈一聲休字，千古絕唱〉，(《劇本》雜誌373期，北京：劇本雜誌社，1996年第5月號)，頁71～73。

〔註97〕見張若鑑《豫劇史話》，(台北：永茂股份有限公司，1996年4月)，頁142。

心，六個婆婆六根筋。一根一根好扯斷，絞在一起就理不清，動一根，牽八根，牽八根，動全身，不曉得哪裏不順心，扭筋半筋，半筋扭筋，扭筋半筋，半筋扭筋」用了頂真、重出的修辭技巧，有循環複沓之美。暗示眾婆婆不好伺候，果然她們不但爭拜婆婆的順序，又交代她恪遵的禮節，還與她大打出手，爭奪宗保之愛及帥印。最後一場當桂英休夫悔恨之時，一句一幫腔，而且指出她潛藏心中之真感受：

> 桂英：休夫君，離府門。眼無淚，心沉沉。
>
> 　　一腔真情化作恨，昨日憧憬何處尋？
>
> 　　新婚花燭烟未散，夫妻忽成陌路人。
>
> 幕後幫腔：一聲休字崩出唇，一陣悔意湧上心。
>
> 桂英：一怒斬麻斷千縷，一恨絕情情難分。
>
> 　　幕後幫腔：情難分，意難平，這顆心牽著那顆心。
>
> 桂英：這休字是否傷了宗保，他可知我是指著佛爺罵觀音。
>
> 幕後幫腔：泥巴造觀音，金粉刷金身，細塗細抹不留一個坑。
>
> 　　有血肉的凡人，誰能不染塵？
>
> 桂英：啊！為何抬腿重千斤？
>
> 幕後幫腔：哪裡有你勾魂的人？

桂英說她恨意綿綿，但幫腔指出是悔意無窮；接續桂英才承認情意難剪難斷，而幫腔也為她找下台階，說凡人皆有世俗之情，衝動之下做此決定並不丟臉，如能破鏡重圓，就雲淡風清，不要太偏強好勝。其實幫腔就是桂英的深層意識，後來宗保來追她回去時，她果然就與他歡欣相擁。

　　除了幫腔外，本劇的語言有鄉土氣息，如太君說「我跟他們楊家帶了一輩子伢了，眼看他幹上發枝枝上再升杈，眼看他苗兒成了蔓蔓上又結瓜」，此外也善於引用俚語：「天上星多月不明，地上坑多路不平，河裏魚多水也渾，這世上婆婆多了媳婦不安寧」，上句用瓜迭綿綿比喻楊家子孫，下句用星、坑、魚比喻婆婆太多，月不明、路不平、水也渾形容媳婦難為之處境，語意貼切、平淺易懂，符合王驥德《曲律·雜論》云：「做戲劇應令老嫗解得，方入眾耳，此即本色之說也。」〔註98〕「當行」、「本色」是戲曲推崇之語言風格，所謂「當行者，

〔註98〕見王驥德《曲律·雜論》，（收於隗芾　吳毓華編《古典戲曲美學資料集》，北京：文化藝術出版社社，1992年10月），頁192。

組織藻繪」而不涉於詩賦；本色者，常談口語而不涉於粗俗。」〔註99〕本劇通俗却不俗氣，擅用俚語如「蛤蟆搭上了鷺鷥的腳」、「你尖子還要打」、「指著佛爺罵觀音」等，比喻、疊句如「山泉柔柔浸出我剛脾氣」、「山道彎彎造就我直心腸」等優美流暢之文句，讓人耳目一新，也呼應楚劇之自然本色。

六、評劇《魂斷天波府》

評劇《魂斷天波府》意在通過封建禮教與人欲的衝突，抒寫人生的悲劇，宋理學家云「餓死事小，失節事大」，〔註100〕此劇透過楊七娘、佘太君、楊宗英的矛盾掙扎，鋪陳出一齣尋親血淚史，讓人感嘆封建保守社會的吃人禮教，剝奪了可貴的母子親情。編導從人性的角度出發，另立楊家將戲曲一新題材，是值得賀喜的。十二寡婦披尖執銳奏沙場凱歌，但誰知道她們閨閣的冷寂辛酸？她們也是有血有肉的平凡人，也有通常人一樣的七情六慾，在面對一幕幕榮耀與鮮血、情感與犧牲的交織時，它們的精神世界真的是平靜如水嗎？

七娘杜金娥接受宋王「貞潔烈女」之後，突然宗英來認母，無疑是平地一聲雷。認或不認，關乎盜世欺名，關乎宋室江山，關乎楊家血脈，這些左沖右突讓她們忽而笑、忽而哭，觀眾心情也隨之伏伏沉沉，但畢竟「血濃於水」，七娘與宗英仍是彼此想念的：

（七娘）唱：十六年思兒想兒　娘的心玉碎

（宗英）唱：十六年思娘想娘　兒夢裏醒了多少回

（七娘）唱：十六年星寒月冷伴著孤燈睡

十六年雖生猶死　對著銀花守空幃

（宗英）唱：十六年我有淚無言　默對空山看流水

春去秋來傷心　怕見雁南飛

十六年我萬結愁腸沉如水　空將心事託與誰

十六年子歸聲聲空泣血　天涯浪子無家歸

〔註99〕見馮夢龍《太霞新奏》，（收於隗芾 吳毓華編《古典戲曲美學資料集》，北京：文化藝術出版社社，1992 年 10 月），頁 180。

〔註100〕或問：「嫠婦於理似不可娶，如何？」伊川先生曰：「然，凡娶，以配身也。若娶失節者以配身，是已失節也。」又問：「人或嫠居，貧無記者，可再嫁否？」曰：「只是後世怕寒餓死，故有是說。然餓死事極小，失節事極大。」參見《二程遺書卷二十二下》（收錄於《景印文淵閣四庫全書，子部四 儒家類》，台北：商務印書館，1985 年），頁 241。

（七娘）唱：十六年娘以為石沉大海　再與兒難相會

（七娘、宗英）唱：十六年娘（兒）在夢裡

　　　　　　海角天涯望兒歸（尋慈母）

在此用星寒、月冷、孤燈、空幃、愁腸、子歸泣血等意象，傳達出淒清的感覺，思念是如此漫長，但虛名卻可超越思念的煎熬，雖生猶死仍不放棄此「貞潔烈女」桂冠。七娘見到宗英之後，金蕊未開、守身如玉之聖讚，已被她拋諸腦後，她決定殺剮由人，只求與子相聚。

　　本劇宋王也有唱詞：「殘角疏鐘悄無鴉，霜葉寒風日偏斜，金爐玉枕無顏色，愁煩無限心如麻，太君弄虛犯國法，柴王逼斬佘賽花，醉翁之意不在酒，暗藏殺機爭天下。」前三句以景襯情，顯示忐忑不安之狀，為了保住江山，宋王不得不暗示太君讓宗英改稱七娘義母，七娘壓力不小，最後只好要宗英回三清觀，宗英在沒有回頭路的情況下選擇自殺。片頭字幕「我是誰？我是皇叔的禁忌？我是不祥的星雨？這是什麼地方？我算什麼人？我幹什麼來了？千里尋母，只為太多情。誰知杜鵑鳥，黃鶯卵中生。夜冥冥，風凜凜，此情誰問。慈母淚，滴滴紅，鵑血滿胸。匆匆的我走了……正如我匆匆的走來……」尋找自己生命的原鄉是很重要的，時空距離無法割裂這一切，但宗英面對親娘反覆的舉動，時而斷然拒絕承認親子血緣，時而願意與他隱姓埋名走天涯，時而要他改名換姓回到三清觀，他糊塗了，發出了一連串的疑問，他的存在有何意義？最後他選擇死亡，表達對母親及吃人禮教的控訴。

　　其舞台設計的藝術基調，可以用一個「冷」字來概括，天波府那座冷色調的牌樓居於正中，顯示著無限的威嚴與孤寂，它默默的佇立在那裡，只有功高蓋世、流芳千古的英雄豪傑才有這樣恢弘的氣度，只有人丁凋敝、幽怨良深的淒慘人家才有這樣悲涼的孤獨。序幕中，當杜金娥由太監手中接過御賜金匾高懸正堂的時候，暖光洋溢，杜金娥身披輕紗，神采奕奕，「貞節烈女」四個大字高懸正堂，奪人眼目，象徵著皇權的無限威嚴，它給人以榮耀，給人以光輝，也給人以精神的約束和壓力，正是在這塊金匾的輝映下，杜金娥開始由人變成神，所以，當楊宗英闖堂認母，並掏出血書證明時，心如刀絞的杜金娥在金匾的重壓下竟然不敢相認失散十六年的親生兒子，以致楊宗英傷心奔走。第二場，杜金娥出府追子，全場只有兩名演員，在空曠的舞台上，一切都被黑暗隱去，只用追光對演員進行跟蹤，全憑兩名主要演員精采的表

演把舞台藝術巨大的表現力呈現給觀眾，躲在黑暗中的牌樓，若隱若現地，默聲不語地俯視著這場母子情感的交流。

第三場，杜金娥認子歸來，余太君當場對質，問明原委，七娘說明當初不敢稟明太君楊宗英之事，是因為 1.在邊關丟失楊家骨肉 2.不該與七郎野合受孕在婚前。太君知道此事後內心在「楊家有了鐵血男兒」與「犯了欺君之罪，禍連九族」擺蕩，此時一束白光投射到「貞節烈女」御賜金匾上，這一光線的運用強調了余太君精神上受到的震動。這塊雄渾蒼勁的大字金匾，已然脫離了一班裝飾物的層次，它參與到劇情中來，激發了劇中人物和種種情感、矛盾，對劇中人形成一種壓抑，使他們在這種壓抑中生活，它們的一切活動、言語、交流，都擺不脫、甩不掉這種重壓，這座牌樓成為一個力度強勁的有著內在生命的人格化的戲劇角色。〔註 101〕但太君最後決定「為孫兒老身捨得一身剮，為楊家哪怕地陷天塌」，不料柴王欲以此事作要脅，趁機奪宋室江山，讓認母事更加錯綜複雜。

在楊宗英自殺身亡這一場，幻覺中，杜金娥「上窮碧落下黃泉」，到處尋找已經歸於虛無的兒子，這時，作為杜金娥心理外化的歌女，在燈光的變化中，以各種舞蹈和造型，把杜金娥大悲大痛的情緒起落表現的淋漓盡致。當杜金娥幻覺中兒子的形象消失時，深著黑衣的十位女子以紅手套的造型幻化出杜金娥的心理感覺，在她看來，楊宗英無異於自己親手所殺，自己一向只染敵人鮮血的雙手今天竟然染上了親生兒子的鮮血，她無法理解和解釋這一切，由此，她的精神走向毀滅。〔註 102〕

「貞潔」的觀念歷來迭有變更：在春秋戰國時期，「貞」是指女子對男子的真誠，並不完全限制在「性」上，而到秦漢，則主要用於女子對「性」護守的美德；春秋戰國時，「貞節」雖然是對女子的一種德行要求，但相對而言比較寬鬆，沒有非如此不可的規定。據現代學者蘇冰、魏林合著的《中國婚姻史》研究，戰國以前並無「夫死不嫁」的風氣，相反的鼓勵鰥寡結合。〔註 103〕而到了秦漢時代，經由官方的鼓勵、表彰，使女子的貞節的意識趨於自覺；而將貞節之德放入「三綱」，貞節之倫理價值服從於政治價值，從而有了嚴格

〔註101〕見孫浩〈舞台的有限與無限——淺議瀋陽評劇院兩齣戲的舞台美術〉，收錄於《戲曲研究》第四十輯，北京：文化藝術出版社，1992 年 3 月），頁 201。

〔註102〕見孫浩〈舞台的有限與無限——淺議瀋陽評劇院兩齣戲的舞台美術〉，收錄於《戲曲研究》第四十輯，北京：文化藝術出版社，1992 年 3 月），頁 201。

〔註103〕蘇冰、魏林《中國婚姻史》，（台北：文津出版社，1994 年 4 月），頁 56。

的限制性。在這種情況下，女子以貞節作為一種美德已經定型化。雖然漢代劉向《列女傳》〔註104〕特意褒揚不事二夫的貞順女性十數位如齊杞梁妻、梁寡高行、楚昭貞姜等人，宣揚「貞專精純」、「婦人守壹」、「壹與之醮，終身不改」、「一醮不改，夫死不嫁」的德行，但在當時社會，離婚再嫁或夫死再嫁的事都被視為正當，充其量只要求寡婦在亡夫喪期不得再嫁而已。魏晉南北朝時代，對再婚既無限制，輿論也沒有任何責難，但朝廷仍鼓勵女子們立節垂名、流方千古，即所謂「蓋女人之德雖在於溫柔，立節垂名資於貞烈。」

　　隋唐五代，雖然再醮仍被視為正常，但是政府不但繼承了魏晉南北朝表彰節婦的形式，而且也有意的透過法律鼓吹夫死不嫁，如：「大中五年四月敕，起自今以後，先降嫁公主縣主，如有兒女者，並不得再請從人。如無兒女者，即任陳奏委宗正等准此處分。如有兒女委稱無有，輒請再嫁人者，仍委所司，察獲秦聞，別議處分。」〔註105〕風氣所及，守節漸漸被認為是光榮的事情。宋代理學家對貞節觀念推崇備至，明確提出「餓死事小，失節事大」，宣示女子的貞節比女子生命還重要。元代蒙古人統治，雖然文化水準不如宋代，但是社會風氣仍在宋代的影響之下，不但未曾開放，甚至還有變本加厲的現象。到了明、清二朝，繼承了對節婦貞女的表彰制度：「民間寡婦，三十以前亡夫守制，五十以後不改節者，旌軍門閭，除免本家差役。」寡婦守節不但自己可以得到旌表的光榮，自家的差役也可免除，這是極富誘惑力的。而行為淫蕩、不貞不節則為傳統道德所不齒，婦女們接受節貞，並為貞節而捨棄生命也就自然而然了。〔註106〕

　　評劇《魂斷天波府》圍繞旌表楊七娘為楊七郎守節，後竟發現她未婚生子之情事，碰觸現代人對楊門寡婦情慾的想像，既新穎又體貼人情，雖然她有膽識，是傑出的女性，但面對此一禁忌，及可能導致的政爭，只能禁若寒蟬，犧牲其非婚生子，讓人感嘆唏噓不已！

〔註104〕見張敬譯註《列女傳今註今譯》，（台北：台灣商務印書館，1996 年 4 月），頁 131 至 165。

〔註105〕參見宋・王溥《唐會要卷六》，（收於《叢書集成初編》0813 冊，北京：中華書局，1985 年），頁 74。

〔註106〕由漢至宋明，「貞節」對女子言，不在僅僅是一種高尚的德行，也不僅是女子對丈夫該有的真誠，而是演變為戕害女子的工具，如唐朝丞相房玄齡之妻董氏「挖珠示節」，五代李氏「斷臂守節」，元代馬氏「乳病不醫」，清代曹氏「剖腹示貞」都是貞節觀念由自覺走向畸形的典型例子，由此也可看出女子對守貞護節自覺程度之深。

小結

本章主要分析元明楊家將雜劇與地方戲曲，要成為傳世之作不論在搬演方式、曲牌聯套、曲文賓白、穿關砌末等文學與藝術都要有過人之處。分析兩齣元雜劇後，讓我們瞭解元雜劇體制與規律，劇情與聲情，本色當行的方言特色。由於宋話本《五郎為僧》已亡佚，所以元雜劇《昊天塔孟良盜骨》第四折顯得格外珍貴。相較於元雜劇的民間性，明雜劇為統治者服務的道德意識加強、文詞粗鄙無味，又有濃厚的神怪思想，其中《八大王開詔救孤忠》對後世影響較大，由此衍生的劇目有《清官冊》、《背靴訪帥》等。

楊家將地方戲曲無論在各方面都比雜劇略勝一籌，其中梅蘭芳、陸靜岩、袁均宜等改編豫劇傳統劇目《穆桂英掛帥》為京劇時，他們結合梅蘭芳的聲腔特點編寫唱詞，均采用「人辰轍」，除保留原劇中的「我不掛帥誰掛帥，我不領兵誰領兵」這兩句台詞外，其餘均重新改寫。此外，創造出「捧印」獨舞，又設計了「西皮導板」轉「原板」，再轉「南梆子」，再轉回「原板」的唱法，十分新穎，是「青出於藍，而勝於藍」的佳例，成為梅派傳世經典，歷年來傳頌不絕。又《楊門女將》幾乎在各劇種都有改編，但以范鈞宏、呂瑞明先生改編揚劇《百歲掛帥》者最有名，因為這齣戲頭尾呼應，充分掌握了對比的技巧及情感的矛盾，兼以唱腔生動、歌詞優美，結合各種高難度做工，最後一場採藥老人的安排，製造戲劇的高潮，解決《百歲掛帥》響亮的「豹尾」難以成形的窘境，可稱得上是新編京劇中的高水準作品。

以上所評述的劇作都是楊家將戲曲中的翹楚，但在當今的戲曲創作中，像楚劇《穆桂英休夫》、評劇《魂斷天波府》之類，真正有創意又將心獨運的劇目，可謂鳳毛麟角，難得一見。唐文標《中國古代戲劇史初稿》序言中說：

> 在悠長的戲劇史中，我總感覺愈到後來，戲劇愈重複自己。把故事定型，把生活經驗矮小化，把道德衝突轉化為人際關係的不和諧，最重要的還在於將舞台技巧複雜化、困難化。這不應是戲劇發展的唯一方向，我們還應當考慮人類思想進步史中，它所起的正作用問題，例如怎麼不斷更新形式、加入時代、給人的問題換血，更不斷地尋求困境和追問道德的新衝突。重複上演《紅樓夢》、《四郎探母》

或《蘇三起解》，在人類尋求思想的自我解放中有什麼意義呢？即使《林沖夜奔》或《打殺漁家》在無限的自戀中，恐怕已沒什麼時代意義了。〔註107〕

誠然，這種情形，與觀眾的口味也有關，許多老戲迷對於他們所熟悉的，甚至能倒背如流的傳統劇目百看不厭，但對於新編戲反倒不會那樣趣味盎然，因為他們著意於戲曲程式、唱腔之美。對於年輕一輩而言，新奇、創意、酷炫才是吸引他們的主流，戲曲的虛擬程式、唱腔之美，對他們而言，實在陌生又單調，如果不讓他們有機會認識戲曲的綜合美藝術，不改變戲曲的表演方式，它將逐漸凋零。所以戲劇不能一直重複自己，必須加入一些新元素，不斷地尋求困境和追問道德的新衝突，反映我們身處的時代，如此才能永續經營，延續它的生命力。

〔註107〕見唐文標《中國古代戲劇史初稿》，台北：聯經出版社，1985 年。唐先生的原文語意有些不連貫，筆者引用時有加以重新組合。

第六章　楊家將戲曲之文學與藝術（下）
——《昭代簫韶》

　　清康熙末年以降，宮廷演戲之風歷久不衰。在昇平署收藏的劇本中，反映楊家將內容的戲曲作品相當多，據王芷章《清昇平署志略》〔註1〕記載，清代宮廷中以楊家將故事為創作素材的戲曲作品約有以下五種，（一）《昭代簫韶》，二百四十齣。（二）《鐵旗陣》，共二十四本，一百一十三齣。演楊家將下南唐事（其實楊業入宋是在宋太宗朝，下南唐時楊業等人尚未歸宋。）（三）《肅靖邊》，根據《清昇平署志略》一書的說明，可知《肅靖邊》、《鐵旗陣》俱演楊家將事，可以斷定《肅靖邊》為楊家將戲。（四）《忠義烈》，演楊文廣平南事。（五）《雁門關》共十本，亦譜楊家將事。

　　以《昭代簫韶》為名的戲曲作品有三種，〔註2〕內容有所不同，但又互相聯係。它們是：

　　（一）嘉慶十八年內府刻本。朱墨套印。十本，二十冊，二百四十齣，為崑弋腔劇本。從昇平署的檔案來看，這一版本的《昭代簫韶》共搬演過三次。第一次在道光十七年，第二次在道光二十五年，第三次在咸豐八、九年間。

　　（二）皮黃本。清鈔本，共四十本，一百二十一齣。與崑弋本《昭代簫韶》不同的是，它每一齣的齣名都是四個字。這個版本的《昭代簫韶》的創作

〔註1〕王正章《清昇平署志略》，（上海：上海書店重印本，《民國叢書第三編第五十九種》，1991年。）
〔註2〕見周志輔〈《昭代簫韶》演出的三個腳本〉，《劇學月刊》第3卷1、2期，1934年。

過程是這樣的：光緒二十四年，慈禧太后，取舊日崑弋腔的《昭代簫韶》，翻成皮黃戲，由升平署、內學太監與外傳伶人合唱，全按舊本次序，但略加刪節，隨翻隨唱，每次只唱一本，每本至多四齣，少只一齣，與舊日本數、比數大相徑庭已經翻到崑弋本的第七本第三齣，前後歷時兩年之久，但第四十本只有一齣，且排而未演，因為聯軍入京而被迫停止，已經演出的有三十九本，共有一百二十一齣。

（三）本家本。清鈔本，五本，一百零五齣。與刻本回目相合，第一本頭兩齣與刻本完全相同，從第三齣開始翻成皮黃，翻到第五本第十一齣《重義輕生甘入地》為止。這一版本的《昭代簫韶》的創作過程是這樣的：文宗皇后那拉氏（即慈禧）非常喜歡看戲，光緒親政後，就經常靠看戲來消磨時間，她不僅常常讓京中名伶進宮中演戲，還讓本宮的當差太監組成「普天同慶」戲班，練習登台演出。這一版本的《昭代簫韶》，實際上就是慈禧宮中的太監專門為她演出而砲製的皮簧戲劇本。因為這些演戲的太監不隸屬於升平署，故而又被叫作「本家」，他們演出用的劇本也被稱為「本家本」。

在第一齣《萬台春國齊兆庶》中，介紹了《昭代簫韶》劇名來歷：

> （內）借問台上的，今日搬演誰家故事？（開場人白）搬演北宋演義《昭代簫韶》。（內）怎麼又叫《昭代簫韶》？（開場人白）……當今聖天子作之君，作之師，化育群生，甄陶萬物，假當場傀儡，喝破愚蒙，就眼前道理，感發忠孝。不惜萬幾之暇，玉成千秋之鑑；刪增舊史，點石成金，使忠義之士，須眉長在，令姦佞之徒，肝膈攸彰，然此諸奸，遭顯戮於當世，必使受冥誅於後也。因舊名傷雅，改為《昭代簫韶》。就歌舞太平之文，寓維持風化之意。

「昭代簫韶」之本意為彰顯聖明的朝代，所以內容主要有兩點：一、歌舞太平，讚頌聖明的國君。二、借由楊門之事蹟，感發忠孝，維持風化。《昭》劇與《昇平寶筏》（唐僧取經故事）、《鼎峙春秋》（三國故事）、《忠義璇圖》（水滸故事）具為清宮承應大戲，大戲多為十本，每本二十四齣，分十天連續演出，其內容一為神怪戲，一為歷史故事戲。清代文字獄興盛，御用文人編戲時，盡量譜演神怪故事以逃避現實，又可取悅最高統治者，而歷史故事則顯然寓有借鑑史事以「資治」的政治企圖。〔註3〕由於《昭代簫韶》是宮廷大戲，

〔註3〕參見張庚·郭漢城《中國戲曲通史》，（台北：大鴻圖書公司，1998 年 7 月），頁 1207、1208。

所以不惜一切物力、財力在舞台、穿關砌末下功夫，此外，曲牌聯套與排場
也都遵循規律，值得肯定；但在關目結構、曲文賓白則受限於思想內容、曲
牌格律，比較不理想。以下從四方面探討《昭代簫韶》之文學與藝術：

第一節　關目結構

　　所謂的「關目」是指劇中的重要情節。李漁《閒情偶寄》對於關目的布
置，有「脫窠臼」、「立主腦」、「減頭緒」、「密針線」的主張，他認為劇作貴在
創新，忌諱盜襲窠臼，每部戲應以一人一事為主腦，其他關目皆是為此人此
事而妝點設色，因此頭緒不可繁多，要一線到底，並無旁見側出之情。關目
的布置要血脈相連，埋伏照映，靈動自如。如果是傳奇，還要注意到上半部
節尾的「小收煞」，務使有懸宕之疑；全劇收場的「大收煞」，則要求其無包括
之痕，而有團圓之趣。〔註4〕傳奇與雜劇體製不同，這種差異自然也影響戲曲
的結構，王驥德《論戲劇》一文提到：

> 劇之與戲，南北故自異體。北劇僅一人唱，南戲則各唱。一人唱則
> 意可舒展，而有才者得盡其舂容之效；各人唱則格有所拘，律有所
> 限，即有才者，不能恣肆於三尺之外也。〔註5〕

王驥德所謂「劇」指北劇，「戲」兼指南戲、傳奇。「體」指體製，北劇和南戲
異體因素之一在音樂形式，北曲七音具備，南曲無變宮、變徵。其二，北劇由
一種腳色主唱全本；南戲各腳色皆可任唱，且而有不同歌法。這個體製差異
與戲曲結構的關係，有兩個要點。第一，北劇南戲表演型態上「一人唱」與
「各唱」之區別，反應在戲劇的「文學構成」上，首先體現了故事情節的「簡」
與「繁」差異。北劇一人唱的體製，必然使故事呈現刻板的發展，至少在唱詞
中難以表現戲劇人物之間的對話。於是，以唱為主而又一人唱的北劇便不易
展開複雜的情節波瀾和戲劇衝突。而各唱的南戲不是隨意分唱，所謂「格有
所拘，律有所限」，指各唱體製必須受特定故事情節的制約，從而使各唱成為
一種直接或間接的「人物對話」、「戲劇動作」和「戲劇衝突」。此所以各唱體
製不能「恣肆於三尺之外也」。換言之，為使各腳色勞逸均等，每齣腳色必須

〔註4〕參見曾師永義《中國戲劇的認識與欣賞》，（台北：正中書局，1994年8月2
　　　版），頁314。
〔註5〕參見王驥德《曲律・論戲劇第三十》（收於隗芾　吳毓華編《古典戲曲美學資
　　　料集》，北京：文化藝術出版社社，1992年10月），頁193。

尋求變化，或唱做變位或文武易角，相間為用，故劇作家應著重於調度戲劇結構的要素。第二，一人唱與各唱承擔著不同的人物塑造之任務。一人唱，曲詞只需刻劃一個中心人物；而各唱則必須主造多個形象，因此劇作家創作一人唱的北劇時，可以繞一個中心形象，在每一折中以一長套曲對其心理情態作充分的、各個角度的鋪寫，故云：「一人唱則意可舒展，而有才者得盡其春容（從容）之致」，而南戲則在以唱詞塑造多個人物形象中，貫穿著不同的事件情節漢行為過程。

《昭代簫韶》是一部長達二百四十齣的傳奇，其中的人物、情節都比以往的戲曲複雜。學者韓軍肯定它完成了對楊門八虎的人物設計。一方面，它不拘泥於以往楊門八虎的名字，為楊業的八個兒子重新命名，即大郎楊泰、二郎楊徵、三郎楊高、四郎楊貴、五郎楊春、六郎楊景、七郎楊希、八郎楊順。這八個人的名字，除了六郎楊景的名字與以前的楊家將戲曲人物名稱重合之外，其餘幾個人的名字都是頭一次出現在楊家將戲曲作品當中。而且，與以往同類戲曲中多通過賓白對楊大郎等人作間接的描述不同，他們的人物形象直接出現在劇本中，活動於舞台上，並佔有了一定的戲曲情節，從而大大豐富了他們的人物形象。劇作者在《昭代簫韶》中，把楊家將每一代的人物都表現得非常完整。在該劇的人物形象當中，楊家將的英雄人物已不再是一代、二代的問題，而是擴展到了第三代身上，表現了楊家代代都忠勇報國的高尚人格。

在這些人物形象裡，第一代的英雄有楊業、佘太君，第二代的英雄有楊門八虎，另外還有八個兒媳，即大郎之妻王魁英，二郎之妻耿金花，三郎之妻董月娥，四郎之妻韓月英、五郎之妻馬賽英、六郎之妻柴媚春、七郎之妻呼延赤金、杜玉娥，再加上八娘和九妹。第三代的英雄有楊宗孝、楊宗保、楊宗顯、穆桂英和李剪梅等等。這眾多的人物形象，完成了楊家將三代抗遼的人物譜係。更為重要的是劇作者沒有簡單地把第三代英雄搬上舞台，讓他們僅僅成為走過場，跑龍套的角色，而是給每一個第三代小英雄一個施展的空間，在破天門陣的過程中，幾個人各有所司，施展自的武藝與智慧。〔註6〕與此相適應，《昭代簫韶》的劇作者還把一些附屬於楊家將的人物也盡可能地劃到譜係中來，如楊六郎的主要將領孟良、焦贊、岳勝等人，被算成是楊家將

〔註6〕 參見韓軍《楊家將戲曲研究》，南京大學中文研究所博士論文，1999 年 6 月，頁 54。

第二代的英雄人物，這樣，當他們的後裔出現在《昭代簫韶》裏時，就相應地被劃入到楊家將第三代英雄人物當中。如孟良的兒子孟吉、焦贊的兒子焦松在破天門陣的過程中立下不小的戰功，就是被當作楊家將第三代英雄人物來處理的。

　　然而如果以李漁「脫窠臼」、「立主腦」、「減頭緒」、「密針線」的主張來檢視《昭代簫韶》的人物設計或關目安排，會發現此宮廷大戲不符合以上之要求，因為它犯了枝節龐雜，頭緒繁多之弊，如楊家第三代英雄有楊宗孝、楊宗保、楊宗顯三人，最重要的戲分集中在楊宗保結識木桂英及得到神人傳授破天門之法，而楊宗顯之關目強調忠勇報國及宿命的婚姻觀，只是陪襯罷了，但由此衍生的人物有李剪梅、香童、白雲仙子等人，衍生的情節從第七本第十四齣至二十四齣，共有十齣之多，包括楊宗顯闖陣殉身、侍香童代楊宗顯受死、楊景急發援兵救子、李剪梅破惡陣救夫、黎山老母成全宗顯及剪梅之婚事。這就是李漁所說的「後來作者不講根源，單籌枝節，謂多一人可增一人之事，事多則關目亦多，令觀場者如入山陰道中，人人應接不暇。」〔註7〕此外，增加了孟良的兒子孟吉、焦贊的兒子焦松、七郎之妻呼延赤金、八郎及八郎妻耶律青蓮都屬主幹延伸出去的旁枝，其實具屬畫蛇添足之情節，又為數不少的神鬼戲重複性頗高，乃純粹為了鋪陳展衍、增加娛樂效果，後世戲曲感受其缺失，已刪修這些旁枝末節，讓關目結構更簡要生動。

　　清初李漁在其《閒情偶寄》中提出傳奇有五個「一定而不可移」的格局，即「家門」、「衝場」、「出腳色」、「小收煞」、「大收煞」。《昭代簫韶》二百四十齣的篇幅雖然宏大，但在結構上仍然可以看出幾個結構段落的影子。為了行文清楚起見，以下就李漁《閒情偶寄》中所提到的格局為參考，分析《昭代簫韶》的戲曲結構：〔註8〕

　　第一，副末開場。傳統意義上的副末開場，主要是敷演家門大意，以詩、詞的形式向觀眾交待創作的動機和主旨，並且介紹故事的主要人物和主要情節。《昭代簫韶》的第一齣，保留了副末開場的形式。開場人上場，說明了搬演劇目的名稱，主要情節和劇中主要人物。

　　《昭代簫韶》對傳統的副末開場形式進行了一定的改造，主要表現為：

〔註7〕參見李漁《閒情偶寄》，（上海：上海古籍出版社，2002 年 6 月），頁 46。
〔註8〕參見韓軍《楊家將戲曲研究》，南京大學中文研究所博士論文，1999 年，頁66、67。

傳統意義上的副末開場只有一人，而到了《昭代簫韶》中，出現在劇本中的開場人則成了八個人，相應的，原來由副末一人吟誦的一詩一詞，也由八個上場人共同完成。如下場詩：「《昭代簫韶》奏九成，宮商警世治升平，遼邦雙烈好妻女，楊業全家賢父兄，綱正存思見順義，賢王貶惡佞陳情，恭宣雅化開宗旬，謹慶當今主聖明。」也是八個人一人一句，共同完成。

另外，在副末開場中還加入了「跳靈官」的內容。如第一齣的舞台說明中有這樣一段：「雜扮眾靈官各戴絮巾額、靠、掛赤心忠良牌持鞭，各從福台、祿台、壽台兩場門上，全做跳舞淨台科」。這一段文字，就是對「跳靈官」的說明。這一現象的產生與戲曲的演出習俗有關。舊時的戲班的禁忌恨多，有「十個戲台九個邪」的說法，遇到新台口，第一天要在夜午時分舉行破台儀式，另外，無論平時戲園中開戲多不多，正月初一定要開戲，開場例跳，跳靈官、加官。這一風俗在清宮中也很流行。傅惜華在《南府軼聞》中說：「開場之先，例跳靈官，亦曰「掃台」。由雜色扮靈官八人，各戴絮巾額，穿戰靴，掛赤心忠良牌，持鞭跳舞上場，鳴鞭砲，將下場時，走勢舞蹈，同念淨台咒「哩拉蓮，拉蓮哩蓮」，三遍。《昭代簫韶》第一齣中的跳靈官就反映了清宮中的這一演出風俗。

第二，衝場。傳奇的第二齣，謂之衝場，形式上主要是「必用一悠長引子，引子唱完，繼之以四六徘語，謂之定場白」。它的作用是把故事發生的時間、地點、主要人物之間的關係以及矛盾衝突的開始交待清楚。《昭代簫韶》在一定程度上改造了傳奇的這一結構特點。在第二齣《三霄帝座拱星辰》中，出現了一個凌駕於現實社會之上的天庭，他們會預知人間將要發生的事情。北岳神上奏紫微大帝，說人間在未來的三年中，會出現兵戈之事。在這三年的爭戰過程中，楊業、楊希等人均會死去，戰爭的最後結果是以北宋的勝利而告終。紫微大帝在聽完北岳神的上奏後，吩咐眾神要在暗中庇護北宋方面的將領，然後諸神下場。在這一齣中，雖然也簡單地介紹了《昭代簫韶》的劇情，起到了「衝場」所應起的作用。但更為重要的是，它宣揚了一種人間萬事皆天定的宿命觀念，楊業等人的死，不過是天上將星的歸位遼宋兩國間的戰爭，不過是上天導演的一場戲劇。這就在很大程度上降低了楊家將故事所包含的高尚的民族主義精神。《昭代簫韶》中第二出的內容，不見於《楊家府演義》和《北宋志傳》，應當是清宮詞臣的一種創作性行為。它在一定程度上藉鑑了明清小說的結構特點。在很多明清小說的第一回裡，……，作者往往用一些富於神話特點的故事

來解釋（或照應）小說中發生的所有情節。如《說岳全傳》把岳飛、金兀術等人的爭鬥解釋為前世的仇恨。《水滸》則以三十六員天罡星，七十二座地煞星從伏魔殿內跑出來，為此後一百零八條好漢的故事打下伏筆。

第三，出腳色。即我們常說的「生旦家門」，多在傳奇的第二齣、第三齣。第二齣由生扮的男性角色上場，第三齣由旦扮演的女性角色出場，通過唱詞和道白做自我介紹，而且「生之父母隨生而出，旦之父母隨旦而出」。目的是將劇中人和劇中人的人物關係介紹清楚，為以後情節的發展設立比較明確的線索。

由於《昭代簫韶》場次繁富，人物眾多，情節復雜，很難用傳統的生旦排場來設計情節線索。所以《昭代簫韶》用北宋一方和遼軍一方作為二線，推進戲劇情節的展開，使得傳統的生旦家門得到了相應的改造。承擔介紹人物、交待人物相互關係這一結構功能的場次是《昭代簫韶》的第三齣、第四齣、第五齣。在第三齣《集鵷班議防邊釁》中以群臣上朝的情節，集中讓宋朝的君臣出場，德昭、潘美、傅鼎臣等人都在這一齣中露面。第四齣《集雁序訓守家箴》，則採用了一般傳奇經常使用的「集慶」的形式，楊業與佘太君教導兒個孩子應當文武兼修，報效家園，讓楊家一門集中出場。上場人物有楊業及佘太君，楊業八子及八個兒媳，八娘、九妹、八個丫環、三個孫兒。比之一般小戶人家自然是不可同日而語。而在第五齣中，則一改以往傳奇作品中家宴、慶壽、集慶等傳統模式，採用了遼軍行圍手下獵這樣一個比較新穎的情節，讓蕭太后、韓昌、蕭綽里特、耶律瓊娥等遼國的主要人物直接出現在場上，而其他一些遼國的將領則通過上場人物的敘述進行了交待。

第四，小收煞。由於傳奇體制較長，故高潮往往處在上半部的最後一齣，而在高潮與結局之間，還有一半的篇幅。如《荊釵記》，從劇情發展來看，《投江》齣是全劇的高潮，錢玉蓮不從繼母的威逼，誓死不改嫁孫汝權，便投江自盡，矛盾衝突達到了高潮。又如《長生殿》中的《埋玉》，由於唐明皇貪戀楊貴妃，導致了安史之亂，馬嵬兵變，斷送了楊貴妃的性命，劇情發生重大轉折。這兩齣戲僅是全劇的第二十五齣，處於上半部的最後一齣，也就是李漁所說的「小收煞」。這樣的結構形式，如果劇作家處理不當，往往會造成結構鬆散、情節冗長的弊病，所以李漁對此提出「宜緊，忌寬，宜熱，忌冷，宜作鄭五歇後，令人揣摩下文。」也就是要寫出劇中人物的悲劇情緒，造成強烈的悲劇氣氛，扣緊觀眾的心弦。就像「做把戲者，暗藏一物於盆、盎、衣袖之中，做定而令人射覆，此正做定之際，而眾身覆之時也。」如果結局早早地被人看出，那麼就只能出現「觀眾索然，作者赧然」的尷尬情形。

　　《昭代簫韶》上半部的最後一齣是《龍虎風雲大武昭》，就排場而言是屬於大場，不但出場人物眾多，情節也具關鍵性，因為宋遼大戰在此誓師、發動，後來才有嚴洞賓擺下天門陣，楊宗保得到神人傳授破陣之法，而且宋遼天門陣大戰延宕很久，大約占本劇的三分之一，因此第五本最後一齣《龍虎風雲大武昭》，可視為「小收煞」。但韓軍持不同的看法，他認為《昭代簫韶》沒有小收煞，「因為傳奇在體制上比較長，多分為上下二本，在演出的時候一般是一個晚上演出一本，分在二個晚上才能演完，因此要在上半本的最末一齣，做一個「小收煞」吊起觀眾的胃口。尤其是在勾欄內的商業演出中，還可以保障第二天的經濟收入。而宮廷大戲在規制上則極其冗長，絕不可能在二個晚上演完。根據清代升平署檔案的記載，有的大戲需要幾個月才能夠全部搬演完畢。當然也不可能在一個長達十本二百四十齣的大戲的一半，即在第五本的第二十四齣設計一個小收煞。另外，小收煞在戲曲結構上的主要作用是為了吊起觀眾的觀看欲望。由於宮廷大戲的觀眾主要是皇室人員和一些朝廷大臣，演出的時間上也不十分連貫，有的時候要間隔半月才是下次的演出，所以不太強調懸念。而且小收煞的出現還有吊起人的胃口，讓人多次觀看，以增加演出收入的含義在裡面，而宮庭大戲的演出和創作人員則不需要考慮這樣的問題。以上幾點都決定了他們在關目設計上不太強調「小收煞」。」〔註9〕但其定義與筆者不同，如同上文所述，「小收煞」的高潮往往處在上半部的最後一齣，而在高潮與結局之間，還有一半的篇幅，而非指第一晚演出上半本最後一齣，做一個「小收煞」，吊起觀眾的胃口。

　　第五，大收煞。也就是全劇的結尾。在傳奇中多表現為「婿中狀元翁做官，夫妻母子大團圓」，要求在小收煞時分散的各條線索在此都要合攏。它應該是劇情發展的自然的結果，應該「有團圓之趣，而無包括之痕。」而不能「無因而至，突如其來，與勉強生情，拉成一處」，讓人感到結束得比較生硬。《昭代簫韶》的倒數第二齣《帝鑑無私著冊籍》和最後一齣《天心有感佑升平》，在結構功能上有類於戲曲結構上的大收煞。這二齣的內容為，北岳神向紫微大帶回奏北宋與遼的戰爭已經結束，天地間復歸祥合，於是天上神仙一起歡慶和平，歌頌盛世。這齣戲在內容上主要是對應全劇第一本第二齣的內

〔註 9〕參見韓軍《楊家將戲曲研究》，南京大學中文研究所博士論文，1999 年，頁66、67。

容。從這個意義上說，《昭代簫韶》是一個非常嚴密的閉合式結構，適應了《昭代簫韶》以神設教的創作意圖。

第二節　曲牌聯套與排場

《昭代簫韶》用韻的依據是《中原音韻》，除了四齣以古風韻命名者有混韻的情形外，其餘各齣只押一個韻部，但重韻之處頗多。曲牌的運用多依照《新定九宮大成南北詞宮譜》，本節分曲牌聯套組織規律及宮調聲情兩部分來探討。排場的配置大致符合規律，少數沒有考慮到不可連場不變的原則。為了方便檢索，在附錄處有二百四十齣大戲的曲韻、曲牌與排場。

一、曲韻

《昭代簫韶》裡曲詞用韻的依據是《中原音韻》，其《凡例》云：「詞中用韻處皆照《中原音韻》為準，如北調之入聲應分為平上去者，用小紅圈按發聲之例一一圈出。」〔註10〕根據對《昭代簫韶》二百四十齣中所有曲牌所用韻部的考察，發現《昭代簫韶》中除了四齣以古風韻命名者有混韻的情形外，其餘各齣只押一個韻部。

其中，以東鐘韻為韻腳者二十六齣，以江陽韻為韻腳者三十三齣，以支思韻為韻腳者三齣，以齊微韻為韻者十六齣，以魚模韻為韻者十七齣，以皆來韻為韻者九齣，以真文韻為韻者二十八齣，以寒山韻為韻者五齣，以先天韻為韻者十四齣，以蕭豪韻為韻者三十七齣，以歌戈韻為韻者二齣，以家麻韻為韻者八齣，以車遮韻為韻者二齣，以庚青韻為韻者二十二齣，以尤侯韻為韻者十四齣，但此書缺少廉纖、監咸、侵尋、桓歡等四韻，因為收雙唇鼻音韻尾的侵尋、監咸、廉纖三部，本來就是比較少用的「險韻」。

每一個韻部都有其特質。因為韻包含介音、元音、韻尾、聲調四個因素，介音有開合洪細，元音有前後高低，韻尾有有無與舌尖、舌根、雙唇鼻音、塞音之別，所以它們所產生出來的聲情自然有別。大抵說來，東鐘沈雄、江陽狀闊、車遮淒咽、寒山悲涼、先天輕快、魚模舒徐、支思幽微、家麻放達、皆來瀟灑，也因為韻部有特殊的聲情，所以高明的作家，也就注意到「選韻」，

〔註10〕參見清宮大戲《昭代簫韶·凡例》，（台北：天一出版社，1986年9月），頁1～10。

以諧聲情、詞情的和諧無間，〔註11〕如第五本第十四齣《書搜一紙証奸謀》用寒山韻，切合受讒人逼迫的悲涼氛圍；第八本第二十齣《瀝膽披肝服眾心》用東鍾韻，符合沈雄的聲情。但第八本第十八齣《誇武藝魯莽夫妻》用支思韻卻不符支思韻的幽微，第九本第八齣《三關帥忠忿難舒》用魚模韻卻不符魚模韻的舒徐，第十本第一齣《宋將齊心出營壘》用車遮韻卻不符車遮韻的淒咽，所以這並非絕對的原理，只是純粹的音感而已。

《昭代簫韶》在用韻處，很嚴格地遵守《中原音韻》的規定，其《凡例》云：「凡古人填詞每齣始終率用一韻，然間有出入者，則古風體」，〔註12〕說明除了四齣古風體外，其餘皆一韻到底，為了更清楚了解其所謂非用同一韻部之情形，茲以四齣古風韻為例加以說明：

第一本第五齣《圍合龍沙馳萬騎》絃索調【山坡羊】中之較、到、刀、褻、幕押蕭豪韻，場、忙、岡押江陽韻，麗、飛、地、齊、媚、稀、衣、禮、笄、齊、騎、飛、馳、移、衣、肥、期、地、騎、地、騑、飛、技、狸、沸押齊微韻，申、軍、塵、屯、臣押真文韻。

第一本第十三齣《振先聲龍驤虎賁》中黃鍾宮引【西地錦】之鎮、聞、雲、震，越調正曲【水底魚兒】之紛、塵、神、神，【又一體】之軍、濱、勳、勳三支曲子押真文韻。中呂調套曲【粉蝶兒】之遼、暴、旄、交、浩、落，中呂調套曲【醉春風】之驍、掃、勞、搗、鞘、老，中呂調套曲【迎仙客】之敲、霄、高、鏖、小，中呂調套曲【紅繡鞋】之落、蕭、僚、朝、掃，【喜春來】之剿、高、消、調、勞，【柳青娘】之逃、袍、潮、驕、郊、搖、旄、道、焦，【煞尾】之勞、報、討，數曲押蕭豪韻。

第三本第二十四齣《泉臺捉鬼擲鋼叉》中越調正曲【水底魚兒】之方、常、王、方、障、藏，【又一體】之良、張、防押江陽韻，【緣口讚】之開、來、埋、臺押皆來韻，【佛讚】之悲、期、池，【歎孤調】之起、味押齊微韻，處、是協魚模韻、支思韻。

第四本第五齣《連鴈心同歸虎帳》其中黃鐘宮正曲【畫眉序】之衷、躬、忠、棟、眾，【神仗兒】猛、勇、洞、橫、蒙，【滴溜子】用、橫、種、猛、兇，

〔註11〕參見曾師永義《中國戲劇的認識與欣賞》，（台北：正中書局，1994 年 8 月 2 版），頁 129。
〔註12〕參見清宮大戲《昭代簫韶·凡例》，（台北：天一出版社，1986 年 9 月），頁 1 ～10。

【滴滴金】眾、功、眾、悾、哄、中押東鍾韻，【絳都春序】禱、要、笑、少、表，【三段子】遭、僚、保、報、耗、詔、消【歸朝歡】逃、表、拗、詔、巧、盜、嗷押蕭豪韻。

由以上四齣可以發現古風韻是指換兩次韻部以上的戲齣，第一本第十三齣《振先聲龍驤虎賁》換兩次韻：真文韻、蕭豪韻，第四本第五齣《連鴈心同歸虎帳》換兩次韻：東鍾韻、蕭豪韻，多者換四、五次韻，如第一本第五齣《圍合龍沙馳萬騎》押蕭豪、江陽、齊微、真文韻，第三本第二十四齣《泉臺捉鬼擲鋼叉》押江陽、皆來、齊微，拹魚模韻、支思韻。

學者韓軍指出《昭代簫韶》用韻非常嚴謹與當時的音韻學背景、乾嘉時期的樸學風氣及當時的審定者有關。〔註13〕既然《昭代簫韶》是崑弋腔的戲，為何沒有採用專門為南曲創作而編寫的《洪武正韻》？這與明清以來傳奇創作者的習慣有關，明弘治年間，邵燦《香囊記》，在用韻上遵循《中原音韻》，其後，詞壇領袖沈璟明確提出傳奇用韻當以《中原音韻》為準，得到當時人的響應，據周維培先生統計，明萬曆至清雍正時期，使用《中原音韻》作為韻部進行創作的，在傳奇中佔了統治地位。〔註14〕以下羅列數齣戲之韻部，加以印證：

第一本卷下　第十五齣《宋帥嫉功縱強敵》江陽韻

　　高宮套曲【端正好】：諒、諒、昌、蕩

　　【滾繡球】：裝、蹌、鎗、長、傍、向、當、亡、疆

　　【叨叨令】：向、放、讓、傍、將

　　【脫布衫】：匡、驤、揚、蕩

　　【小梁州】：藏、勷、行、壯、良

　　【白鶴子】：張、放

　　【芙蓉花】：強、攘、場、傍、隍、壯

　　【雙鴛鴦】：場、揚、黃、樣、王

　　【上馬嬌煞】：妄、良、網、放、牆

第二本　第十齣《萬箭攢身先盡忠》庚青韻

　　仙呂入雙角合套【北新水令】：兵、命、英、驚、拯

〔註13〕參見韓軍《楊家將戲曲研究》，南京大學中文研究所博士論文，1999 年，頁75。

〔註14〕參見周維培《論中原音韻》，北京：中國戲劇出版社，1990 年版。

【南步步嬌】：請、迍、驚、命、勝

【北折桂令】：名、生、橫、傾、驚、翎、聲、獰

【南江兒水】：坑、令、定、命、勁、英、令

【北鴈兒落】：爭、剩、兵、營

【南園林好】：層、併、勝、情、情

【北得勝令】：靖、定、政、秉、聲、請、霆、拯、拯

【南令】：兵、硬、睜

【北沽美酒】：生、廷、獰、行、明

【南僥僥令】：定、廷、聖、行

【北太平令】：令、頸、應、聲、昇、正

第四本　第十七齣《巧易名駒馳萬里》真文韻

雙角套曲【新水令】：恩、困、闉、遁

【駐馬聽】：人、身、遁、頻、巡

【沉醉東風】：趁、奔、迅、塵、駿

【鴈兒落】：分、進、刃

【得勝令】：軍、迤、緊、人、信、云、辛

【收江南】：闉、宸、臣

【沽美酒】：神、人、跟、身

【太平令】：遁、分、遒、駿、嗔、嗔、云、忍

【煞尾】：進、臣、宸、鎮

第三本　第四齣《莽劫糧因風放火》江陽韻

中呂宮正曲【粉蝶兒】岡、創、強、壯、行、向

【醉春風】：爽、揚、仰、王、創

【迎仙客】：岡、強、賞、張、讓

【紅繡鞋】：壯、腸、黨、梁、廣

【快活三】：餉、攘、糧、輛

【鮑老兒】：往、向、長、放、惶、岡

【古鮑老】：響、糧、搶、讓

【普天樂】：將、雙、妄、望、張

【煞尾】：揚、向、良

第六本卷下　第十七齣《絕歸途孟良縱火》蕭豪韻

中呂宮正曲【粉孩兒】：討、曉、袍、勞、號

【紅芍藥】：巢、濤、小、繞、飃、號、坳、草

【耍孩兒】：躁、繞、惱、落、耗

【會河陽】：豪、曹、勞、樵、笑、保、保

【福馬郎】：繞、鳥、了、逃、超、饒

【縷縷金】：遭、逃、掉、邀、孝、孝

【越恁好】：勞、條、遙、到、報、小

【紅繡鞋】：霄、昭、燒、遭、忣

【千秋歲】：驍、暴、較、惱、小、要、惱、饒

第六本卷下　第十八齣《違嚴令宗保忤親》庚青韻

仙呂入雙角合套北【新水令】：征、定、程、明、令

南【步步嬌】：請、境、僧、令、誠、命

北【折桂令】：僧、征、情、靈、聽、生、憑、情、行

南【園林好】：影、形、聘、行、行

北【雁兒落】：行、訂、營、名

南【江兒水】：徑、英、定、令、訂、令、定

北【得勝令】：政、正、命、行、省、秉、領

南【玉嬌枝】：訂、明、生、刑、拯、生、命

北【收江南】：僧、情、庭、營、行

南【江兒水】：硬、生、令、性、定、命、勝

北【沽美酒】：行、營、輕、情、等、令、行、骾、耿、英、請、營、請、景

第六本卷下　第十九齣《奮雄威救夫闖帳》蕭豪韻

仙呂宮正曲【風入松】：嬈、惱、孝、浩、豪、曹

【急三鎗】：孝、饒、惱、條

【風入松】：操、嗷、號、道、搖、條

【急三鎗】：誚、豪、勦、豪、詔、報、掃

第七本卷上　第十齣《夢寐酣帳空失刀》庚青韻

【醉花陰】：省、行、卿、評、哽、鳴、命

【畫眉序】：情、省、營、徑、景

【喜遷鶯】：徑、營、怦、拯、行、晴、眚、營

【畫眉序】：更、靜、行、凝、警、令

【出隊子】：勁、輕、聲、等、行

【滴溜子】：靜、徑、應、醒、影

【刮地風】：生、玎、定、醒、勁、驚、行、情、徑、兵

【鬥雙雞】：影、請、領、令、警

【四門子】：逞、婷、憑、迸、行、營、應

【鮑老催】：能、生、輕、影、稟、等、定

【古水仙子】：行、營、定、撐、聲、情、命、疼

【雙聲子】：逞、傾、勝、騁、盛、名

【煞尾】：秉、生、請

由上列押韻情形可看出《昭代簫韶》不避重韻，如仙呂入雙角合套【南江兒水】押庚青韻：令、令，高宮套曲【端正好】押江陽韻：諒、諒，中呂宮正曲【會河陽】押蕭豪韻：保、保，仙呂入雙角合套【沽美酒】押庚青韻：行、行、營、營、請、請，而且重韻處頗多，但除了四齣古風韻有混韻外，其餘皆一韻到底。

二、曲牌

《昭代簫韶》中曲牌的運用多依照《新定九宮大成南北詞宮譜》。《昭代簫韶・凡例》中說，「凡詞曲必按宮調，往往雜劇中有意加增損者，皆文人游戲，惟興所適耳，是劇文理辭句雖實俚鄙，然不敢妄為出入，悉遵大成九宮之句數規格，斟酌參定。」學者韓軍曾經把《昭代簫韶》中的曲子與《九宮大成》中的曲牌一一對照，發現只有三支曲牌不見於九宮大成。〔註15〕

這一現象的產生與《九宮大成》在曲學界的深刻影響有關。自乾隆十一年（公元一七四六年）《九宮大成》刊刻發行後，在曲學界產生了很大的影響。因為在此以前的曲譜著作，有些僅局限於研究南曲，如《南曲譜》、《南詞新譜》、《九宮正始》等，有些專門致力於北曲，如《北詞廣正譜》等。《九宮大成》則兼顧南曲系統和北曲系統。而且在編撰過程中耗費了大量的人力物力，

〔註15〕參見韓軍《楊家將戲曲研究》，南京大學中文研究所博士論文，1999 年，頁76。

集中了許多優秀的專業人材，而且在編輯上也非常的細緻，因而質量非常高，再加上又是以皇家的名義來頒行，所以在曲學界影響很大。吳梅在《新定九宮大成南北詞宮譜》序中云：

> 文至歌曲，操觚家幾視若畏途焉，至若釐其句讀，正其宮調，析其陰陽，示人以規矩準繩，則譜錄之作為不可少矣。然自《太和正音譜》而後，若《骷髏格》，若《南音三籟》……諸作，非不言之有故，持之成理也。顧或僅詳南詞，或專論北曲，偏至之詣雖工，兼人之學未具。又諸家之說，祇足為文人制詞之用，而於音律家清濁高下之變，概未之及，是猶有所未盡也。遜乾隆七年，和碩莊親王奉敕編《律呂正義》後編，既卒業，更命周祥鈺、徐興華輩分纂《九宮大成南北詞譜》八十一卷，至十一年刊行之。其間宮調分合，不局守舊律，蒐采劇曲，不專主舊詞，弦索簫管，朔南交利，自此書出，而詞山曲海，匯成大觀，以視明代諸家，不啻爝火之與日月矣。〔註16〕

它指出自《太和正音譜》諸作或僅詳南詞，或專論北曲，都偏之一偶，而且比不上和碩莊親王奉敕編的《律呂正義》後編。周祥鈺、徐興華輩分纂的《九宮大成南北詞宮譜》，不僅劇曲蒐集廣泛，不局守舊律，又兼顧南北曲，所以在這種情況下，《昭代簫韶》以《九宮大成》為依據進行創作也是情理之中的事情。

（一）曲牌聯套組織規律

《昭代簫韶》曲牌中所謂的【又一體】，是指與前列曲牌名一樣，但體制規律不一樣〔註17〕，《昭》劇在使用「前腔」或者「前腔換頭」時，一律標名為【又一體】。這與《九宮大成》中的理論一致，其《凡例》云：「舊譜一牌名重用者，皆曰【前腔】，夫腔不由句法相同，即使平仄同，其陰陽斷不能同，何云【前腔】乎，《九宮大成》稱為【又一體】者是。其首句有多字少字處，舊名【前腔換頭】，今總稱為【又一體】」。〔註18〕

〔註16〕參見續修四庫全書編委會《續修四庫全書》第 1753 冊，（上海：上海古籍出版社，2002 年），頁 603～605。
〔註17〕如第一本第十三齣《振先聲龍驤虎賁》用越調正曲【水底魚兒】、【又一體】，其中【又一體】是指與【水底魚兒】曲牌，但體制規律不同之曲牌。
〔註18〕參見清·周祥鈺等訂，王秋桂編善本戲曲叢刊《新定九宮大成南北詞宮譜（一）》，（台北：學生學局印行，1987 年），頁 39。

　　【絃索調】是指以弦樂為主，參合北方民歌和邊疆音樂而創造出來的曲調。〔註19〕不過從明代一些有關北曲的文字記載來看，被稱作「弦索」的琵琶、三弦等彈撥樂器，也是北曲的重要伴奏樂器。明人在談到北曲及北曲的藝術特點時，一般都要提到「弦索」。如明人魏良輔在其所寫的《曲律》中便有下述說法：「北曲以遒勁為主，南曲以宛轉為主，各有不同。至於北曲之弦索，南曲之鼓板，猶方圓之必資於規矩，其歸重一也。」〔註20〕魏良輔將北曲之弦索與南曲之鼓板相提並論，反映了弦索在北曲伴奏中的重要地位。著有研究北曲清唱專著《弦索辨訛》的沈寵綏，則在肯定弦索是北曲主要伴奏樂器的同時，還進一步提到弦索對北曲音樂及曲律的影響。他說：「北必合入弦索，曲文少不協律，則與弦音相左，故詞人凜凜遵其型範。然則當時北曲，固非弦弗度，而當時曲律實賴弦以存也。」〔註21〕認為弦索不但是北曲不可缺少的伴奏樂器，而且對北曲的音樂以至曲律有著重要影響，這是明人比較一致的看法。

　　此外，明清以來，曲作者為了增加樂曲的表現力，往往從幾個曲牌各擇幾句，合在一曲，稱為「犯調」。如李玉《清忠譜》中，將「喜漁燈」、「剔銀燈」、「泣秦娥」、「朱奴兒」等七支曲子合在一起，並起了一個好聽的名字，叫「折梅七犯」。然而，在《昭代簫韶》中此類的曲子則被稱為「集曲」，這與《九宮大成》的作法完全一致，因為《九宮大成》的編輯者認為，「詞家標新領異，以各宮牌名匯而成曲，俗稱「犯調」，其來舊矣，然於犯字之義，實屬何居，因更之曰【集曲】，譬如集腋成裘，集花而釀蜜，幾於五色成文，八風從律之旨。」〔註22〕根據施德玉老師的說法「犯調」的意義有三，其一為轉宮、轉調之意，其二是指南曲中之「集曲」或北曲中之「借宮」，其三為南曲中狹義之犯調，〔註23〕因此「犯調」實涵括了「集曲」。

〔註19〕轉引自曾師永義〈有關元人雜劇搬演的四個問題〉，（收錄於《詩歌與戲曲》，台北：聯經出版事業公司，1988年，4月，頁207。

〔註20〕參見魏良輔〈曲律〉，（收錄於《叢書集成三編》第六四冊，台北：新文豐出版公司，1996年），頁574。

〔註21〕沈寵綏《度曲須知·弦索辨訛》，（收於隗芾　吳毓華編《古典戲曲美學資料集》，北京：文化藝術出版社社，1992年10月），頁219～220。

〔註22〕參見清·周祥鈺等訂，王秋桂主編，善本戲曲叢刊《新定九宮大成南北詞宮譜（一）》，（台北：學生學局印行1987年），頁46。

〔註23〕即一支曲保留首尾，中間插入其他同宮調或同管色（調高）的幾支曲，結合成為一支新曲，插入一支稱「一犯」，插入二支即「二犯」，普通不超過「三

　　《昭代簫韶》是屬於南曲類的作品，不像北曲類作品，強調一齣戲中只能用一個宮調，但在大部分的戲齣中，它所用的宮調都是相同的，而在一齣內摻雜有其他宮調的曲牌的情況，如第一本第十三齣《振先聲龍驤虎賁》使用黃鐘宮、越調、中呂調三種曲調則不多見，這與南戲創作的北曲化有關，也與宮廷雅正的音樂風格有關。如果在一齣戲中使用不同的宮調，當然會增加戲曲的藝術表現力，但在處處都要求不失雅正的宮廷裏，是不符合王公大臣們的聽覺品味。〔註24〕歸納《昭代簫韶》的聯套組織規律，約有以下幾種：

　　（1）子母調：即兩曲交互反覆使用，如北曲正宮【滾繡球】、【倘秀才】二曲循環交替，如南曲【風入松】必帶【急三鎗】等，正宮正曲【普天樂】必帶【玉芙蓉】。如第二本第十七齣、第四本第二十三齣《天波樓無端被拆》皆用【風入松】、【急三鎗】兩調循環交替，第六本第三齣《逢勇將難圖後舉》用【普天樂】、【玉芙蓉】兩調循環交替。

　　（2）帶過曲：結合二至三個曲牌固定連用，形成一個新的曲調。其曲牌間或曰「帶」「過」，如【北鴈兒落帶得勝令】、【北沽美酒帶太平令】，其形式有三種，其一，同宮帶過如【北鴈兒】帶【得勝令】，其二，異宮帶過，如正宮【叨叨令】帶雙調【折桂令】；其三，南北曲帶過，如北【紅繡鞋】帶南【紅繡鞋】。

　　（3）聯套：有南曲聯套，北曲聯套，即同宮調或管色相同之曲牌，按照音樂曲式板眼銜接的原則，聯綴成一套緊密結合的大型樂曲（諸宮調音樂大多已屬於聯套形式）。

　　就北套而言，前有首曲，中有正曲，末有尾曲，如第五本第一齣《離寨難違慈母命》用仙呂調套曲【點絳唇】【混江龍】【天下樂】【哪吒令】【鵲踏枝】【混江龍】【寄生草】【煞尾】，第六本第二齣《摧勁敵萬騎齊奔》用雙角套曲【新水令】【駐馬聽】【沈醉東風】【雁兒落】【得勝令】【挂玉鉤】【沽美酒】【太平令】【煞尾】（【點絳唇】、【新水令】為首曲）。

　　就南套而言，有引子、過曲、尾聲。〔註25〕南套之套式有以下四種：其

犯」。為我國傳統音樂中豐富曲調變化的方式。參見施德玉老師《中國地方小
　　戲音樂之探討》（台北：學海出版社，2003年3月初版），頁3～4。
〔註24〕見韓軍《楊家將戲曲研究》，南京大學中文所博士論文，2001年6月，頁77。
〔註25〕所謂的過曲即指正曲，《昭代簫韶》之尾聲有【上馬嬌煞】（第一本第十五齣）、
　　【有結果煞】（第六本第十九齣、第七本十二齣、第九本二十一齣、第十本二
　　十一齣）、【喜無窮煞】（第七本第二十齣）、【小絡絲娘煞】（第八本第十六齣）、

一，引子、過曲、尾聲三者俱備，如第十本第二十一齣《用嚴刑招降伏法》、第四本第十一齣《能料敵終墮詭謀》，這種套式是最少的；其二，無引子有過曲有尾聲，如第一本第二十三齣《舉監軍護持良將》、第九本第二十齣《仁君明鑑得真情》；其三，有引子、過曲無尾聲，如第三本第一齣《暗偷營瓊娥計拙》、第五本第八齣《施毒計易字傾賢》，這種套式是最多的；其四，但有過曲，無引子與尾聲，如第二本第二齣《救老將兄弟連擒》、第五本第十五齣《恨粗心書歸賊手》。

（4）合套：即南套與北套合用，一北一南或一南一北交相遞進。其結構規範較嚴謹，例如構成合套中的南曲與北曲必須同一宮調；每個套曲多以兩個調式為主等。合套的形式有以下三種，其一，由各不相重的北曲與南曲交替出現；其二，在一套北曲裡，反覆插入同一南曲曲牌；其三，在一套北曲裡，插入幾隻不同的南曲曲牌等。如《夢寐酣帳空失刀》此齣戲由楊順、耶律青蓮、師蓋耶、律瓊娥四人演唱本齣戲是「南北合套」，即一支北曲一支南曲交替使用：

黃鍾調合套【醉花陰】一步挪來三思省。韻順夫君逆親短行。韻偏奴是遼國女嫁了宋家卿韻。這其間忠孝難評。韻想到此眉黛鎖寸哀哽。韻白：「即為順天也。」唱俺只得嫁難逐難鳴。韻。這的是順天心從夫命。韻

黃鍾宮合套【畫眉序】手足義關情。韻幾載聯違慕思省。韻白：「可是該看的」唱：探西營親戚讀，你暫待東營。韻耶律青蓮白：「快走」唱：好連袂同事連襟，句楊順白：「你自己去」耶律青蓮唱：走不慣生疏營徑。韻白：走罷！唱合急趨親探舒情分，句敘別後幾年淒景。韻

黃鍾調合套【喜遷鶯】走不了西營途徑。韻走不了西營途徑疊，急煎煎盼母中營。韻心也波忭。韻俺這裡滿胸急拯。韻況有個將軍立等行。韻盼穿了夫婿睛。韻白：「二來可免四郎憂慮。」唱：天從人得金刀除災救眚。韻我只得闖入娘營。韻我只得闖入娘營疊，白：「我今急急到師蓋營中去。」

【不絕令煞】（第九本第七齣）、【隨煞】（第十本第四齣），仙呂宮常用【慶餘】，其他還有【煞尾】、【慶有餘】等皆屬之。

　　黃鍾宮合套【畫眉序】秉燭已三更。韻守護神鋒夜深靜。韻這重營
密佈讀，欲進難行。韻白：「五更好啟程」唱：偃匡床氣息神凝。韻
營門外士卒巡警。韻合此時料也無人到，句且暫睡五更宣令。韻耶
律瓊娥白：「盜取金刀便了。」

　　黃鍾調合套【出隊子】虧得俺騰挪捷勁。韻善行步掌中舞飛燕輕。
韻恰喜咱步逡巡讀，藏避悄無聲。韻怎知俺俏身兒黑暗等。韻白：
「有了」唱：吹滅了這燈而不見形。韻

　　黃鍾宮合套【滴溜子】偶一霎，句神疲，句戰眠養靜。韻被穿窬，
句賊將，句閭營入徑。韻九環讀，鏘鏘響應。韻合神魂睡未沉，句
忽然被驚醒。韻早滅燈兒，讀神鋒無影。韻

以上曲調由黃鍾宮組成，即北【醉花陰】南【畫眉序】北【喜遷鶯】南【畫眉
序】北【出隊子】，這種形式適合表現不同人物的不同性格和心理，以及他們
之間的戲劇衝突，在此表現出耶律青蓮、耶律瓊娥盜刀時矛盾的心情，幫遼
或幫宋都會得罪其中一方，最後雖然選擇幫宋盜金刀，但心中有深深的罪惡
感。《昭代簫韶》序言云：「南北合套之詞如仙呂入雙角係兩宮合套，必用南
北二字標於牌名之首，如中呂宮中呂調，黃鍾宮、調等合套之曲係本宮本調
則以宮調為別，不載南北二字。」〔註26〕本齣因為是北黃鍾宮與南黃鍾調的
合套因此沒註明，其他如第十本第二十四齣《天心有感佑昇平》屬仙呂入雙
角合套，所以曲牌都有註明南北：【北新水令】【南步步嬌】【北折桂令】【南江
兒水】【北收江南】【南僥僥】【北沽美酒】【南園林好】【北太平令】【慶有餘】。

　　（5）集曲：即採用若干支曲牌，各摘取其中的若干樂句，重新組成一支
新的曲牌。因此集曲乃是多首曲調的綜合，為南曲中較為普遍運用的一種曲
調變化方法。例如【魚銀燈】是【漁家傲】與【剔銀燈】二曲集成，【花六么】
是【攤破地錦花】與【六么令】二曲集成。音樂曲式上，集曲的曲牌應是宮調
相同或管色相同。其次集曲的首數句和末數句，必須是原曲的首數句和末數
句，集曲的中間各句較為靈活，可依音樂的邏輯性、和諧性與完整性而加以
安排。《昭代簫韶》有整齣都用集曲者如第四本第七齣《識名將順夫成績》，
【桂皂傍粧臺】是【桂枝香】、【皂羅袍】與【傍妝臺】的集曲，【風入三松】
是【風入松】、【急三鎗】的集曲，【五胞玉郎】是【五供養】、【玉嬌枝】與【繡

〔註26〕中國戲劇研究資料第二輯《昭代簫韶‧凡例》，（台北：天一出版社，1986年
9月），頁5。

衣郎】的集曲，【供養入江水】是【五供養】與【江兒水】的集曲，【嬌枝撥棹】是【玉嬌枝】與【川撥棹】的集曲，全折純用集曲只宜於生旦之排場。〔註27〕第九本第三齣《兵連敗子陷父傾》，【風送嬌音】是【風入松】與【惜奴嬌】的集曲，【風入三松】是【風入松】、【急三鎗】與【風入松】的集曲，其中【風入松】、【急三鎗】又是子母調，【風入園林】是【風入松】與【園林好】的集曲，【江水遶園林】是【江兒水】與【園林好】的集曲，【江水撥棹】是【江兒水】與【川撥棹】的集曲。

（二）宮調聲情說

芝庵認為不同的宮調有其不同的聲情，所謂「仙呂調唱，清新綿邈。南呂宮唱，感嘆悲傷。中呂宮唱，高下閃賺。黃鍾宮唱，富貴纏綿。……雙調唱，見捷激裊。商調唱，悽愴怨慕。角調唱，嗚咽悠揚。越調唱，陶寫冷笑。」〔註28〕雖然其說法與實際劇作有互相印證、啟發之處，而且受到歷來曲家之推崇，如孫鑛將「按宮調協音律」納入「南劇十要」中，王驥德更進一步在結構論的體系下延伸出「以調合情」之說。但芝庵之聲情說仍存在一些限制，如用語抽象模糊，所謂「高下閃賺」、「條物滉漾」、「惆悵雄壯」實在令人費解，此外，有些是指其適用的劇情類型，而非指其音樂聲情，如【黃鐘】音樂整體感受或有「富貴纏綿」之感，但實際用於劇中，今日則只能看到其適用之劇情類型，〔註29〕所以許之衡針對其侷限，歸納南曲宮調聲情說，可謂創發：

> 此為元人論曲語，元人重北曲故云然。若南曲則微有不同也，茲略為分別言之。【仙呂】、【南呂】、【仙呂入雙調】，慢曲較多，宜於男女言情之作。所謂清新綿邈、宛轉悠揚，均兼而有之。【正宮】、【黃鐘】、【大石】近於典雅端重、閒寓雄壯。【越調】、【商調】多寓悲傷怨慕。【商調】尤宛轉。至【中呂】、【雙調】，宜用於過脈短套居多。然此但言其大較耳，若細晰之，則不惟每套各有性質，且每曲亦有每曲之性質，決不能如北曲以四字形容之，概括其全宮調也。〔註30〕

〔註27〕參見許之衡《曲律易知·論犯調》，（台北：郁氏出版社），1979 年，頁 143。

〔註28〕見元芝庵《唱論》，收錄於（《古典戲曲聲樂論著叢編第一種》，台北：學海出版社，1997 年 3 月），頁 8。

〔註29〕參見許子漢《元雜劇的聲情與劇情》，（台北：里仁出版社，2003 年 7 月），頁 83～85。

〔註30〕參見許之衡《曲律易知·論排場》，（台北：郁氏出版社），1979 年，頁 87。

許之衡認為不能以北曲四字概括形容南曲全宮調，他的用語較明確，而且具體指出宮調聲情如「【仙呂】、【南呂】、【仙呂入雙調】，宜於男女言情之作」。他不取越調「陶寫冷笑」之說，而說「【越調】、【商調】多寓悲傷怨幕」，這與【越調】的聲情較相符。

許氏《論過曲節奏》將南曲各宮調分「細、中、緊」三等，逐一彙列，三等節奏是根據贈板之有無而分。〔註31〕此外，將各曲牌性質概分三類：一曰細曲，亦名套數曲，宜於長套使用，即纏綿文靜之類。二曰粗曲，亦名非套數曲，宜於短劇、過場等所用，即鄙俚焦殺之類也。三曰可細可粗之曲，隨人運用。其云：「以此三類，可括曲之一切性質；明乎此則握管填詞成竹在胸，自無支支節節、雜亂無章之弊矣。」根據將南曲各宮調曲分細、中、緊三等的觀點，贈板曲和「集曲」都屬細曲，宜用於悲哀類、訴情類、纏綿文靜類之長套曲。粗曲不用贈板，多用於短劇過場、武裝短劇類及淨丑出場，或兼用衝場曲。可細可粗之曲也就是贈板可有無者，隨人運用。許氏說明細曲和組曲「二者各別部居，不相連屬，非排場必要時，決無同在一處之理，誤用則成笑柄。」〔註32〕因此分類曲牌贈板之有無及粗細性質，就是要強調「每支曲牌均各有其性質；不知其性質，即不能運用排場，亂次以濟固非，膠柱鼓瑟亦非也。」

許之衡《論排場》在九大類劇情下歸納南曲或南北合套的套數成式，強調每類「均有一定之套數，宜按成式照填」。各類列舉套數之後往往有如下的說明：

> 歡樂類：……【引】【畫眉序】【滴溜子】【鮑老催】【滴滴金】【鮑老催】【雙聲子】【尾】……以上所舉，南曲之歡樂者，略備於此。內惟【千秋歲】【越恁好】【紅繡鞋】一套，【一捧雪】之《代戮》曾用之，是亦可用於悲劇矣。然究屬罕見，普通仍用之喜劇也。

〔註31〕 許氏云：「南曲板氏，各有一定。……。如此曲為十六板，歌者欲其和緩美聽，則可加贈板氏，增為三十二板。概贈者增也，但只許增一倍。」贈板曲專施於南曲，贈板之有無可彰顯節南曲節奏之急，因此凡「應有贈板」則為細緩之曲。參見許之衡《曲律易知‧概論》，（台北：郁氏出版社），1979 年，頁 18、19。

〔註32〕 參見許之衡《曲律易知‧論粗細曲》，（台北：郁氏出版社），1979 年，頁（台北：郁氏出版社），1979 年，頁 90。

　　悲哀類：【小桃紅】一套，凡悲劇照例用之。或長或短，任人配搭。

　　【山坡羊】屬悲哀之曲。然或先悲而後喜者，則接仙呂或仙呂入雙

　　調均可，視其情節而定之……。【雁魚錦】乃宜於感嘆之曲，亦屬哀

　　怨類。

　　訴情類：凡【二郎神】套曲最宜旦唱訴情，而帶悲情者尤妙。……。

　　凡屬細曲均宜於訴情。以上所列，皆細膩纏綿之曲也。近悲情者宜

　　用商調，近喜情者宜用正宮，餘皆可悲可喜者。〔註33〕

概分南曲宮調聲情、歸納曲牌節奏之緊緩及其粗細之性質，可說是許之衡一
大貢獻，這是建立傳奇排場論的基本間架。換言之，每折根據劇情性質而選
用合適的宮調、聯套、曲牌，乃是排場的基本法則。因此排場是否合宜，主要
在於宮調之運用、聯套之安置、曲牌之選擇。這是說明該套數成式的曲情與
該類劇情搭配，才能以該曲牌之性質烘托該類劇情。

　　《昭代簫韶》在宮調的運用上，以仙呂為最多，有近八十齣，其次是中呂，
有四十九齣，然後是正宮有三十齣，黃鐘宮有二十七齣，接下來的順序是雙
調有二十三齣，越調有十九齣，高宮有八齣，南呂有七齣，商調有六齣，大石調、
絃索調有三齣，羽調有一齣。根據許之衡的說法，試舉幾齣劇作加以觀察，悲
哀類如第四本第二十三齣《天波樓無端被拆》用商調【山坡羊】，第五本第十六
齣《遭惡計刑及親身》用越調集曲【桃花山】【山桃紅】（即【小桃紅】、【下山
虎】兩曲），男女言情之作：如第四本第七齣《識名將順夫成績》用仙呂宮仙呂
宮集曲【桂皂傍粧臺】【風入三松】【五胞玉郎】【供養入江水】【嬌枝撥棹】，第
七本第九齣《恩愛重夫唱婦隨》用仙呂宮集曲【桂花徧南枝】【桂皂傍粧臺】【風
入三松】【江水撥棹】【江水遶園林】，「集曲」都屬細曲，宜於長套使用，屬纏
綿文靜之類。歡樂類：如第八本第五齣《雷電奮迅擊妖狐》用中呂宮正曲【好
事近】【越恁好】【又一體】中呂宮正曲【千秋歲】。當然亦有少數較不符合許氏
之說法，如第九本第二十齣《仁君明鑑得真情》是喜劇卻用【山坡羊】，第十本
十九齣《懷德畏威欣振旅》是喜劇卻用【風雲會四朝元】等宜於哀怨之曲，但
大體而言《昭代簫韶》在曲牌的選擇上是很注意宮調的和諧。

三、排場

　　「排場」是指中國戲劇的腳色在「場上」所表演的一個段落，它是以關目

〔註33〕參見許之衡《曲律易知‧論排場》，（台北：郁氏出版社），1979 年，頁 110。

情節的輕重為基礎，再調配適當的腳色、安排相稱的套式、穿戴適合的穿關，通過演員唱作念打而展現出來。就關目情節的高低潮以及其對主題表現所關涉的程度而分，有大場、正場、短場、過場四種類型；就表現形式類型而言，有文場、武場、文武全場、同場、群戲之別；就所顯現的戲劇氣氛而言則有歡樂、游覽、悲哀、幽怨、行動，訴情等六種情調；後二者其實是依存於前者之中。因之標示「排場」當斟酌這三種狀況，然後方能充分的描現出該排場的特質。〔註34〕有關《昭代簫韶》一劇二百四十齣之排場已如本節附錄所載，由於品秩繁多，故擇取幾齣分析如下：

（一）排場之種類與配置

一般傳奇的排場種類，可分成以下數種：

1. 大場：關目重要，登場人物多，男女主角俱在場上，且諸角各有表現機會，無論曲辭、宮調、歌唱俱屬最優美者，可以單獨演出折子戲。凡用南北合套組場者必屬大（正）場，為全劇最高潮之一，照例先北曲後南曲。

2. 正場：亦劇中重要關目之一，登場人物亦為主角及重要角色，此種場次，潛伏後齣關目，成為劇之關鍵場。如綜合大場之長而併用之，是謂「大正場」，反之謂「小正場」。

3. 過場：居劇中振轉變化之關鍵，大部分位於兩正場間之接脈處，負有場次起承與連繫地位。過場有文武過場，大小過場。大過場唱做具備，小過場偏於行動。如第九本二十三齣《天門開遼軍遊戲》，曲牌為雙角隻曲【雙令江兒水】【又一體】，此曲牌含有過場性質。

4. 短場：若干劇情安排，用正場稍嫌不足，用過場又不克表達其場次之重要，故多以重要曲辭構成短場，用以濟「過場」、「短場」之窮，而資調劑觀者之耳目。

5. 其他：「衝場」係開場「家門」後之場，實傳奇正式上演之場；「引場」為正場前配插一、二隻單用曲，「散場」為正場後配插一、二隻單用曲。〔註35〕

〔註34〕參見曾師永義《中國古典戲劇的認識與欣賞》，（台北：正中書局，1994 年 8 月），頁 203。

〔註35〕參見陳萬鼐《中國古劇樂曲之研究》，（台北：中山學術文化基金會，1978 年 11 月再版），頁 197、198。

《昭代簫韶》之排場配置可見本節附錄，屬於大場者約十齣：第二本第十齣，第五本第四齣、第二十四齣，第六本第十八齣，第七本第二、三、三十齣，第八本第四齣，第九本第十五齣，第十本第二十四齣，大體而言以第七本最多，連用兩三個大場以抓住觀眾的注意力。過場約有二十五齣：第一本第十齣、十六齣，第二本第十齣、十四齣、二十三齣，第三本第八、十、十二、十四、二十一齣，第四本第二、十二齣，第五本第五齣，第六本第四、二十三齣，第七本第八齣、二十一齣，第八本第第二、六、十五、十八齣，第九本第十、二十三齣，第十本第十、十一齣，短場約九十齣，正場最多約一百一十齣。這些配置大都符合張清徽老師所主張的傳奇排場之處理：

1. 各場面目不可重複。正場與大場必須相間配用，但正場次數必多於大場。

2. 全部傳奇，只規定幾個大場，插用的位置或隔幾個正場插一個大場，或在最後結束全戲階段中運用兩三個大場，以抓緊觀眾的注意力，凡此都看故事發展的關鍵而定，未可拘於一格。

3. 無論大場和正場，或文或武，或鬧或靜，或唱或做的特色，都不可以連場不變。

4. 各場的場面，必須與故事關目的分量扣得緊湊，把得妥貼。假使不是重大情節，或不強調熱鬧的場面，決不可以配粗大場；沒有佳勝的詞章和名曲，亦不可濫粗大場。

傳奇的排場處理要使之得宜，達成錯綜起伏之致，以收觀聽入勝之效。《昭代簫韶》少數戲齣如第二本第八至第十五齣都是短場與過場，第六本第十一齣至第十七齣中僅有十三齣是短場，其餘皆為正場，在排場的配置上，就沒考慮到「文或武，或鬧或靜，或唱或做的特色，都不可以連場不變」的原則，是其較不理想之處。

（二）排場實例分析

以下各舉兩個大、正、短、過場之例子。先就連續的三齣戲（第六本第十七齣至十九齣，是後世《穆柯寨》、《轅門斬子》戲曲之所本），從關目情節的輕重、腳色人物的主從、套數聲情的配搭、科介表演的繁簡、穿關砌末的運用分析其為何分屬正場、大場、短場三種。接著各舉一、二齣戲分析正、短過場，以印證上一節所說的排場種類。

1. 正場：第六本卷下第十七齣《絕歸途孟良縱火》

曲調及腳色為：中呂宮正曲【粉孩兒】淨全唱【紅勺藥】淨全唱【耍孩兒】小生唱【會河陽】旦唱【福馬郎】淨唱【縷縷金】小生唱【越恁好】淨、家將、丫環全唱【紅繡鞋】旦唱【千秋歲】生唱

此戲之腳色有淨孟良、焦贊、生楊春、小生楊宗保、小旦木桂英、丑竇氏、頭目、丫環。許守白指出【引】、【粉孩兒】、【紅勺藥】、【福馬郎】、【耍孩兒】、【會河陽】、【縷縷金】、【越恁好】、【紅繡鞋】，此套宜動作紛繁之劇，〔註36〕《絕歸途孟良縱火》的聯套僅是此套曲之變化，本戲有放火彩、耍鎗、拋葫蘆、揮鞭、掄斧、綁人、打鬥等情節，所以是很熱鬧的武打正場。

孟良不但繼承了前代的精華，還加重其份量，如穿關方面在《昊天塔》第二折有「憑著我這醮金巨斧，嗑抽搭叉」一句，在第三折「只一道火光飛，早四野烟雲布，都出在我背上這葫蘆」一句，由此可知，孟良在扮相上大致有一個火葫蘆，有一把大斧頭。在孤本元明雜劇《破天陣》中孟良的穿綱為「四縫笠子盔、膝襴曳撒、紅袍、瑣帕直纏、鞝膊帶、帶劍、紅髯、火葫蘆」，〔註37〕與此處紅臉大漢、葫蘆、雙斧、火烈性格的造型是一致的。

前世小說戲曲雖然也有五郎入五臺山修行之情節，但《楊家將演義》第九回《楊六郎怒斬野龍》指出五郎是因「鏖戰遼兵，勢甚危迫，遂削髮為僧，直至五臺山來」，《南宋志傳》卷七《五臺山楊業參禪》〔註38〕記載五郎因聽五臺山智聰禪師說楊家男兒「剛質太露，不得善終」，於是請教禪師活生之路，智聰禪師指出「除是高飛遠舉，遁跡林泉，則不免禍矣」，所以五郎後來才到五臺山遂削髮為僧。這兩書皆強調五郎是為活命而出家，有損其英雄本色，但在此之前的小說戲曲都沒有強調他是羅漢轉世，一直到《昭代簫韶》才將五郎楊春塑造成仙人降凡，如第一齣《好兄弟全忠死義》敘述遼宋議和，遼卻背信劫奪車駕，楊家大郎、二郎、三郎皆戰死，四郎又被擒去，只剩五郎在

〔註36〕參見許之衡（守白）《曲律易知·論排場》，（台北：郁氏出版社），1979 年，頁 110。

〔註37〕參見明·臧晉叔《元曲選·昊天塔》，（台北：正文書局有限公司，1999 年 9 月），頁 827～841。及明·趙元度《孤本元明雜劇·破天陣》，（台南：平平出版社，1974 年 12 月），頁 2524～2577。

〔註38〕見紀振倫撰《楊家將演義》，（台北：三民書局，2002 年 1 月），頁 51。《南宋志傳》卷七，（收入《古本小說叢刊》第三十九輯第一冊，北京：中華書店，1987 年 6 月），頁 433、434。

黑夜逃亡，正當前無生路，後有追兵之時，外扮智聰禪師出現，說「蒙文殊菩薩指示，你本係佛門高弟，暫謫塵凡，恐你迷却本來，故命老僧乘你危急之際，接引回頭，入我法門」，但五郎為了讓木桂英下山而火燒山寨，則是一敗筆，破壞其清修無為之形象。

2. 大場：第六本卷下第十八齣《違嚴令宗保忤親》

曲調及腳色為：仙呂入雙角合套【北新水令】生唱【南步步嬌】淨唱【北折桂令】生唱【南園林好】淨唱【北雁兒落】生唱【南江兒水】小生唱【北得勝令】生唱【南玉嬌枝】旦唱【北收江南】生唱【南江兒水】旦唱【北沽美酒帶太平令】生唱

3. 短場：第六本卷下第十九齣《奮雄威救夫闖帳》

曲調及腳色為：仙呂宮正曲【風入松】小生唱【急三鎗】小生唱【風入松】小生唱【急三鎗】旦唱【有結果煞】眾全唱

這兩齣戲即後世《轅門斬子》折子戲，但為何《違嚴令宗保忤親》是大場而《奮雄威救夫闖帳》是短場呢？就腳色而言，前者有淨孟良、焦贊、生德昭、楊春、楊景、小生楊宗保、小旦木桂英、老旦佘太君、將官、外寇準、中軍、劊子手等。後者有淨孟良、焦贊、生德昭、楊春、楊景、小生楊宗保、小旦木桂英、老旦佘太君、僂儸、外寇準等。就曲牌而言，前者用南北合套組場，為全劇最高潮之一，所以是大場；後者由【風入松】【急三鎗】交互循環之套曲屬過場短劇類，後又有尾聲，筆者認為用過場不克表達其場次之重要，所以視之為短場。

六郎楊景對於宗保陣前招親，非常震怒，雖然孟良、焦贊、太君、八千歲極力求情，仍擋不住六郎肅正軍紀、殺雞儆猴的態度，後來因五郎楊景說明桂英與楊宗保有夙世姻緣，而且仙法高強，武藝精練，可幫助破天門陣，因此皇帝下聖旨賜婚，成就此美事。綜看桂英與宗保的結合完全沒有感情之基礎，又多了破陣的功利因素，讓人感受不出相思情濃、尋覓追尋的動人情節。對宗保如此死纏濫打的桂英，完全喪失女子的矜持，也不符合她女領袖的風範。她日夜企盼，終於等到宗保，卻一味地告訴他「聖母說，你我有夙世姻緣」，即使宗保罵他「不知羞恥」、「誰希罕你一個女強盜立功」，她都無汗顏之色，完全服膺聖母之交代，缺乏血肉之軀、明敏之識。

京劇《穆柯寨》中，這位山寇之女把官軍先行楊宗保活捉上山，毫不考

慮門第懸殊，逼著楊宗保當天便與她成親。在接下來的《轅門斬子》中，三關元帥楊延昭（楊宗保之父）以「臨陣招親」之罪要楊宗保，佘太君（楊延昭之母）和八賢王為宗保講情，均遭拒絕。後穆桂英到來，在中軍帳一場大鬧，逼著楊延昭將宗保釋放（楊延昭曾在穆柯寨與穆桂英交手，是穆桂英的手下敗將）。楊延昭鬥不過穆桂英，最後把氣出在楊宗保身上：「罵一聲小奴才真果膽大！誰叫你穆柯寨私配渾家，恨不得這一腳將兒來踏！」穆桂英馬上趕上前護住宗保說：「你不愛他我愛他！」這齣戲逼婚的情節雖然類似《昭代簫韶》，但在此桂英流露出真摯的感情，毫無遮掩地表現真性情，比起一味強調天命的《昭代簫韶》，桂英的形象豐富許多。

　　4. 大場：第七本卷上第十齣《夢寐酣帳空失刀》

　　曲調及腳色為：黃鐘調合套【醉花陰】旦唱　黃鐘宮合套【畫眉序】小生唱　黃鐘調合套【喜遷鶯】旦唱　黃鐘宮合套【畫眉序】淨唱　黃鐘調合套【出隊子】旦唱　黃鐘宮合套【滴溜子】淨唱　黃鐘調合套【刮地風】旦唱　黃鐘宮合套【鬭雙雞】淨唱　黃鐘調合套【四門子】旦唱　黃鐘宮合套【鮑老催】淨唱　黃鐘調合套【古水仙子】旦唱　黃鐘宮合套【雙聲子】淨唱【煞尾】淨唱

　　作為破天門陣之一齣戲，相較於其他使用方術、道法，有牛鬼蛇神、水精花魅之戲的排場，這裡顯得簡單多了。此戲前半部以刻化心理見長，楊順與耶律青蓮，師蓋、劉子喻與兩位公主彼此的關係是敵是友最後才見真章。師蓋、劉子喻受兩位公主的調虎離山之計，丟失令公金刀。這裡的服裝以外族番衣、番帽打扮為主，道具有燈籠、九環金刀、金鎗、床帳、刀架、左側設書桌置燈、右側設桌椅等。人物及穿關為：「旦扮耶律瓊娥戴七星額、鸚哥毛尾，穿緊身，繫腰裙」，「小生扮楊順戴盔狐尾穿氅，持燈籠」，「旦耶律青蓮戴七星額鸚哥毛尾、雉翎，穿氅」，「淨扮師蓋戴外國帽狐尾雉翎，紮靠，持九環金刀」，「淨扮劉子喻戴紮巾額、狐尾稚翎，紮靠，持金鎗」，「雜扮遼將各戴盔襯狐尾、雉翎，穿打仗甲，持兵器」「雜扮遼將各戴額勒特帽、穿外番衣，持兵器」。

　　令公金刀是楊家忠烈之象徵，也是破金鎖陣之匙鑰，所以楊家將極力要奪取金刀，以助宗保破陣。這齣戲耶律瓊娥、耶律青蓮同時出現，而其夫婿為楊四郎、楊八郎，兩位公主得知所嫁之人為敵人之子，內心激盪憂思不已，但在夫婿的請求下，違拗母親的命令，協助盜取金刀。在地方戲曲《雁門關》或《四郎探母》則僅出現八郎夫婦或四郎夫婦，因為就戲劇的結構而言，為

了集中戲份,有必要汰除藤葉,保留枝幹。李漁《閒情偶寄‧減頭緒》一文云:「頭緒繁多,傳奇之大病也。……殊不知戲場腳色,止此數人,便換千百個姓名,也止此數人裝扮,止在上場之勤不勤,不在姓名之換不換。與其忽張忽李,令人莫識從來,何如只扮數人,使之頻上頻下,異其事而不易其人?」〔註39〕在此說明傳奇因結構較長,所以常有頭緒繁亂之弊,而且戲場腳色是有固定的,男女主角僅有一人而已,所以上場人物不應太多,以免讓人應接不暇,如墜五里霧中。

就情節而言,它給予後世戲曲許多發揮的空間,地方戲曲中「盜金刀」的情節源出於此。田漢《楊八姐智取金刀》〔註40〕將盜刀者由四郎(八郎)與公主改為八姐與公主,敘述遼邦為了誇飾武功、舉兵南侵,於是舉辦金刀大會。當年,楊老令公被奸賊潘洪陷害,斷絕糧草援兵,困守兩狼山,蘇武廟前,頭碰李陵碑,壯烈殉國,手中金刀從此失落異邦。八姐混入遼國後,不慎被蕭太后之女銀花射傷,她被淪落番邦的楊康所救,以小道士的身分躲在廟裏療傷,銀花到廟裏追查八姐的下落,卻被「眉目英奇堪入畫,昂藏六尺勇力不差,性格溫存又風雅」的小道士(八姐)所吸引,後來她同意娶銀花,主要目的是奪取金刀。淮劇《十二寡婦征西》中桂英誤以為宗保陣前投敵,所以不准設奠祭拜他,引起柴郡主的不滿。佘太君要桂英重新佈置靈堂,以祭金刀取代祭奠宗保,金刀象徵楊繼業及楊家忠烈的精神,她唱道:「今日裏三杯水酒將你祭,悠悠歲月可曾洗去你鋒芒,曾記得當年令公拿著你,寒光閃閃百萬軍中取上將,有了你大宋江山如鐵打,有了你大宋臣民得安康,五臺山風聲鶴淚陰慘慘,拿著你突破重圍救宋王,二狼山令公飲恨李陵碑,幾度春秋斑斑血跡化風霜」,終於鼓舞眾人化悲憤為力量,直搗敵營贏得勝利。金刀,象徵著令公的英勇、民族的脊梁。

就曲牌而言,本戲用南北合套組場,為全劇最高潮之一;就關目情節而言,金刀是破金鎖陣的要物,宋遼兩方都摩拳擦掌要奪取它,正因為它繼承發令公這種愛國主義精神,磅礡正氣格外令人景仰,所以也是重要的情節,故屬大場。

〔註39〕李漁《閒情偶寄》,(上海:上海古籍出版社,2002年6月),頁45、46。
〔註40〕田漢改編之劇本,見《劇本》雜誌,(北京:劇本雜誌出版社,1998年4月號),頁3~26。

5. 正場：第一本卷下第十五齣《宋帥嫉功縱強敵》

曲調及腳色為：高宮套曲【端正好】生唱【滾繡球】生唱【叨叨令】生唱【脫布衫】生唱【小梁州】生唱【白鶴子】仝唱【芙蓉花】仝唱【雙鴛鴦】淨仝唱【上馬嬌煞】生淨仝唱

本戲主要人物為德昭、潘仁美，因為潘仁美想陷害楊家兄弟，賴德昭信任、保護他們，更進而指責潘仁美，嫉功縱敵。最後宋軍出面出場饒赦潘仁美，但彼此心結漸深。人物眾多，其穿關為：雜扮軍士，各戴馬夫巾，穿箭袖、卒褂，執旗。雜扮將官各戴馬夫巾，紮額，穿打仗甲，執鎗。生扮楊泰、楊徵、楊高、楊春各戴盔，紮靠，副扮王佼、米信。丑扮田重進、劉君其，各戴盔，紮靠。淨扮潘仁美戴帥盔，紮靠，背令旗，襲蟒束帶。雜扮陳琳戴太監帽，穿箭袖，卒褂，背絲縧，捧金鞭。引生扮德昭，戴素王帽，紮靠，背令旗，襲蟒束帶，仝從上場門上。將官陳琳德昭引生扮宋太宗，戴金王帽，黃龍箭袖，團龍排穗，束黃鞊帶，仝執馬鞭。雜扮二軍士各戴馬夫巾，穿箭袖，繫肚囊，一執三軍司命纛，一執黃纛，仝從上場門上。雜扮遼兵各戴額勒特帽，穿外番衣，持兵器，雜扮遼將各戴盔襯，狐尾雉翎，穿打仗甲，持兵器，引雜扮耶律希達、耶律學古、耶律奇、耶律博、郭濟各戴外國帽，狐尾雉翎，紮靠，背令旗，持兵器。仝從上場門上。舞台上設幽州城，宋遼大軍在此廝殺，此種場次，登場人物亦為主角及重要角色，潛伏後齣關目，成為劇之關鍵場。

北曲通行的套數，只有黃鐘、正宮、仙呂、南呂、中呂、大石、商調、越調、雙調九種而已。所以高宮套曲在《昭代簫韶》僅有八齣：第二本二十四齣《瓊娥陣上展雄威》正場：高宮套曲【端正好】【滾繡毬】【叨叨令】【脫布衫】【小梁州】【尾聲】，第三本二十三齣《山寨復讐開勁弩》正場：高宮套曲【端正好】【滾繡球】【倘秀才】【叨叨令】，第五本十四齣《書搜一紙証奸謀》正場：高宮套曲【端正好】【滾繡球】【倘秀才】【脫布衫】【小梁州】【白鶴子】【菩薩蠻】【叨叨令】【煞尾】，第七本一齣《建大纛奮起雄師》正場：高宮套曲【端正好】【滾繡毬】【倘秀才】【叨叨令】【塞鴻秋】【脫布衫】【醉太平】，第八本第十二齣《群妖奮起困全軍》正場：高宮套曲【端正好】【滾繡毬】【倘秀才】【快活三】【鮑老兒】，第十三齣《王素真故國欣投》正場：高宮套曲【耍孩兒】【四煞】【三煞】【二煞】【一煞】，第二齣《猛探遼營逢眾鬼》正場：高宮套曲【端正好】【滾繡毬】【倘秀才】【小梁州】【叨叨令】【倘秀才】【尾聲】，以上各齣俱為正場，而且以【端正好】【滾繡毬】【倘秀才】【叨叨令】【脫布衫】為基本組曲，此即正宮常見之聯套。

6. 短場：第二本第四齣《糧假絕計撤監軍》

曲牌、腳色為雙調正曲【鎖南枝】副扮唱【朝元令】全唱【羅帳裏坐】全唱。本戲之主角有潘仁美、楊繼業，劇情為潘仁美想盡辦法撤監軍，企圖影響軍隊士氣，並嫁禍於楊繼業。【鎖南枝】乃短劇通用之曲，亦含有過場性質，〔註41〕如果像第四本第十二齣《敢突圍始稱忠勇》：雙調正曲【鎖南枝】生唱【又一體】生唱【又一體】全唱【又一體】淨唱，就可視為過場。但此處尚有【朝元令】、【羅帳裏坐】兩曲，雖然不足視之為正場，用過場又不克表達其場次之重要，因之將其視為短場。

7. 過場：第八本第六齣《父女忠誠助大宋》、第八本第十八齣《誇武藝魯莽夫妻》

前者曲牌為中呂宮正曲【駐雲飛】淨唱【又一體】淨唱，【駐雲飛】是過場短劇慣用之曲，主角為王懷父女，非本戲之主要腳色，情節也非重點戲分，因此視之為過場。後者曲牌為中呂宮正曲【駐雲飛】淨旦全唱【尾犯序】生唱，【尾犯序】也是過場短劇慣用之曲，主角為呼延贊夫妻，非本戲之主要腳色，情節也非重點戲分，因此視之為過場。

第三節　穿關砌末

所謂「穿關」是指串演關目的各類角色，其所戴的冠服和所執的器械或其他物品。而中國傳統戲曲中統稱的「切末」或「砌末」，泛指舞台上演出的大小用具，即戲劇中通用的「道具」，它與戲曲表演形式緊密相連，大至將台、金鎖陣門，小至僧人用缽、軍旗皆屬之。本節分成（一）腳色服飾類型（二）脈望館鈔校內府本雜劇與《昭代簫韶》服飾名目之比較（三）舞台切末，透過對《昭代簫韶》穿關與「切末」的分析，了解此宮廷大戲在戲曲藝術的貢獻。

一、腳色服飾類型

（一）文官穿關

外扮寇準，戴相貂，穿蟒，束帶，帶印綬，執馬鞭。引生扮德昭，

〔註41〕參見許之衡《曲律易知‧論排場》，（台北：郁氏出版社），1979 年。

戴素王帽，穿蟒，束玉帶，執馬鞭。從上場門上。（第五本第四齣《雲陽市虎口餘生》）（第五本第十二齣《歸朝函首瞞天》）

淨扮潘仁美戴嵌龍幞頭，穿蟒，束玉帶，佩劍，從上場門上。（第二本 第十齣《萬箭攢身先盡忠》）

副扮王欽，戴相貌，穿蟒，束帶，帶印綬，從上場門上。（第五本第十五齣《恨粗心責歸賊手》）

淨扮呼延贊，戴黑貂，穿蟒，束帶。（第五本第十二齣《歸朝函首瞞天》）

小生扮胡守信，生扮胡守德，各戴巾，穿道袍。生扮楊景，戴羅帽，穿緞、窄袖，繫□帶。外扮胡綱正，戴紗帽，穿圓領，束帶。（第五本第十一齣《紅芍藥》）

高級文官一般都穿蟒、束玉帶，所戴官帽有金貂、黑貂、幞頭、素王帽等不同，如潘仁美戴嵌龍幞頭，八大王戴素王帽，呼延贊，戴黑貂。中級文官一般戴紗帽，穿圓領，束帶，如胡綱正。低級文官一般穿圓領，束銀帶或角帶，戴紗帽或書吏帽、圓帽、宮官帽等。

蟒袍，又名蟒衣，簡言之曰蟒。據《野獲編》記載正統中，皇帝欲以龍衣賜安南國王，群臣以為不應該以皇帝之服賜人，乃把龍減去一爪，衣用紅色，不名龍衣，而曰蟒衣。〔註42〕其製法，乃圓領，大襟，帶水袖（按水袖，乃袖端所綴之兩塊白綢，原義為防污而設，與西洋袖頭之用，大致相同，今又加長專為美觀矣）。長及足，袖之下有「擺」，緞地銹蟒。團蟒、正蟒、行蟒均可，俗亦曰團龍、正龍、行龍。下邊繡水紋，所謂海水江涯，乃四海具拱天子之義。其顏色有紅綠黃白黑數種，黃蟒為皇帝及玉皇所穿，如「生扮宋太宗，戴金王帽，黃龍箭袖，團龍排穗，束黃鞓帶。」（第一本第十齣《申天討御駕親征》）紅蟒在蟒衣中為最貴重之色，皆係忠臣或親貴，如駙馬永遠穿此，大元帥均應穿此，然有時亦稍有出入。

（二）高級將官穿關

生扮楊景戴帥盔，紮靠，背令旗，持鎗從兩場門上。（第七本第二十齣《破惡陣魔似永消》）

〔註42〕參見《齊如山全集》第六冊（台北：齊如山先生遺著編印委員會，1964年），頁172。

> 淨扮呼延贊，戴黑貂，紮靠，背令旗。（第五本第二十四齣《龍虎風雲大武昭》）

> 淨扮呼延畢顯，戴盔，紮靠，持鎗。小生扮楊宗孝戴紮巾額，紮靠，持鎗。（第七本第二十齣《破惡陣魔似永消》）

> 小生扮楊宗顯、楊宗保各戴紮巾額，紮靠，背令旗，持兵器。（第八本第五齣《雷電奮迅擊妖狐》）

武將一般的穿著為「戴盔，紮靠，背令旗。」「靠」即古時戰將之甲，乃軍中最鄭重之公服，將官於上陣時服之，惟當見皇帝或大閱時，則外邊應披蟒，但近來除統帥外，都不披了。靠之樣式，乃用緞子繡花，前後兩片，瘦袖，兩肩形如蝶翅，多繡麟甲，腹部繡大虎頭，此乃仿舊甲製戲，但華麗多了。穿時背後紮小旗四面名曰「靠旗」，又有硬靠軟靠之名，背紮旗者名硬靠。不紮靠旗者名軟靠，其實即古鎧。靠之顏色與蟒略同，亦分正五色，間五色，大致正統將官穿正色（青黃赤白黑），反將官穿間色（粉紅、紫、藍等色）。

（三）女將穿關

> 旦扮八娘、九妹、王魁英、耿金花、董月娥、韓月英、馬賽英、呼延赤金、杜玉娥穿衫，繫腰裙，罩氅。（第五本第十六齣《遭惡計刑及親身》）

> 旦扮王素真，戴女盔，鸚哥毛尾雉翎，紮靠，背令旗。（第八本第十三齣《王素真故國欣投》）

> 旦扮李剪梅、木桂英各戴七星額，紮靠，背令旗，持兵器。（第八本第五齣《雷電奮迅擊妖狐》）

> 旦扮杜玉娥，李剪梅，各戴七星額，紮靠，背令旗，持兵器。（第九本第七齣《九頭獅神通大展》）

女將的裝束為「戴七星額，紮靠，背令旗」。七星額，即女盔上裝大絨球兩排，每排七球，故名。「女盔」和「七星額」是宮廷藝人創造出來的冠服，從男腳武扮的盔頭和抹額中變化出來的。〔註43〕女靠與男靠製法完全不同，女靠是周身飄帶，穿時需披雲肩，至於紮靠之法，則與男靠無異，雖亦分顏

〔註43〕參見張庚・郭漢城《中國戲曲通史》，（台北：大鴻圖書公司，1998 年 7 月），頁 1238。

色，但只紅粉兩種，沒有其他顏色，若有，則是演員自備。〔註44〕一般說來，「氅」是軍官平居時的服裝，英雄、豪傑、山寇、寨主等亦用之，女將較少穿「氅」，但在此楊門女將平居時穿衫，繫腰裙，罩氅，展現另一種閨閣婦女的風姿。

（四）一般軍士穿關

> 雜扮手下，各戴鷹翎帽，穿青緞箭袖，……執甘蔗棍。雜扮院子，各戴羅帽，穿屯絹道袍，捧牙笏。（第五本第十五齣《恨粗心責歸賊手》）

> 雜扮軍士，各戴馬夫巾，穿箭袖、卒褂，執飛虎旗。（第五本第四齣《雲陽市虎口餘生》）

> 雜扮軍士，各戴馬夫巾，穿箭袖、卒褂，持兵器。……雜扮羽林軍，各戴馬夫巾，紮額，穿打仗甲，執豹尾鎗。全從上場門上。（第五本第二十四齣《龍虎風雲大武昭》）

> 雜扮軍士偽裝漁人，各戴氈帽，紮頭、草帽圈，穿劉唐衣，繫腰裙，罩水田衣，暗藏器械。雜扮錢秀、周方，偽裝漁翁，各戴羅帽，紮頭、草帽圈，穿青緞劉唐衣，繫腰裙，披蓑衣，暗藏器械，全從上場門上。（第二本下第二十三齣《楊景渡頭遭暗算》）

> 雜扮孟良，戴紮巾，穿鑲領箭袖，繫鑾帶，背葫蘆，帶雙斧。生扮岳勝，戴紮巾，穿鑲領箭袖，繫鑾帶，佩劍，各執馬鞭。從上場門急上。（第五本第十四齣《書搜一紙証奸謀》）

由於一般軍士的類別較多，為了區分不同職業、身分，所以穿關較複雜，如「院子」穿「屯絹道袍」，說明此道袍與其他腳色所穿的道袍在質料上是有差別的。「雜扮軍士偽裝漁人」戴「草帽圈，穿劉唐衣，繫腰裙，罩水田」，與焦贊當綠林大盜時「戴高綠帽、草帽圈，打腰裙」（第四本第五齣《連雁心同歸虎帳》）有點類似，但同中仍有差異：漁人穿水田衣；綠林大盜「紮靠，罩通袖」。

　　清代戲劇中有水田道袍、水田氅等，其前身就是水田衣，即採用各色零碎織錦料拼合而成的衣服。這種衣服因織料色彩互相交錯，形如水田而得名。水田衣早在唐代就已經有了，清·翟灝《通俗編》卷二十五云：「《象教皮編》：

〔註44〕參見《齊如山全集》第六冊（台北：齊如山先生遺著編印委員會，1964年），頁199。

袈裟，一名水田衣。王維詩：「乞飯從香積，裁衣學水田。」按時俗婦女以備色帛，寸剪間雜，織以為衣，謂之水田衣。」〔註45〕因水田衣簡單別致，頗得婦女喜愛，是明朝婦女的一種時裝。其實它是縫衣之奸匠，零拼碎補之服，名為裁剪，暗作穿窬，逐段竊取而藏之，無由出脫，創為此制，以售其奸。大戲模仿水田衣，把水田圖紋繡於道袍和氅上，即成水田道袍、水田氅，用作僧尼服飾，久而久之，衣服上的水田紋樣，便成為戲劇中仙凡僧尼角色的標誌，〔註46〕如小仙郎「張鶴舉戴線髮，穿水田衣，繫汗巾，配劍持雨扇」（《第九本第四齣 扇一揮魂消魄散》），「侍香童戴道童巾，穿水田衣」（第七本第十六齣《香童慕色自燒身》）。

（五）老旦穿關

> 丑扮傅氏，帶髮髻兜頭，穿老旦衣，繫腰裙。（第三本第二十三齣《山寨復讎開勁弩》）

> 老旦扮余氏，穿老旦衣，繫腰裙，罩補服、老旦衣，策仗，從上場門上。（第五本第十六齣《遭惡計刑及親身》）

> 老旦扮佘氏，戴鳳冠，穿蟒，束帶。（第一本第四齣《聯雁序訓家箴》）

老旦一般的裝束為「穿老旦衣、繫腰裙」。所謂腰裙，即便裙，惟不可鑲邊。男子有病或有罪時用之，如焦贊據山為盜時，即打腰裙。女子於行路時，繫於胸際，表示不整齊之意。

（六）胡番將士穿關

> 遼兵各戴額勒特帽，穿外番衣，持兵器。雜扮遼將，各戴盔襯，狐尾、雉翎，穿打仗甲，持兵器。雜扮圖金秀……蕭達蘭、蕭天佑、蕭天佐、耶律學古……各戴外國帽，狐尾雉翎，紮靠，持兵器。淨扮韓德讓，戴外國帽、狐尾、雉翎，紮靠，背令旗，持槍。引旦扮蕭氏，戴蒙古帽，練垂，紮靠，背令旗，持刀。從上場門衝上。（第五本第十九齣《強食言遼人肆志》）

〔註45〕參見清‧翟灝《通俗編》，台北：大化書局，1977年8月，頁561。
〔註46〕參見范俊華《中國古代戲劇服飾研究》，（廣東：廣東高等教育出版社，2003年7月），頁191、192。

雜扮馬榮、蘇和慶、孟金龍、各戴外國帽，狐尾，雉翎，紮靠，背
令旗，佩劍。末扮王懷戴金貂，狐尾、雉翎，紮靠，背令旗。雜扮
黑太保戴外國帽，狐尾雉翎，穿外番衣。（第六本第八齣《陣初佈番
帥排兵》）

雜扮遼兵各戴額勒特帽，穿外番衣，執黃素旗，從兩場門暗上，各
按方位列陣科。雜扮孟金龍、耶律學古、韓君弼、耶律休格、耶律
色珍，各戴外國帽、狐尾雉翎、紮靠、背令旗，各持兵器從上場門
上。（第九本第二十三齣《天門開遼軍遊戲》）

旦扮王素真，單陽郡主、耶律夫人各戴盔，鸚哥毛尾、雉翎，紮靠，
背令旗，佩劍。旦扮蕭霸真戴七星額，狐尾雉翎，紮靠，背令旗，
佩劍。各從兩場門分上。（第六本第八齣《陣初佈番帥排兵》）

旦扮耶律瓊娥戴七星額，鸚哥毛尾，穿緊身，繫腰裙。（第七本卷上
第十齣《夢寐酣帳空失刀》）

旦扮女遼將，假裝月字星，披髮，穿素，緊身，繫腰裙，執劍，持
骷髏，上將臺，立科。雜扮女遼將，各戴紮額，狐尾、雉翎，穿月
白蟒箭袖，背絲絛，繫搭胯，執素旗。（第八本第十三齣《王素真故
國欣投》）

不同的冠帽區分品級、等第、職務，如蕭后戴「蒙古帽」，女將戴七星額或女
盔。男番武將戴「外國帽」，遼兵戴「額勒特帽」。冠帽的附件如「狐尾、雉
翎」或「鸚哥毛尾、雉翎」，除了裝飾作用外，也具有某些意義，起初，是表
示非正統的將帥、王爺、山大王等身分，但由於它所包含的審美意義，使它
超越了原來的使用範圍，如楊八姐也使用雉翎。

（七）鬼之穿關

雜扮潘虎替身散髮、穿打仗甲、兜魂帕，從高杆後隱上。……左臺
口立木椿，雜扮二差鬼，戴鬼髮，穿劉唐衣，繫虎皮、搭胯，襲青
紬道袍，從上場門暗上。（第三本第二十三齣《山寨復讎開勁弩》）

外扮楊繼業戴紮、紅金貂穿蟒，束帶，從祿臺下至仙樓，仙樓設椅，
楊繼業、楊希坐。（第三本第二十三齣《山寨復讎開勁弩》）

雜扮陣亡將卒戴各樣大頁巾、馬夫巾，搭魂帕，穿各樣打仗甲、箭

袖、卒褌。雜扮錢秀周方魂戴小頁巾,搭魂帕,穿各樣打仗甲、箭袖,從地井上。(第三本第二十四齣《泉臺捉鬼擲鋼叉》)

雜扮城隍,戴紫紅幞頭,穿圓領束帶,執笏,雜扮土地戴紫紅紗帽、穿圓領束帶、執笏,引雜扮鬼王戴套頭,穿鬼王衣、執旛,從上場門上。摸壁鬼、無常鬼、地方鬼、隨上,鬼王向法座參禮科,場左設平臺,虎皮椅。鬼王、城隍、土地陞座科,地方鬼作引生扮黃龍魂,戴盔,紮靠,搭魂帕,從上場門上。(第三本第二十四齣《泉臺捉鬼擲鋼叉》)

雜扮勾魂使者各戴矮方巾,穿屯絹道袍,執勾魂旛。雜扮迷魂長老,各戴高方巾,穿繭袖道袍,執迷魂旛。(第九本第四齣《扇一揮魂消魄散》)

雜扮鬼卒各戴鬼臉,穿蟒箭袖、虎皮、卒褌,持器械。雜扮四司官,各戴紫、紅幞頭,穿圓領,束帶。雜扮四判官,各戴判官帽,穿青素,束角帶,持筆簿。旦扮四宮官,各戴宮官帽,穿圓領,繫絲絛,執符節,龍鳳扇。(第四本第十五齣《勘惡鬼北獄施刑》)

搭魂帕鬼魂的服飾可分為幾種情況:第一種是與生前服飾完全相同,如陣亡將卒戴各樣大頁巾、馬夫巾,穿各樣打仗甲、箭袖、卒褌。第二種是與人臨死時的裝殮服飾相同。第三種是頭上戴自己生前未淪為囚犯時的盔帽,身上穿臨死前囚服,這些盔帽往往表示他們淪為囚犯前的身份,而身上囚服則是他們臨死時身份的象徵。無魂帕鬼魂服飾也有幾種情形:一種是盔帽服飾與生前完全相同,如楊繼業被潘仁美害死後,其穿關仍同生前:「帶紫、紅金貂穿蟒、束帶」。一種是盔帽同於生前,而身上服飾卻變為「喜鵲衣、腰裙」,與囚犯之服相同,如「淨扮潘仁美魂,副扮王侁魂、米信魂,丑扮田重進魂、劉君其魂,末扮傅鼎臣魂,副扮黃玉魂、韓連魂,各戴囚髮,穿喜鵲衣」(第四本第二十齣《眼前褒貶快人心》)。還有一種是盔帽服飾與生前完全不同,這種服飾往往是鬼府地獄中,擔任各種差役的鬼使、魔女等所穿的服飾,與凡人同等級差役的服飾相同,如地獄中級文官四司官穿圓領,束帶;低級文官四判官束角帶,戴判官帽。只是增加了鬼髮、套頭,用來表示鬼的身份,如「鬼使戴套頭,穿絨鬼衣」。

（八）神仙穿關

　　小生扮金童，戴線髮、紫金冠，穿氅，繫絲縧，執旛。小旦扮玉女，戴過梁額、仙姑巾，穿氅，繫絲縧，執旛。……引淨扮北獄大帝，戴冕旒，穿蟒，束玉帶。（第四本第十五齣《勘惡鬼北獄施刑》）

　　雜扮元武神，戴元武盔，紫紅紮靠，持斧，從上場門上。（第八本第四齣《神祇奉敕息洪濤》）

　　雜扮黑雲使，各戴黑雲馬夫巾，穿黑雲衣，繫肚囊，執黑雲。旦扮電母，各戴仙姑巾，翠過翹，穿舞衣，紮袖，持鏡。雜扮雷公，各戴雷公髮，紮靠，紮翅，繫雷公鼓，持鎚鑿。雜扮雨師，各戴豎髮，紮額，穿蟒箭袖，繫肚囊，執旗。老旦扮風婆，各戴包頭，紮額，穿老旦衣，繫腰裙，負虎皮，雜扮火龍，穿龍衣。（第八本第五齣《雷電奮迅擊妖狐》）

　　雜扮遼將二十八宿各戴本星形象冠，穿鎧持鎗，……雜扮二遼將裝天將，各戴馬夫巾，紮額，穿鎧，護白涼繖。旦扮單陽郡主裝九天元女，戴女盔，紮靠，持劍。（第九本第二十三齣《天門開遼軍遊戲》）

　　生扮黎山老母，化身戴浩然巾，穿氅，繫絲縧，持藜杖。淨扮鍾離道人帶髮髻腦殼，穿鍾離氅，執棕扇。（第七本第二十四齣《淨輝明朗大團圓》）

　　淨扮嚴洞賓，戴虯髮，道冠，紫金箍，穿蟒箭袖，紮氅，持劍。（第九本第二十三齣《天門開遼軍遊戲》、第八本第四齣《神祇奉敕息洪濤》）

《昭代簫韶》一書出現的神仙琳瑯滿目，常使用各種頭、髮、巾、盔來象徵其性質，如玉女戴仙姑巾，雷公戴雷公髮，黎山老母戴浩然巾等，侍香童戴道童巾。神仙的服飾及佩戴、執持的器物，都有固定的穿關，如電母兩手持電光鏡片，雷公繫雷公鼓，黑雲使執黑雲。雷公衣式如魁星衣而紅色，另有尖嘴面罩；風伯衣式如紫花布老斗，後背虎形，下繫綠裙。因神仙種類繁多，所以各種冠帽也常以神仙之名命名，又發展出各式腦殼和面具，如「二十八宿形象冠」、「元武盔」、「鍾離氅」等，這些東西是宗教神秘劇和神怪劇的特殊產物，從內容來講，糟泊很多，但從穿關造型的審美角度來看，是高度多樣化的，值得注意。

（九）動物與精怪

雜扮熊、猩猩、虎、豹、狼、狐狸，各穿獸衣。……雜扮獅子穿獅衣，從上場門躍上，獸作驚懼繞場亂跑。（第七本第十二齣《邪難勝正總成虛》）

雜扮狼、熊、鹿、猩猩、虎、豹、兔各穿獸衣，從兩場門上。（第一本第四齣《圍合龍沙池萬騎》）

雜扮二遼將裝龜蛇，二將各戴豎髮、紮額，穿鎧持兵器。（第九本第二十三齣《天門開遼軍遊戲》）

旦扮白雲仙子，戴仙姑巾，翠過翹，白狐尾雉翎，簪狐形，穿繡花箭袖，紮道姑衣，持劍，從上場門暗上將臺。（第八本第四齣《神祇奉敕息洪濤》、第九本第二十三齣《天門開遼軍遊戲》）

……旦扮蚌精，戴本形腦殼，穿緊身，繫月華裙，持雙劍。……雜扮蟹精、蝦精、龜精、鰍精、黑魚精、金魚精，各戴本形腦殼，穿小紮扮，各持兵器。（第八本第四齣《神祇奉敕息洪濤》）

淨扮九頭禪師，戴獅子髮，紮金箍，簪獅形，穿蟒箭袖，紮氅，繫鈴，持禪杖。（第九本第七齣《九頭獅神通大展》）

旦扮毛女，各戴毛女腦殼，穿月白採蓮襖，繫汗巾，執雙劍，從兩場門暗上。（第八本第十三齣《王素真故國欣投》）

雜扮火雀兵各戴鳥形腦殼，穿紅蟒箭袖，繫肚囊，執紅素旗。雜扮火鴉將各戴紅紮巾額紮靠、持兵器，從兩場門上（第八本第二十一齣《神火猛空放葫蘆》）

雜扮虎精、豹精、豺精、狼精、鹿精、羊精、狗精、蟒精、各戴本形殼腦小紮扮，持兵器。雜扮小妖各戴鬼髮，穿蟒箭袖，繫肚囊，執煙雲旗，從兩場門上。（第七本第二十三齣《破惡陣魔似冰消》）

在整個天門陣的演出過程，除了有一些神鬼情節外，還有一些動物上場表演，如第七本地十二齣《邪難勝正總成虛》敘述奪神鋒（金刀）之後宋軍馬上去破攻打白虎陣，陣中衝出一些虎、猩猩、豹、熊、獅等動物，與宋軍相持爭鬥。劇中穿關的處理方法是這些演員要披上獸衣扮演動物。相對於此，一些精怪則不必全身性裝扮，只要寫意性點染即可，如狐仙白雲仙子的扮

相為「簪狐形，穿法衣」，水族的打扮為「雜扮蟹精、蚌精、螺精各戴本行腦殼」，簪狐形、戴腦殼，是以小見大的穿關處理，給表演者的舞蹈動作很大的自由。

二、《脈望館鈔校內府本雜劇》〔註47〕與《昭代簫韶》服飾名目之比較

《昭代簫韶》的服飾樣式約有四百多種，服飾名目增加甚多，有些是元明雜劇所沒有的服飾如蟒箭袖、七星額，有些服飾名目屬雜劇和傳奇所共有，但用法區別很大，如「蟒衣曳撒」和「蟒」。以下羅列一表，便可清楚區分出其同異處：

類　型	脈望館鈔校內府本雜劇	昭代簫韶	備　註
盔	鳳翅盔、紅碗子盔、皮盔、撒髮盔、碗子盔、四縫笠子盔、虎、獅殼腦盔、皮碗子盔	帥盔、卒盔、打仗盔、紅盔、元武盔、獅形、狐形等精怪腦殼	不同
巾	萬字巾、包巾、四大巾、筆角巾、滲青巾	扎巾、將巾、小頁巾、馬夫巾、仙巾、矮方巾、高方巾、大頁巾、仙姑巾、浩然巾、紮巾、汗巾、道童巾	不同
帽	皮麥簪帽、麥簪帽、三山帽、四縫笠子帽、三叉帽、練垂帽、練垂狐帽、狐帽、回回帽、回回錦帽、氈帽、白氈帽、紅氈帽、雙檐網叉帽、雙檐氈帽	金王帽、素王帽、校尉帽、鷹翎帽、額勒特帽、羅帽、高綠帽、僧綱帽、太監帽、紅紗帽、蒙古帽、氈帽、中軍帽、嵌龍幞頭、草帽圈	不同
頭飾	抹額、雉雞翎	扎額、狐尾、雉翎、過梁額、包頭、七星額、鸚哥毛尾雉、金箍、紮巾額	有些相似，有些不同
袍	袍、皂袍、黃袍、紅袍、虎皮袍、玉色袍	圓領、屯絹道袍、繭袖道袍	相似
曳撒或蟒	膝襴曳撒、蟒衣曳撒、玉色膝襴曳撒、玉色蟒衣、玉色蟒衣曳撒、藍曳撒、紅膝襴曳撒、綠曳撒、綠色蟒衣曳撒	蟒、紅金貂穿蟒	不同

〔註47〕有關《脈望館鈔校本古今雜劇》之服飾名目，參見范俊華《中國古代戲劇服飾研究》，（廣東：廣東高等教育出版社，2003年7月），頁140、141。

甲靠	青布釘兒甲、金釘甲、青甲、掩心甲、金靠、烏靠、比甲	靠、打仗甲、中軍鎧雁翎甲	相似
裙	如意裙、戰裙、藍絹褲、網裙、錦腳褲	腰裙、軍牢裙、月華裙	不同
衣	青衣、护衣	劉唐衣、水田衣、外番衣、報子衣、貼裏衣、鬼王衣、黑雲衣、春布僧衣、道姑衣、紬僧衣、老旦衣	不同
其他	膝襴貼裏、虎兒斑丟袖貼裏、藍貼裏	窄袖、布窄袖、窄袖卒褂、箭袖、蟒箭袖排穗、蟒箭袖校尉褂、箭袖卒褂、蟒箭袖卒褂、蟒箭袖虎皮卒褂、蟒箭袖、採蓮襖、青緞通袖、護白涼襯、黃龍箭袖、繡花箭袖、月白採蓮襖、鑲領箭袖	不同
	錦襖、皮襖、毛襖		
	褡膊、皮條茄袋、白手巾、鬧妝茄袋、撒袋、直纏、頂帕、海綾項帕、鬧妝、扎腕、比里罕		

由上表可發現，明清服飾除了甲靠、頭飾、袍類似外，其餘都有很大的不同。《昭代簫韶》的服飾除了美化、裝飾的作用外，也具有象徵的意義，其最大的進步在於用服飾來 1. 區別腳色類型 2. 區別人與神魔 3. 區別生死 4. 區別番漢。以下就此四點分析之：

1. 區別腳色類型

以武將戎服作一個比較，發現二者區別很大。明代北雜劇武將服飾主要是「曳撒」，即明代太監、內侍日常所穿的一種軟袍。北雜劇的武將無論作戰與否都穿曳撒，表明北雜劇在武將服飾設計上，不大重視武將在作戰與非作戰時的穿戴區別，武將服飾的戎服特徵也不很明顯。大戲戎服主要是「靠」，它是一種特製的鎧甲，戎服特徵十分鮮明。大戲以「靠」上是否襲蟒或圓領，用來區別武將是否處於交戰狀態。這表明大戲服飾較北雜劇服飾更加強調了腳色的類型特徵，使服飾能更好地為表現腳色特徵服務。〔註48〕此外，不同質材的帽子也表示不同的腳色類型，如金王帽為皇帝所戴，素王帽為八大王所戴，鷹翎帽為番役所戴，額勒特帽為番兵所戴，羅帽為院子所戴，嵌龍幞頭為高級文官所戴，高綠帽、草帽圈為一般樵夫所戴，僧綱帽、太監帽為僧人、太監所戴，紅紗帽為土地公所戴，蒙古帽為蕭太后所戴，氈帽為一般庶

〔註48〕參見范俊華《中國古代戲劇服飾研究》，（廣東：廣東高等教育出版社，2003年7月），頁150。

民所戴，中軍帽為一般軍士所戴，如此種類繁多的帽子，各象徵不同的階層、地位，正是清宮大戲服飾進步之所在。

2. 區別人與神魔

具有動物特徵的神怪武將，則往往在盔帽上簪戴本形飾物，如「九頭禪師，戴獅子髮，紮金箍，簪獅形」，「雜扮虎精、豹精、豺精、狼精、鹿精、羊精、狗精、莽精、各戴本形殼腦」等，這種通過簪形來表示人物特徵的手法，早在明代劇本中就已經有了。《呂真人黃粱夢境記》中第九齣插圖「蝶夢」描繪三個人物扮演莊周夢中蝴蝶的情形，他們頭上都簪戴了蝴蝶形的飾物。〔註49〕其他神怪武將服飾也多根據武將特徵而設，有的戴動物形帽子，有的佩帶特殊的面具、飾物等，如「鍾離道人戴髮髻腦殼，穿鍾離氅，執棕扇」。大戲由於神怪腳色眾多，服飾相對也較多，為了突出神怪的特徵，常常用神怪腳色名稱來為服飾命名，如「呂洞賓，戴純陽巾」、「雜扮四判官，各戴判官帽」。為了區別仙凡的不同，仙人往往佩帶特殊的飾物，如果神仙和凡人戴的盔帽相同，就在神仙所戴的盔帽上紮紅，如「雜扮城隍，戴紮紅幞頭，……雜扮土地戴紮紅紗帽」。

3. 區別生死

在《昭代簫韶》中，一般要在鬼魂頭上搭魂帕，以別於生人，如「差鬼作鎖潘仁美魂，搭魂帕」，「地方鬼作引生扮黃龍魂，戴盔、紮靠，搭魂帕」。除了魂帕外，勾魂使者執勾魂旛攝取死者之魂魄，如「雜扮勾魂使者各戴矮方巾，穿屯絹道袍，執勾魂旛。雜扮迷魂長老，各戴高方巾，穿繭袖道袍，執迷魂旛。」如果鬼魂穿了特製的服飾如頭套、鬼髮、鬼臉等──「雜扮鬼使戴套頭，穿絨鬼衣」，「雜扮鬼卒各戴鬼臉」，「雜扮一差鬼，帶鬼髮，穿劉唐衣、繫虎皮、搭胯、襲青紬道袍，從上場門上，作鎖潘虎替身」，或者鬼魂出現時舞台已有明顯的陰陽標誌，就不需在鬼魂頭上加掛魂帕。在清宮大戲《封神天榜》中，鬼魂一般除了要搭魂帕外，還要加掛白紙錢。顯然，魂帕、勾魂旛和白紙錢等飾物在大戲中具有區別生死的符號意義。

4. 區別番漢

在明代北雜劇服飾中，番將如韓延壽、蕭天佐等往往戴狐帽、練垂狐

〔註49〕參見張庚・郭漢城《中國戲曲通史》，（台北：大鴻圖書公司，1998 年 7 月），頁 1239。

帽；《昭代簫韶》中番將往往戴外國帽，狐尾雉領，如「淨扮韓德讓，戴外國帽、狐尾、雉翎」，「雜扮馬榮、蘇和慶、孟金龍、各戴外國帽，狐尾、雉翎」，「旦扮蕭氏，戴蒙古帽，練垂」，「雜扮女遼將，各戴桼額，狐尾、雉翎」，但「狐尾、雉翎」在最初有貶抑番將的意思。《新唐書·吐番傳》說吐番人：「重兵死，以累世戰歿為甲門，敗懦者垂狐尾於首示辱，不得列於人」，〔註50〕可見狐尾在吐番人眼中，是恥辱和懦弱的象徵。「雉翎」在戲劇中亦成為如呂布等勇猛且非正規武將裝扮的符號，孟瑤說：「翎子在皮黃戲的裝扮上代表兩種意義，其一指非我華夏的人物，其二指非正統的人物，譬如三國戲周瑜也插翎子。」〔註51〕由於木桂英、王素真非我華夏之人物，所以她們也戴雉翎，但卻沒戴狐尾而戴鸚哥毛尾，表示雖有區別華夷之分，卻沒有貶抑她們的意思。後代皮黃戲對翎子的這種用法，顯然從雜劇和大戲中發展而來的。

《昭代簫韶》開拓最多者為神怪的穿關，雖然服飾名目眾多，但其服飾並非都是無所依傍的創新，有的是從明代戲衣及民間戲衣借鑒而來，如幞頭、袍、靠、蟒、常用盔帽來自明代戲衣（《孤本元明雜劇》中寇萊公戴兔角兒幞頭，楊景穿著玉色曳撒、玉色袍，孟良、呼延必顯穿蟒衣曳撒），有的則是以明代戲衣為基礎，綜合清代某些特徵而形成的，如蟒箭袖就是綜合明代蟒衣曳撒和清代箭袖的特點而形成的。〔註52〕清宮大戲因有優渥的金錢支援、龐大的人力配置，才能有這麼多的服飾名目，所以帝王的提倡，乃是戲曲藝術進步的最大動力。

三、舞台與砌末

《昭代簫韶》中的舞台設計充分考慮了宮廷戲台的建築情況，曾經為演出清代宮廷大戲特意建成四個專用舞台：一在寧壽宮，一在頤和園，一在圓明園，一在熱河行宮。這四處戲台為三層樓式，戲台的三層則分別以福、祿、壽名之，供神、人、鬼不同性質的腳色出入，因為資金優渥所以舞臺砌末都以實景為主，與民間演出大異其趣。

〔註50〕 參見宋·歐陽修《新唐書·吐番傳》，（台北：鼎文書局，1989年12月），頁6072。
〔註51〕 參見孟瑤《中國戲劇史》，（台北：傳記文學出版社，1979年），頁497。
〔註52〕 參見范俊華《中國古代戲劇服飾研究》，（廣東：廣東高等教育出版社，2003年7月），頁143。

　　《昭》書第六本第八齣《陣初佈番帥排兵》記載嚴洞賓安排遼將排列天門陣時，陣容龐大、氣勢磅薄：

馬榮應科，嚴洞賓白：「與你陣圖一張，令箭一枝，帶領一萬人馬，在正南陣外，排列八門金鎖陣，三千健將，各持大砍刀為鐵門，一千紅旗軍護蔽，三千弩箭軍為鐵門，三千利劍軍為金鎖，各守將臺七座，照圖佈列。」……蕭霸真應科，嚴洞賓白與你陣圖一張，令箭一枝，在通明殿後，排列仙童陣，用民間童男一千名，各持兵器，護繞將臺，臨期加持符水，自能戰鬥，然後待俺佈成迷魂陣，相為唇齒，以吞敵人之勢，照圖佈列。」……蘇和慶應科，嚴洞賓白：「與你陣圖一張，令箭一枝，帶領七千人馬，在正西兌位排列白虎陣，三千狼牙軍為虎牙，四千雙刀手，分四隊為爪，各守將臺七座，照圖佈列。」……耶律奚迪應科，嚴洞賓白：「與你陣圖一枝，帶領五千人馬，在正南離位。排列朱雀陣，三千鋼叉軍為雀首，二千紅旗軍為左右翼，首將臺七座，照圖佈列。」……耶律吶應科，嚴洞賓白：「與你陣圖一張，令箭一枝，帶領六千人馬，在北坎位，排列元武陣，二千皂旗軍，為元武前後首尾，四千鐵錘軍，分四隊為元武之爪，各守將臺七座，照圖佈列。」……孟金龍、單陽郡主應科，嚴洞賓白「與你陣圖一張，令箭二枝，孟金龍領兵一萬，端守中央天門陣大將臺，按為通明殿，郡主扮做九天元女，護守通明殿，領軍五千，穿五行服色，按為五斗星，用上將二十八名，扮做二十八宿，護繞中央將臺。再命大將一員，手持七星皂旗，命大將二員，扮成龜蛇把守通明殿北門，照圖佈列。」……韓君弼應科，嚴洞賓白：「與你陣圖一張，令箭一枝，在艮位排列地煞陣，領兵三千，各持皂旗，命七十二名健將，扮作七十二地煞，護繞將臺，照圖佈列。」……耶律夫人應科，嚴洞賓白：「與你陣圖一張，令箭一枝，領兵一萬，在乾位排列天魔陣，此陣最忌血光沖破，俟吾到時，另有奧妙秘傳，你可先自照圖佈列去。」

需要許多神怪及人物排列成各式陣型，而且要將台數十座及其他砌末，製造各種眩麗震撼的效果。根據王芷章《清昇平署志略》之記載，得知光是破金鎖陣就需用金鎖陣門一架，破迷魂陣需許多鬼帽、鬼套頭、四怪彩人、軟雲兜。全書有三分之一的篇幅敘述宋遼天門陣大鬥法，所以舞台砌末至少需要以下之道具：

椿岩揭榜　用黃榜架子一分

玉娥鬥法　用三頭六臂

任仙濟景　用布畫船艙一塊

破金鎖陣　用金鎖陣門一架

攝九環陣　用兩半椿樹形切末一分

移山護營　用五色移山套八分大小彩鏡三個

瓊娥放姑　用營門一架

逃亡敗績　用火雀兵腦殼八頂

　　　　　火鴉將腦殼四頂

孟吉認父　用天井下飛劍切末架子一個

火煉溪化　用九龍神火罩一分、小九龍神火罩一件

破迷魂陣　用生發四怪彩人四分

　　　　　兩截刀箭切末八分

　　　　　大小剪子切末二分

　　　　　軟雲兜一分

　　　　　分神大鬼切末一件

　　　　　摸壁鬼帽一頂

　　　　　摸壁鬼胳膊二隻

　　　　　小頭鬼套頭一頂

　　　　　無常鬼夾紙帽一頂

玉娥破鍾　用大鍾切末一分、小鍾一件

　　　　　三皇寶劍切末一分

破萬弩陣　用刁斗二分

　　　　　弓十二張

　　　　　彩胳膊腿十六件

　　　　　夾紙火鐵砲八件

破天門陣　用通明殿匾額一塊

　　　　　木旛座六個

大紅燈籠一個〔註53〕

以上砌末有些規模較小，如大小剪子切末、弓十二張，但有些規模頗大，如《孟吉認父》一戲之切末為「天井下飛劍切末架子一個」、《破迷魂陣》一戲之切末為「軟雲兜一分」。所謂「雲兜」是用之於天井的一種升降器，此外，還有雲勺、雲椅子（外用「雲套表」）、雲板等多種，這都是為演員們裝扮神怪、表演「臨几」或「升天」而特設的，如第二本第十齣，楊希（七郎）被潘仁美射死時，「中天井下三雲兜，〔註54〕楊希、金童、玉女各乘雲兜從天井上」。又據《昭代簫韶》第二本第十五齣，演至楊繼業碰死李陵碑時，就有金童、玉女引賀懷浦、楊泰、楊征、楊高、楊希（他們都已死後為神）「同乘大雲板〔註55〕從天井下至壽台」，迎接楊繼業「歸天」，楊繼業就與他們「同上大雲板起至半空科」。

　　《昭代簫韶》的劇作者，在劇本創作的過程中，就考慮到了要充分利用三層戲台進行舞台美術的設計。在劇本的《凡例》中說，「劇中有上帝、神祇、仙佛及人民、鬼魁，地井、天井，或當從某台、某門出入者，今悉斟酌分別註明。」〔註56〕再結合劇中一些場次的內容來看，很明顯是為了在這種三層戲台上來演出的。如第八本第八齣《山靈擁護漫衝營》，描述遼國的妖仙溪化道人想用陰陽鏡將宋營的人馬全部照死。為了破解陰陽鏡的魔力，北宋軍隊的保護神鍾離權請哪吒、巨靈神和二郎神前來助戰。這一場戲中的舞台設計就充分利用了三層戲台的結構特點：「溪化道人從仙樓上作望科」，「作舉鏡咒詛科，天井放火彩，下陰陽鏡科，地井出金蓮花燈砌末」，幾乎福、祿、壽三處全都有了舞台調度的考慮。

〔註53〕王芷章《清昇平署志略》，（《民國叢書　第三編第五十九種》，上海：上海書店，1991年），頁238～240。

〔註54〕雲兜是用之於天井的一種升降器，此外，還有雲勺、雲椅子（外用「雲套表」）、雲板等多種。這都是為演員們裝扮神怪、表演「臨几」或「升天」而特設的。雲兜、雲椅子、雲勺一般只乘一人，雲板則三五人、七八人不等。見王芷章《清昇平署志略》，（《民國叢書　第三編第五十九種》，上海：上海書店，1991年），頁262。

〔註55〕大雲板，載重量超過千斤。控制這些升降器的是輥轤和木貫井架，用人力操作。因為要用升降器的天井有五個，木貫井架等也有五分。見王芷章《清昇平署志略》，（《民國叢書　第三編第五十九種》，上海：上海書店，1991年），頁262。

〔註56〕參見清宮大戲《昭代簫韶・凡例》，（台北：天一出版社，1986年9月），頁1～10。

清代宮廷戲台的壽台天井共有七個，除去仙樓頂部的左右兩個天井是用搭垛上下外，壽台前部的主要表演區的頂上，還有中間和四隅約五個天井，是用雲兜之類來上下的。天井還被利用來升降各種彩人、砌末及施放火彩等，以表現神怪們在空中「作法」和「鬥寶」。如「雜扮仙童，各戴線髮，穿道袍，繫絲縧，末扮任道安戴仙巾，穿仙衣，繫絲縧，背劍，執拂塵，乘大雲板，從天井下，至半空」（第八本第五齣《雷電奮迅擊妖狐》），「黎山老母戴仙姑巾、鳳冠，穿蟒束帶，帶數珠，各乘小雲兜從天井下，至半空」（第七冊第十六齣《香童慕色自燒身》），「楊宗孝作昏迷倒地科，生扮楊泰戴紮紅盔、紮靠、持鎗，乘小雲兜從天井下至壽臺，作下雲兜挽楊宗孝出陣，從下場門下雲兜，仍從天井上。」（第九本第二齣《猛探遼營逢眾鬼》）；而一般鬼魂由「地井」出入，如「雜扮錢秀周方魂，戴小頁巾，搭魂帕，穿各樣打仗甲、箭袖，從地井上」，（第三本第二十四齣《泉臺捉鬼擲鋼叉》）「差鬼作鎖潘仁美魂，搭魂帕，從地井上，差鬼帶從下場門下，呼延赤金、杜玉娥、八娘、九妹向靈前跪哭。」（第三本第二十三齣《山寨復讎開勁弩》）「雜扮男女自戕鬼，隨意穿扮，各帶自戕切末，從地井上。……雜扮男女病死鬼，各隨意穿扮，從地井上。」（第九本第二齣《猛探遼營逢眾鬼》）這是一種吸引觀眾的特技演出，表現善人歸天、惡人下地之情況。

《昭代簫韶》中的切末造型是虛實相生的，如雨師執「旗」，表示水浪翻滾；戴動物形腦殼如火雀、火鴉、狗、獅、象腦殼，或「用布畫船艙一塊」則是以局部表示整體，此屬象徵、擬似。但據《清昇平署志略》的資料，實景切末亦復不少，除了有大量紙紮的切末外，還有許多布畫的和鐵木製作的切末，如鐵床一分、囚車五輛、李陵碑一座、將台五座、井口一分、馬槽一分、木昇天門一座、木酆都門一座、雷公彩人一個、用叉挑彩人五個等，〔註57〕生動地顯現出戰爭的慘烈無情、人仙鬥法的高妙變幻、地獄的冷冽陰森，這些規模龐大的道具，要由工程處承做，動用武備院將役協助安裝，所以「寫實化」的切末實是《昭代簫韶》之趨向，也是一般宮廷大戲的特色。

宮廷大戲因有優渥的金錢支援，所以寫實道具不虞匱乏，各類砌末、各式各色服裝、帽子，一應俱全，根據統計《昭代簫韶》的服裝裝束樣式約有四

〔註57〕參見芷章編《清昇平署志略》，（《民國叢書　第三編第五十九種》，上海：上海書店，1991 年），頁 238～240。

百多種，可以清楚地看出，清代宮廷比之明代宮廷確已有了很大的進步。一
齣戲的裝束樣式，竟有四百多種，這標誌著穿戴規制的細緻嚴謹和裝束樣式
上的變化多端，已經達到了相當高的程度。在這方面，清代宮廷也是作出了
貢獻的。當然，歸根到底，這是藝人們的創造，宮廷不過是提供了優越的物
質條件而已，﹝註58﹞這些特技表演及奢華的視覺享受，是民間戲曲的舞台美
術所望塵莫及的，也是《昭代簫韶》在戲曲藝術的成就。

第四節　曲文賓白

一、曲文之特色

　　曲文宜利用抒情寫景達到情景交融的高層次修辭技巧，如《西廂記》中
「碧雲天，黃花地，西風緊，北雁南飛。晚來誰染霜林醉？總是離人淚」，﹝註
59﹞離人淚怎會染紅霜林呢？此處用設問法，無理而妙，生動地表達了鶯鶯淒
惻纏綿的離情別恨，此外，黃花、西風、雁俱是充滿離別之意象，因此短短數
句，就餘韻無窮、沁人心脾。相反地，《昭代簫韶》一劇共有二百四十齣曲文，
能運用情景交融的高層次修辭技巧卻很罕見，因為以娛樂、歌功頌德、鼓吹
忠勇愛國意識為主要內容，又要配合格律、押韻，所以其曲文並不太出色：

> 黃鐘宮正曲【出隊子】人何愚昧。韻只認天高卻聽卑。韻伊纔舉念
> 預先知。韻善惡未行禍福隨。韻合怎知巧詐欺天，讀伊心自欺。（第
> 三本第十七齣《冥主拘魂聚差鬼》）

> 仙呂調套曲【鞓紅】無暴其氣。句虛心謙遜。韻休傲志讀方為專閫。
> 韻不猛而威。句不言而信。韻感眾心讀悅而誠順。韻置腹推心。句
> 怕不齊抒忠奮。韻將官焦贊、孟良，內侍陳琳引德昭從上場門上，
> 陳林、柴幹白：「啟元帥，千歲駕到。」楊景作趨見科白：「千歲，
> 臣巡營無事。」德昭白：「無事為妙。」楊景全唱今夜裏讀親巡查問。
> 韻咸的規條無犯。句足見至公服人。韻不枉受讀君恩寵任。押（第
> 八本第八齣《山靈擁護漫衝營》）

﹝註58﹞見張庚‧郭漢城《中國戲曲通史》，（台北：大鴻圖書公司，1998 年 7 月），
　　　　頁 1239。
﹝註59﹞參見王實甫著，金聖嘆批點，張建一校注《第六才子書西廂記》（台北：三民
　　　　書局印行，1999 年 10 月），頁 314。

> 中呂宮正曲【好事近】老將帥王師。韻報國忠存胸次。韻老當益
> 壯。句何讓黃口孺子。韻提戈征進。句舊元勳讀肯弱開疆志。韻
> 合奮雄心務要成功。句也博得名垂青史韻（第八本第十九齣《曳
> 兵棄甲貽群誚》）

以上這些曲文第一則用於議論說理，第二、三則用於感戴君恩、激勵士氣，引用俗語、成語，顯得僵硬不生動，如「黃口孺子」、「提戈征進」須有一般文化水平，才能理解其意，在舞台上一味用這些有程度的語言，便削弱了戲曲的當行本色，殊為可惜。

《昭代簫韶》在刻畫人物時常用很沒特色的語彙，如「風流秀妖嬈，打扮殊別調，當鑪賣酒卓氏名高。傾國傾城憑一笑。體態輕如飛燕飄。會騰跳。弄鎗刀技妙。行時舞動小蠻腰。」（第五本第七齣《奮雄心揮刀諸賊》），從這段曲文，讀者大略可知她是酒店女子，會武功，體態輕盈，頗有姿色，但實在很難讓人有深刻的印象。又如「小仙童匡扶英主。小仙童仗鶴日重瞳。小仙童會飛丸舞劍。小仙童使著這羽扇神風。小仙童去辟惡除邪掃滅妖氛。小仙童要定魄安魂讀解厄諸公。小仙童使一劍當他的百萬雄兵。句小仙童此去顯個威名建陣奇功。」（第九本第四齣《扇一揮魂消魄散》）這一段唱詞讓人感覺贅詞很多，雖然小仙童有重瞳異於常人，武功高超能以一擋百萬雄兵，但仍只是類型化的人物描寫，缺乏典型性格。而在《昭代簫韶》劇中少數不錯的佳句，因不切合腳色身分，也被大打折扣，如：

> 馬夫牽馬上，作喂科，白：「妙嘎，好馬，表象雲螭，來從草澤，稟
> 靈月駟，上應星躔，……紫燕銜枚，影流似電，聲喧若雷，霜凝玉
> 勒，雪踏銀杯，抗逸倫於騏驥，恥伏櫪於駑駘，正是檀溪不須躍，
> 隨意過從容。」（第四本第八齣《藥良驥背母行權》）

> 耶律色珍等白：「楊景爾等今做釜內游魚，休思漏網之計。」……蕭
> 天佐白：「休要搖唇鼓舌，看刀。」（第四本第十二齣《敢突圍始稱
> 忠勇》）

第一則利用比喻（影流似電，聲喧若雷）、誇飾（表象雲螭、霜凝玉勒）、象徵（稟靈月駟，上應星躔）等修辭技巧說明蕭后之馬是匹難得的好馬，第二則的「釜內游魚」、「搖唇鼓舌」俱引用成語，但孟良假扮的馬夫與番將耶律色珍、蕭天佐有否如此的文化水平，則啟人疑竇？反之，焦贊在《昭》劇中屬於頗具特色之人，可歸功於在曲文方面切合其腳色身分，如：

　　中呂調套曲【紅繡鞋】惡很很天生的猛壯，韻形容如虎臉閻王。韻
　　慣常的喫人飲血鐵心腸。韻專殺那貪婪奸佞黨。韻劫奪任強梁。韻
　　綠林結眾廣。韻焦贊白：「俺芭蕉山鐵面大王焦贊是也。」（第三本
　　第四齣《莽劫糧因風放火》）

　　憑著俺膽包身真巨勇。句說甚麼進不得惡陣凶。韻那知俺氣雄志雄。
　　韻又何畏鬼磨弄。韻一人拼命攪群雄。韻俺瘋也不瘋。韻懵也不懵。
　　韻這輕生也只為救子的意兒猛。韻單鎗揮動。韻直撞也那橫衝。韻
　　（第九本第四齣《扇一揮魂消魄散》）

其外型與個性躍然紙上，所謂「天生猛壯」指的是外型粗獷，「如虎臉閻王」，
指的是長相醜陋，「專殺那貪婪奸佞黨」、「膽包身真巨勇」指的是膽大包天，
「一人拼命攪群雄。俺瘋也不瘋。懵也不懵。這輕生也只為救子的意兒猛」，
指的是為救愛子犧牲性命在所不惜，如果再加上他那有特色的穿關，就是一
個非常具有典型性格的人物。

二、賓白之特色與種類

　　元雜劇的歌唱藝術一枝獨秀，相形之下，賓白的重要性就較被忽視。王
驥德《曲律三十四》專論賓白，並指出「其難不下曲」，對戲劇家的重視賓白
有極大的啟發。李漁《閒情偶寄》詞曲部也有賓白一節，與結構、詞采、音律
並列，其云：「曲之有白，就文字論之，則猶經、文之於傳注；物理論之，則
如棟樑之於榱桷；就人身論之，則如肢體之於血脈，非但不可相輕，且覺稍
有不稱，即因此賤彼：竟作無用觀者。故知賓白一道，當與曲文等視；有最得
意之曲文，即當有最得意之賓白。但使筆酣、墨飽，其勢自能相生。常有因得
一句好白而引起無限曲情；又因填一首好詞，而生出無窮話柄者，是文與文
自相觸發，我止樂觀厥成，無所容其思議，比係作文恆情，不得幽渺其說，而
作化境觀也。」〔註60〕說明曲文賓白彼此發明，相輔相成，無分軒輊。戲曲
唸白不同於口語說話，必須有「高低抑揚、緩急頓挫」，也要調停平仄，使「音
調鏗鏘」，達到「美聽」的效果。試看《昭代簫韶》以下例子：

　　楊繼業白：「列位嗄，可憐一萬人馬，只剩二百餘人，如何敵得過他
　　十萬之眾，吾今必死，汝等各有父母妻子在家，快快逃生休要來顧

〔註60〕參見李漁《閒情偶寄》，（上海：上海古籍出版社，2002 年 6 月），頁 110～
　　　　111。

我。」滾白：「我今身被重傷，勢孤力盡，汝等上有父母，下有妻兒，早早逃回，還報天子，與我同死沙場，無益於事了，列位。」唱合快逃生。句還汴梁。韻少遲延。句全軍喪。韻勇士將官作感憤科，白：「令公，你說那里話來，我等感激令公，寬仁待下，情願同死一處，絕無異志。」楊繼業作感激科白：「老夫何德何仁，蒙列位如此不棄，老夫就死在九泉之下，也感激列位也。」作下馬跪科，眾急扶白：「令公請起。」（第二本第十五齣《頭觸碑歃心未泯》）

此段對白刻畫楊繼業對勇士將官愛護有加，不忍他們白白送命，而勇士將官也將至情酬謝知己，願意隨長官死於九泉之下，中間穿插了滾白及曲文，滾白屬「帶唱」性質，但終究不是「唱」，而曲文就屬句型一致又協韻的唱詞。所以在此段，曲文與賓白彼此生發，使劇情更加生動，在演出方面也更有變化。

凌濛初《譚曲雜劄》云：「古戲之白皆直截道意而已，惟《琵琶》始作四六偶句，然皆淺淺易曉。蓋傳奇初時本自教坊供應，此外止有上台勾欄，故曲白皆不為深奧。其間用詼諧曰『俏語』，其妙出奇拗曰『俊語』，自成一家言，謂之『本色』，使上而御前，下而愚民，取其一聽而無不了然快意。」〔註61〕他認為通俗正是古戲賓白的本色，其目的是要使各個層次的觀眾都能一聽就懂。賓白的分類有定場白、對口白、帶白、背白、滾白等。定場白用於人物上場時自報家門，對口白用於互相對白，帶白即插在曲詞當中的賓白，背白為背著劇中人物，直接向觀眾陳說，而滾白是屬於「數唱」或「帶唱」的性質，介於賓白與歌唱之間。《昭》劇之賓白符合凌濛初所主張的通俗本色。試舉數例，分析如下：

（一）定場白

王驥德云「定場白，初出場時以四六飾句者是也。……稍露才華，然不可深晦」，〔註62〕是指人物出場時常以四六偶句穿插在賓白中，所以蘊含劇作家的才華，但不可太深奧難懂，否則就容易與觀眾有隔閡，以下王欽的定場白前四句用七言詩，而內文明白如語，符合「稍露才華，又不深晦」之主張，

〔註61〕見凌濛初《譚曲雜箚》（收於隗芾 吳毓華編《古典戲曲美學資料集》，北京：文化藝術出版社社，1992 年 10 月），頁 210。

〔註62〕見王驥德《曲律‧論賓白第三十四》（收於隗芾 吳毓華編《古典戲曲美學資料集》，北京：文化藝術出版社社，1992 年 10 月），頁 197。

第二則孟良的定場白沒有使用韻文，純粹說明其身世背景並提示後續情節之發展，也符合質樸通俗之特點。

> 功名薰炙肺和心，恨殺功名無路尋，有日功名得到手，宿讎發脫快胸襟。自家姓王名強，字招吉，父親王沔，現為參政之職，因與寇準不睦，為此學生每試不中，我想正途功名是不能的了，我有個叔父王佺，現在潘元帥帳下為將，只得投奔軍前，謀個進身，倘得一朝重用，必要大展胸中之機謀，把那些舊讎宿怨，一一發脫，纔為蓋世男子，離軍營不遠了，快些前去，一心忙似箭，兩腳走如飛。
>（第二本第三齣《面真同謀傾勇將》）

> 孟良白：「俺乃神火大王孟良是也，木貫鄧州人氏，販馬到沙陀國，國王見俺相貌軒昂，試俺武藝，國王大悅，封我護國將軍，就將沙陀郡主雲英，招俺為郡馬。未及十載，思念父母、被俺私自逃回，到了家中，不想父母已故，俺欲仍回沙陀國，途中遇一異人，他說乃是離宮將吏，特贈葫蘆一個，命俺輔佐宋朝扶助六使成功，這六使二字，至今不明白。俺因無處投奔，來到這山西境上，占據了紅桃山，自立為王，倒也快樂。」（第三本第四齣《莽劫糧因風放火》）

（二）對口白

王驥德云「對口白，各人散語是也。……須明白簡質，用不得太文字；凡用之、乎、者、也，俱非當家。」〔註63〕指對話不要用文言或太多典故，以下兩則皆符合曲之本色當家。

> 潘仁美白：「令公何不暢飲？」楊繼業白：「端的此酒因何而設？」
> 潘仁美白：「一來與諸公洗塵，二來與令公父子壓驚，三來解讎釋怨。」楊繼業白：「末將與元帥，素無讎怨嗄。」潘仁美冷笑科白：「今日實對令公說明了罷，昔日足下在劉王駕下，曾射下官一箭，讎之一也，七郎打死潘豹，讎之二也，前者涿鹿被擒，七郎出吾大醜，讎之三也。」楊繼業白：「呀，若依元帥一說，這三事，皆不共戴天之讎，末將父子，死有餘辜矣。」楊希白：「嗄，若說我的讎怨，不只三十條，十世也報不盡。」潘仁美白：「今日與令公說破，彼此

〔註63〕見王驥德《曲律·論賓白第三十四》（收於隗芾 吳毓華編《古典戲曲美學資料集》，北京：文化藝術出版社社，1992 年 10 月），頁 197。

釋疑，想你我做大臣的，總以國家公事為要，此後你我併力同心，志在平遼，回朝後再論私讎，那時你我，各顯報讎手段未遲。」（第二本第四齣《糧假絕計撤監軍》）

王欽白：「你這裏，可有個女將王素真麼？」嚴洞賓白：「有的。」

王欽白：「你們好誤事，他父女寄書與楊景約下裏應外合，少時進陣，回戈反擊，非但此陣難保，連你二人也活不成哩！」嚴洞賓、溪化道人作驚科，白：「有這等事？足下是何姓名？」王欽白：「下官王強，宋主賜名王欽，原是遼邦臣子，因做內應，故投宋主。」嚴洞賓白：「原來就是王大人，快些了綁。」遼將應作放綁科嚴洞賓溪化道人白：「我等不知，多多冒犯了，王大人，不可洩露機關。」（第八本第十二齣《群妖奮起困全軍》）

（三）帶白

以曲白相生為重要特點，帶白如果寫得好，是可以在完足曲意、嚴密結構方面發揮作用的，以下第一則用帶白呼應楊希粗爽的性格，人如其言，不尚藻飾。第二則寫溪化道人與哪吒交鋒時技不如人，危急時說「不好了，俺今番休矣」，呼應生動的曲文，顯示他焦著無望的心情。

正宮正曲【錦腰兒】生性兒氣豪志剛。韻惟好學擊劍掄鎗。韻那詩云子曰不愛講。韻合就習學大經綸讀問可勝疆場。韻白：「俺楊希，天生勇猛、賦性剛強，不好博古通今，只愛談兵論武，喜得爹爹出鎮代州，自料無人拘束，誰知爹爹臨行囑咐母親，管束我在家讀書，恐我出去惹禍招災，這幾日好煩悶人也，方纔被俺偷出府門，尋個熱鬧處遊玩遊玩，以遣悶懷。」（第一本第七齣《潘楊釁隙於斯始》）

黃鐘調套曲【古水仙子】呀呀呀。格烈火焚。韻呀呀呀。格烈火焚。疊燎燎燎。格鬢髮蹃踥眼目昏。韻看看看。格爛額焦頭句早早早。格亂吾方寸。韻。白：「俺且逃回去用功修養，再尋報讎之計便了。」唱忙忙忙。格避炎威且自隱。韻再再再。格再尋思報復讎人。韻火龍兵、火龍將、哪吒化身從上場門追上，作圍繞科，哪吒化身作祭起火龍罩咒詛科，天井作下火龍罩切末，火龍將作放火彩科，溪化道人作驚懼科，白：「不好了，俺今番休矣。」唱趕趕趕。格趕將來讀四圍烈燄焚。韻怎怎怎。格怎逃生讀脫了火龍陣。韻苦苦苦。格難免煅煉

化灰塵。韻火龍將作圍繞放火彩，溪化道人隱下。哪吒化身作詛咒科，天井作收火龍罩切末，哪吒化身隱下，哪吒暗上，作取石塊科，白：「石妖煅煉成灰。」（第八本第二十四齣《神火飛騰煉九龍》）

（四）背白

背對劇中人，而面對觀眾說白，通常暗示此人心懷鬼胎，有別的打算。如第一則呼延赤金懷疑劉子喻所假扮的七郎，因此要劉子喻下馬說話，兩人都有背白，俱是想殺害對方。第二則寫孟吉幫助遼軍，原為了尋找爹爹孟良，因此對楊宗顯之話半信半疑，其背白說明萬一受騙，也另有其他退路。

呼延赤金白：「且慢！你果是七郎陰靈麼？」劉子喻白：「這如何假得？」呼延赤金白：「七郎我與你久別了，大家放了兵器，與你敘談片時，可好？」劉子喻白：「甚好，大家下了馬。」內打五更，劉子喻作下馬，背科白：「待他說話之間，暗暗賞他一鎗便了。」呼延赤金作下馬棄鎗，拔劍背科白：「待我詿他，附耳賞他一劍。」劉子喻白：「夫人有何話說？」呼延赤金白：「有句心腹話，附耳過來。」作挽住劉子喻鎗科，白：「你是七郎？」劉子喻白：「七郎便怎麼樣？」呼延赤金白：「賞你一劍！」。（第七本第十一齣《假豈混真終受戮》）

楊宗顯白：「沙陀郡主之子孟吉，有來歷。俺且問你，方纔那進陣的孟良，你可認得？」孟吉作驚駭背科白：「且住！」楊宗顯作聽科，孟吉白：「母親說，我爹爹名喚孟良，面貌與我相像，不知是否？待我再問他。」作轉科，白：「宋將姓甚名誰？」楊宗顯白：「俺乃楊元帥之子楊宗顯。」孟吉白：「你說那孟良，怎生一個面貌？」楊宗顯白：「孟良的面貌，與你相似。」孟吉白：「真個與我相似麼？」楊宗顯白：「你若不信，同我進陣去認一認如何？」孟吉背科白：「這話有理，但願是我爹爹，俺便反戈回擊，倘然不是，再將他陷入陣中不遲。」（第八本第二十一齣《神火猛空放葫蘆》）

（五）滾白

曾師永義懷疑北曲中的「增句」應當和弋陽腔的「滾白」和「滾唱」有類似的關係，其在釋北曲之增句，以不協韻者為「滾白」，以協韻者為「滾唱」，乃是因為所謂「滾白」與「滾唱」其實很難分別，可將偏於賓白者視為「滾白」，偏於歌唱者視為「滾唱」，而且不協韻之句比較接近口白，協韻之句比

較接近唱詞。〔註 64〕第一則寫楊繼業選擇碰李陵碑之原因,第二則寫楊景尋父不著的淒苦,用「滾白」可以讓表演更有變化外,也暗示心情的變化。

> 楊繼業作望科,白:「呀,你看人馬漫山遍野圍來,倘若被擒,辱莫大焉,不免尋個幽僻之處,自盡了罷。」作四顧見碑科,白:「李陵碑。」作唾科,白:「漢李陵不忠於國,也配立碑在此。」作歎科,白:「楊繼業嗄,楊繼業,你生受奸黨之害,臨死又逢奸佞之碑。」作恨科,白:「就將此碑觸倒便了,聖上。」滾白:「非是老臣不能竭力報國,無奈臣今受困三朝,筋力已盡,今生今世,不能骰報答深恩了,聖上。」唱合臣被擒。句玷朝堂。韻自戕身。句全名望。韻內吶喊科,楊繼業作很決科,白:「也罷!」作撞碑死倒地科。(第二本第十五齣《頭觸碑欵心未泯》)

> 楊景滾白:「自古水清石現,鴈過聲留,空山之中,你不來,我不往,教我何方問也,尋不見嚴親,今番急殺我了,急殺我了,爹你被遼兵逼迫。」唱合何方潛遁,讀你莫非身遭棄損。韻(第二本第十六齣《屍埋地冷淚難乾》)

三、曲文賓白之修辭技巧

雖然《昭代簫韶》在曲文賓白的佳作有限,但仍運用了一些修辭技巧,並用以塑造人物、推展劇情。為了方便敘述,分成以下數類,當然有些句型是多種修辭法的組合:

(一)疊字及疊句

1. 三個字的狀聲詞:三個字的「鑲疊詞」,其構成即在一個疊字的前面,再加上一個單字,造成一個比較複雜的副詞或形容詞,如忽剌剌、光閃閃、威凜凜、撲騰騰、亂紛紛、密匝匝、猛剌剌等皆屬此,保留元雜劇慣用三個字狀聲詞之特色。

> 【又一體】俺聲一喊忽剌剌獅吼奔。韻眼一瞪光閃閃奪迫銷魂。韻鞭一舉威凜凜神鬼驚。句身一躍撲騰騰山川震。韻(第七本第四齣《二將爭功互逞雄》)

〔註 64〕參見曾師永義〈北曲格式變化的因素〉,(收於《說俗文學》,台北:聯經出版事業公司,1984 年 12 月 2 版),頁 339。

黃鐘調套曲【出隊子】他那里驅兵前進。韻人和馬如潮滾。韻縱橫
將卒亂紛紛。韻霎時間戰霧連雲日色昏。韻……【刮地風】嗳呀密
匝匝馬步周遭圍得緊韻……【四門子】猛剌剌讀直攪得愁雲滾。韻
看三軍漸迫窄。韻紅日欲沉。句霞天欲昏。韻況兼眾寡怎支分。韻
（第五本第十九齣《強食言遼人肆志》）

2. 疊句：即重複前一句型，加強語氣。有些曲牌如《二犯江兒水》第一
句及第十一、二句，必用疊句。

黃鐘宮正曲【歸朝歡】雞三唱。句雞三唱。疊整我戎軍。韻熾冰威
施張赫振。韻東門外。句東門外。疊兵陳充物。韻待他來讀共約和
番之信。韻（第一本第十九齣《好兄弟全忠死義》）

仙呂官正曲【鵝鴨滿渡船】遙望彼營中紗籠耀。韻彼營中紗籠耀。
疊柝報二更夜分了。韻毋驚眾軍覺。韻毋驚眾軍覺。疊俺潛蹤暗跡
讀步步輕描。韻乘虛要掃屯營虎豹。仙呂官正曲【赤馬兒】危途深
蹈。韻魂靈驚渺。韻伏兵四繞。韻紛紛衝散我兵逃。韻紛紛衝散我
兵逃。疊急叫夫君叫不到。韻合急得奴滿腔刀攪。韻急得奴滿腔刀
攪。（第三本第一齣《暗偷營瓊娥計拙》）

黃鐘宮正曲【神仗兒】粗豪剛猛。韻粗豪剛猛疊架海擎天。句拔山
力勇。韻霸占讀山崖石洞。韻任我強梁讀由咱豪橫。……唱合裝樵
子耍愚蒙。韻裝樵子耍愚蒙。疊（第四本第五齣《連雁心同歸虎帳》）

3. 疊字：有二疊及三疊之句型，【古水仙子】之曲調必用三疊格，營造出
一種緊張匆忙的氛圍。

黃鐘調套曲【古水仙子】紛紛紛。格如驟雨。韻靄靄靄。格殺氣愁
雲遮了太虛。韻慘慘慘。格慘可可三萬征夫。韻很很很。格他很剌
剌將如猛虎。韻看看看。格劍戟戰鎗刀圍似堵。韻向向向。格向那
處路途趨步。韻趲趲趲。格趲得咱讀馬和人氣喘促。韻這這這。格
這慘死讀待向誰人訴。韻拼拼拼。格拼血戰殉身軀。（第三本第二齣
《明對陣廷讓軍殘》）

黃鐘調套曲【古水仙子】呀呀呀。格號令遵。韻把把把。格魏府重
圍困宋軍。韻急急急。格羽檄飛傳。句調調調。格調雄兵會合諸鎮。
韻俺俺俺。格俺鐵桶般羅網陳。韻他他他。格似蛟龍淺水遭迍。韻

佈佈佈。格佈雲梯攻擊肯迻巡。韻困困困。格困孤城繞列著鎗刀陣。韻莫莫莫。格莫輕輕讀縱放宋君臣。韻（第五本第十九齣《強食言遼人肆志》）

黃鐘宮正曲【滴溜子】遼兵眾。句遼兵眾。疊重重密密。韻衝營寨。句衝營寨。疊擁擁擠擠。韻（第二本第五齣《劫宋寨欣得王強》）

（二）對句

是很普遍的修辭技巧，但在《昭代簫韶》中好的工整對有限，第一句用誇飾法說明軍隊陣容壯大，劍一揮星辰之位置就紊亂了，軍旗一動天上之雲朵也翻騰不已。第二句屬工整對，形容皇宮輝碧富麗，耳朵聽的，眼睛看的，鼻子所聞，腳所踏的無不是最美的東西。第三句對句很生動地寫出趨炎附勢者之心態，如蚊如蠅揮之不去，令人生厭，卻又不容易甩開。

「劍揮星斗亂，旗展陣雲翻」（第三本第二齣《明對陣廷讓軍殘》）

徹耳的漢苑鐘聲。句趨步的金階路近。韻拂拂的御鼎香凝。句湛湛的金盤露潤。韻（第三本第十八齣《賢王執法諫明君》）

「殺人須見血，害人要害徹，斬草不除根，萌芽發更捷。」分白：「下官王侁是也，下官劉君其是也，下官米信是也，下官田重進是也。」王侁劉君其白：「我等食祿朝廷，趨炎相府，若非昏夜乞憐搖尾，怎能白日吐氣揚眉。」米信田重進白：「利嘴陷人，如蚊嘬膚，奔競權門，如蠅入廁。」王侁白：「住了，太師的權門，怎比做毛廁，被你說髒了。」劉君其白：「是嘎，二公今後何必昏夜入廁。」米信白：「豈不聞與君子交，如入芝蘭之室，久而不覺其馨，與小人交，如入鮑魚之肆，倒覺氣味久長。」（第一本第九齣《報私讐權臣竊柄》）

（三）引用

引取格言、成語、故事、寓言、歌謠、俚語、史料典籍等，以闡明或佐証自己的論點，表達自己的思想感情。

1. 引用俗語、成語：劇曲以明白通俗為要，所以引用太多的俗語、成語並不甚妥當。第一句楊貴的背白通俗卻很耐人尋味，在《昭代簫韶》一劇中出現了兩三次，說明楊貴對夫妻關係的認知，也讓讀者了解他們夫妻的關係。

其他諸句引用了「瀝膽披肝」、「三申五令」、「得隴望蜀」、「尸位素餐」、「刻舟求劍」、「守株待兔」等成語，但因為字裏行間仍不斷強調忠勇報國、歌功頌德，效果大打折扣。

> 楊貴背白：「自古夫妻且說三分話，未可全拋一片心。」（第二本　第十八齣《埋名婿苦情漫述》）（第四本第七齣《識名將順夫成績》）

> 高宮套曲【菩薩蠻】是誰敢把良臣斬。押英雄到此令人慘。押你常懷邊境安。韻枉自瀝膽與披肝。韻（第五本第十四齣《書搜一紙証奸謀》）

> 中呂調套曲【快活三】要成功則這遭。韻憑長技顯英豪。韻早擒無敵建功勞。韻莫負俺五申令諄諄告。韻（第二本第六齣《投遼邦先圖繼業》）

> 正宮集曲【普天錦】普天樂首至四犯邊關貪心縱。韻既吞蜀復思隴。韻保臨潢半壁山河。句是吾皇盛德寬容。韻（第二本第八齣《苦逼迫赤膽先鋒》）

> 雙角套曲【得勝令】則當做鍼落海中撈。韻則當做刻舟求劍操。韻則當做守株待兔捉。句則當做金沙仔細淘。韻勤勞。韻只要工夫到。韻今朝。韻井中取寶刀。韻（第六本第二十二齣《仙圓雙璧訂良緣》）

> 中呂宮正曲【駐馬聽】領鎮嘉山。韻尸位默然學素餐。韻敢辜恩縱敵。句劫貢窺邊讀竟不遮攔。韻（第四本第四齣《失龍駒奸失讒譖》）

> 眾應仝唱開懷暢飲歡呼笑。韻酒逢知己千杯少。韻楊景笑科，唱合滿座豪傑英俊。句人中魁首讀堂堂儀表。韻（第四本第五齣《連鷹心同歸虎帳》）

2. 引用外來語：「兀的」、「也麼哥」、「也波」皆是蒙古語，《昭代簫韶》一劇所引用之蒙古語以上述三詞語最多，「也麼哥」是【叨叨令】必出現之句子。較特殊的如第一句，用「荊棘刺」、「顛不刺」、「措支刺」、「軟兀刺」的重出方式，製造一種重複的循環美感，雖不多見卻令人印象深刻。

> 雙角套曲【鴈兒落】頓使我荊棘刺意亂忙。韻顛不刺難猜量。韻措支刺鬱悶急。句軟兀刺神馳蕩。韻（第二本第二十一齣《詳夢境憂疑莫釋》）

高宮套曲【叨叨令】兀的不妄貪功也麼哥。格兀的不盜干戈也麼哥。疊（第二本第二十四齣《瓊娥陣上展雄威》）

高宮套曲【叨叨令】仗神鋒應驗姜公號。韻先退諸神陣門保。韻衝開金鎖連環套。韻金刀力砍鐵閂落。韻奮雄威也麼哥。格彰天討也麼哥。疊（第七本第一齣《建大纛奮起雄師》）

高宮套曲【叨叨令】恁則管遼軍讀撥馬城南向。韻遇奇兵讀突出休鬆放。韻調虎離山把巢窠來讓。韻暗把闔閭襲了他也無依傍。韻兀的不占虎穴也麼哥。格兀的不掃狐穴也麼哥。疊（第一本第十五齣《宋師嫉功縱強敵》）

雙角套曲【得勝令】那小蓮冠裝模樣。韻身披著八卦雲鶴氅。韻也戰在疆場。韻好似麋鹿兒縱橫撞。韻慌也波忙。韻難支我將強。韻（第六本第十一齣《併勝負陣前決戰》）

仙呂宮正曲【又一體】巧逢機會。句如何負了。句兀的不是讀再圖難成。韻第七本第六齣《紅顏女巧逢黑煞》）

【又一體】德昭白：「兀的不痛殺我也！」（第五本第十二齣《歸朝函首巧瞞天》）

（四）重出

又稱「類字」，係指字或詞的重複出現，但當中必須用其他字隔開，藉此技巧突顯音節之美。其常見的形式有二：一為句內重出，一為隔句重出。以下「難闖難突」、「難回難進」、「難飛難躍」，「時兒運兒」、「兄兒弟兒」、「身兒命兒」、「家兒室兒」、「戈兒戟兒」是句內重出，也是隔句重出。

中呂調套曲【醉春風】今用著佯戰敗的悄機關。句引到那半途中隱伏奇兵早。韻要陳家谷裏偃旌旗。句把繼業父和兒圍繞。韻繞。疊困得他難闖難突。句逼得他難回難進。句便使插翅兒也難飛難躍。韻（第二本第六齣《投遼邦先圖繼業》）

高官套曲【叨叨令】幾年來時兒運兒讀遭了些重重疊疊的難韻可憐你家兒室兒讀受奸謀凋凋零零的散。韻昌著那戈兒戟兒讀出透了兢兢業業的汗。韻到今日身兒命兒讀死犯那冤冤屈屈的案。韻兀的不痛殺人也麼哥。格兀的不慘殺人也麼哥。疊悶得我兄兒弟兒讀跪靈前哀哀苦苦的歎。韻（第五本第十四齣《書搜一紙証奸謀》）

（五）誇飾

為了突顯自己對事物的觀點和情烈的情感，用言過其實的修辭方式來形容客觀事實。第一則用山中之鬼怪形容五國雄兵，極言其醜陋；第二則誇張形容狐仙法力高強，拘神奪魄眼之速度比閃電還快。

> 句虎口獠牙。韻生在那句黑水國。……韻賽山魈使人驚訝。韻（第六本第六齣《五國雄兵匝地陳》）

> 仙呂宮正曲【八聲甘州】千般變態狂。韻有拘神奪魄讀手段高強。韻眼光射出。句賽過電製秋霜。韻金剛鐵漢似雪場。韻煉就火珠口內藏。韻合他行。韻若較法力定受災殃。韻（第七本第十三齣《邀狐意合揚氛猛》）

（六）比喻

是很常見的修辭技巧，有明喻及隱喻兩種，第一則用蜂衙、蟻陣隱喻烏合之眾。第二則有「似」之字眼，是明喻，用「電掣雲移」比喻神駒之速度，用「錦茵鋪地」比喻芳草連天。第三則用兇猛的鷹鸇比喻王樞密之妻郭氏內心悍戾。

> 楊景白：「覷汝烏合之眾，何足道哉？唱合聚蜂衙。蟻陣連。韻驟雨消。句驚雷電。」（第四本第十六齣《敢突圍始稱忠勇》）

> 蕭氏唱可愛紫賽秋山靜麗。韻下西風紅葉紛飛。韻草微黃似錦茵鋪地。韻山到家秋來粧艷齊。……蕭氏眾等作上馬科全唱乘獵騎。韻可也疾去如飛。韻響颺颺加鞭似箭。句曠野驅馳。韻好一似電掣雲移。韻一陣陣風透征衣。韻（第一本第五齣《圍合龍沙馳萬騎》）

> 中呂宮正曲【縷縷金】花容麗。句賽嬋娟。韻生來心悍戾。句似鷹鸇。韻口舌尖而利。句唇鎗舌劍……郭氏轉場坐科，白：「奴家王樞密之妻郭氏是也。」（第五本第十二齣《歸朝函首巧瞞天》）

（七）借代

係運用與本體相關的事物來代替，以求行文鮮活生動。其中最常見者有三類：一是以特徵替代本體，二是以局部代表全體，三是以具體替代抽象。第一則用「蛾眉」、「鳳目」指稱瓊娥公主，是以局部器官代表全體之借代。第二則以「三綹梳頭」指稱排風，亦是以局部器官代表全體之借代。

蛾眉一皺山魑遁。句鳳目雙睜勁敵愁。韻敢獨任控轄燕幽。韻（第二本第二十四齣《瓊娥陣上展雄威》）

仙呂宮正曲玉胞肚俺是雄豪閨秀。韻論英才讓俺一籌。韻……並非俺自喻虛誇句莫看輕三綹梳頭。（第四本第十六齣《盜追風南官縱火》）

其他尚有頂真格如：「咱今日擺圍場非恣遊戲。韻正秋高人健馬肥，韻只為演武習戎行。句戎行要習練。」（第一本第第五齣《圍合龍沙馳萬騎》））、設問格如：「何方潛遁，你莫非身遭棄損？」（第二本第十六齣《屍埋地冷淚難乾》），二百四十齣的巨著當然還是有為數不少的修辭種類，但為了配合格律、押韻而拼湊文詞，或為了教忠教孝、歌功頌德而以文害意，皆是其缺失，因為曲文賓白及思想內容乃一齣戲的血肉，如果只有骨幹，而沒有血肉，仍然不能稱為是成功的作品。

小結

《昭代簫韶》是指盛世之音，欲以楊家一門盡忠報國和賢王德昭輔政匡功的內容，歌舞太平盛世，並有意識地將楊家將故事編成戲曲，作為清宮內「感發忠孝」的工具。

二百四十齣宮廷大戲為要了鋪陳展衍，以增加娛樂效果，所以在關目結構上犯了枝節龐雜，頭緒繁多之弊。清初李漁在其《閒情偶寄》中提出傳奇有五個「一定而不可移」的格局，即「家門」、「衝場」、「出腳色」、「小收煞」、「大收煞」。《昭代簫韶》二百四十齣的篇幅雖然宏大，但其「小收煞」依例在傳奇的上半部的最後一齣，即第五本最後一齣《龍虎風雲大武昭》。曲文賓白的佳作有限，但仍運用了一些修辭技巧，並用以塑造人物、推展劇情，然而因受限於歌功頌德、忠孝節義的思想內容，或為了合乎曲牌、曲韻而拼湊文詞，比較不理想，賓白則較符合凌濛初所主張的通俗本色。

《昭》劇原以崑腔演唱，光緒時期，慈禧太后曾命人改編成皮黃的京劇劇本，由於帝王直接參與，所以不惜一切物力、財力在舞台、穿關砌末下功夫，如戲台為三層樓式，戲台的三層則分別以福祿壽名之，供神、人、鬼不同性質的腳色出入，因為資金優渥所以舞臺砌末都以實景為主，與民間演出大異其趣。穿關最大的進步在於用服飾來 1. 區別腳色類型 2. 區別人與神魔 3.

區別生死 4. 區別番漢。一齣戲的服裝裝束樣式，竟有四百多種，這標誌著穿戴規制的細緻嚴謹和裝束樣式上的變化多端，已經達到了相當高的程度。

　　此外，曲牌聯套與排場也都遵循規律，用韻處很嚴格地遵守《中原音韻》的規定，除了四齣古風韻外，其餘皆一韻到底。這與當時的音韻學背景、乾嘉時期的樸學風氣及當時的審定者有關。其曲牌的運用多依照《新定九宮大成南北詞宮譜》，雖然屬於南曲類的作品，不像北曲類作品，強調一齣戲中只能用一個宮調，但在大部分的戲齣中，它所用的宮調都是相同的，這與南戲創作的北曲化有關，也與宮廷雅正的音樂風格有關，大體而言，在曲牌的選擇上是很注意宮調的和諧。《昭代簫韶》之排場配置，屬於大場者約十齣，過場約有二十五齣，短場約九十齣，正場最多約一百一十齣。這些配置大都符合張清徽老師所主張的傳奇排場之處理，但少數沒考慮到「文或武，或鬧或靜，或唱或做的特色，都不可以連場不變」的原則，是其較不理想之處。

第七章　結　論

第一節　回顧總結上文要點

　　楊家將戲曲自北宋以來由歷史事蹟、民間傳說，逐步演化成文藝作品，增過藻飾剪裁、主觀詮釋，已有相當程度的虛構色彩。以下便總括上文研究重點：

一、楊家將故事與戲曲之關係

　　楊家將最早的戲曲是金院本《打王樞密爨》，但現今只見存目，內容已佚，所以本論文以元明有關楊家將的五種雜劇《昊天塔孟良盜骨》、《謝金吾詐拆清風府》、《八大王開詔救孤忠》、《焦光贊活拿蕭天佑》、《楊六郎調兵破天陣》，明·傳奇《三關記》、《祥麟現》、清·傳奇《昭代簫韶》及各地方戲曲為主要研究範圍。由於楊家將戲曲半由史實半是虛構，所以必須先辨明哪些是史實？哪些是虛構？又為何要虛構故事內容？如此就有探討戲曲源起及其演變的必要。為了能較有系統地顯示楊家將戲曲的演變，附錄一簡表：

劇　目	故事源起	主題思想	變異之處	衍生或相關劇目
《五台會兄》	宋金話本《五郎為僧》	反戰、民族衝突		《五臺山》
《太君辭廟》	《楊家府》鼓詞	邦無道則隱	由密謀反叛而辭朝歸隱	《黃花國造反》

《青龍棍》	《小掃北》鼓詞	歌頌女英雄之作		《演火棍》、《雛鳳凌空》
《金沙灘》	《楊家將演義》	楊家忠勇愛國、壯烈犧牲的悲劇	本由四郎扮演宋王改成大郎扮演	《雙龍會》
《清官冊》	《楊家將演義》明雜劇《八大王開詔救孤忠》	忠奸爭鬥	由潘美主動攀附招供，改編成寇準「假設陰曹」審案。	《調寇》、《夜審潘洪》、《調寇審潘》
《背靴訪帥》	《楊家將演義》明雜劇《揚六郎調兵破天陣》	忠奸爭鬥	省略迷信情節，凸顯寇準、楊延昭的忠心。	
《擋馬》	《楊家將演義》	歌頌女英雄之作	由楊九妹與五郎共同殺退遼人救六郎，改成由焦光贊犧牲兒子救楊八姐。	《楊八姐救兄》、《楊八姐》
《楊八姐智取金刀》	《昭代簫韶》	民族融和	由楊四郎、八郎與遼國公主共同盜金刀，改由楊八姐男扮女裝盜刀，而且遼國公主還與她訂下婚約。	《金刀會》
《洪羊洞》	《昊天塔孟良盜骨》	民族衝突、抗爭	由孟良盜骨而還，改成孟良誤殺焦暫，之後自殺，楊延昭傷心過度也身亡。	《孟良盜骨》
《穆柯寨》、《轅門斬子》	《楊家將演義》	歌頌女英雄之作	由孟良砍下降龍木，殺死穆柯寨家眷，逼穆桂英投效宋營，改由為救宗保而攜降龍木投效宋營。	《穆天王》《白虎堂》
《天門陣》	《楊家將演義》	民族衝突、抗爭	由宗保領軍攻打天門陣，改由穆桂英領軍。	《破洪洲》
《十二寡婦征西》	《北宋志傳》	歌頌女英雄之作，讚美其愛國情操。	由大郎妻周夫人領兵西夏救宗保而還，改為宗保征伐西夏殉身，穆桂英領兵出征。	《百歲掛帥》、《五世請纓》、《楊門女將》

《楊金花奪印》	《萬花樓演義》	渲染狄青與楊家交惡，楊金花為了怕狄家包藏禍心，於是將其四子斃命校場，奪回帥印。		《狄楊合兵》
《李陵碑》	《宋史・楊業傳》	忠奸爭鬥	由楊業絕食三天而死，改成撞李陵碑而死。將直接害死楊業的王侁改成潘美，醜化潘美的形象。	《托兆碰碑》
《四郎探母》	《昭代簫韶》、《史記・李廣傳》、《遼史・韓延徽傳》	民族融和	四郎由留在遼國當內應，等待時機報仇之血性男兒，改成貪生怕死，對元配無情無義之人。	《雁門關》、《三關排宴》、《八郎刺蕭》、《北國情》、《三關明月》
《大遼天后蕭燕燕》	《契丹國志・景宗蕭太后傳》、《續資治通鑑》《東都事略》	將蕭太后塑造成貪愛權勢、殘暴狠戾之女獨夫	將她與韓德讓之隱晦情事，渲染成為奪取韓德讓之愛，殺害其妻，並讓韓德讓之女嫁蕭后之子遼世宗，以鞏固統治政權。	《蕭太后》《契丹魂》、
《澶淵之盟》	《宋史・寇準傳》、《續資治通鑑》	美化寇準的忠心、剛直，對比出宋王的懦弱、消極，及王欽若的口蜜腹劍、不安好心。	渲染寇準北城見蕭后時的胸有成竹，事實上，宋遼的和議，宋處劣勢，備受批評。	

　　除了上述可考的情節源起外，有些來自民間傳聞，如《佘賽花》、《狀元媒》、《楊八姐游春》、《楊七郎吃麵》等，有些則是創作者匠心獨運，如《穆桂英休夫》、《魂斷天波府》等，這些林林種種的劇目讓我們覺得楊家將故事生命力很強，如小河匯聚成大海。了解其源起再觀察故事的演變，就可以得知戲曲與其他文體相互影響的關係，並得知戲曲的創作是受時代背景、創作者理念、民俗文化、民族精神與審美觀、寓教於樂等因素的影響。

二、楊家將戲曲之主題思想

楊家將戲曲之主題思想與時代背景息息相關，元清兩代強調民族的衝突與融和，明代則強調忠勇愛國，當代戲曲則因女性地位的提升，男女劇作家都關注女性之處境，或翻案或觸及以前較禁忌的情慾問題，所以楊家將當代戲曲中女性議題是很豐富的。而宗教迷信、忠奸之爭則是所有戲曲的共同主題思想，不因時代背景而不同，只有成份多寡的區別。以下分類歸納其主題思想：

（一）民族衝突與融和

同樣是楊業殉國的故事，元雜劇《昊天塔》強調遼軍箭射楊令公遺骨的「百箭會」，主題思想是民族衝突、抗爭；明雜劇《開詔救忠》中卻成為潘仁美射殺楊七郎的「百箭會」，共射了「一百單三箭，七十二箭透腔」，主題思想是忠奸爭鬥。同樣是四郎降遼的故事，《昭代簫韶》強調四郎是留在遼國當內應，等待時機報仇之血性男兒；京劇將四郎改成貪生怕死，對元配無情無義之人。由此可看出，元、清的戲曲創作突顯出民族衝突與融合之問題，這是受時代背景的影響。

（二）主觀的歷史再詮釋

新編京劇《北國情》由內蒙古京劇團演出，導演李仲鳴說明導演這齣新編歷史劇，想捕捉的是民族神韻，通過京劇藝術的寫意手法，他生動鮮明地傳達出契丹民族特有的精神氣質和審美屬性。「巾幗英雄戰爭三部曲」之一的京劇小劇場《穆桂英》，迥異于以往《穆桂英挂帥》的情節，導演李六乙想要展現穆桂英挂帥出征前複雜的心理狀態——穆桂英對生與死的釋義並非傳統的忠君報國，而是現代人對戰爭的態度，她也會焦慮、害怕、恐懼，甚至對生充滿了渴望。除批判國無英雄、戰爭之慘烈外，也抒發穆桂英在成為寡婦後的情慾抑鬱，李六乙很體貼地設想到卸下戰袍後，穆桂英也如同其他女性，需要男人的溫存與憐惜，愛情的滋潤更勝雨露春泥，才不會讓人乾枯腐朽。由以上兩例說明劇作者的理念會影響戲曲的主旨與精神，或美化、或醜化人物，是較主觀的歷史再詮釋。

（三）濃厚的迷信色彩

明・雜劇與清《昭代簫韶》的思想內容受道教、佛教、數術、神話、巫術的

影響很大，如明‧雜劇《楊六郎調兵破天陣》雜劇中的占夢、占星、產子破陣、交感巫術，清‧《昭代簫韶》中宿命的婚姻觀，閻王審潘美等人鬼魂，惡人受地獄層層痛苦折磨，精怪、神祇與道士、楊家將大戰天門陣等，地方戲曲《托兆碰碑》、《洪羊洞》陰魂托夢、賢王射虎等情節都有很濃厚的迷信色彩，是受民俗文化的影響，這樣的情節殘存許多糟泊，近來不斷地被改編，以符合時代精神。

（四）強化忠勇愛國的意識

明代統治者強調戲曲的教化功能，影響劇作家的創作意識，王公內府演出的楊家將戲曲主觀地塞入大量封建說教的陳詞濫調，《開詔救忠》雜劇裏，楊令公訓叱其子說：「為臣者必盡其忠，為子者當以盡孝。」《活拏蕭天贊》中火爆的焦贊也斯文起來唱道：「託賴著吾皇寬厚勝堯湯，這的是妖氛一戰魂飄蕩，普天下名贊揚。....」對後世楊家將戲曲產生重要的影響。地方戲曲如淮劇《十二寡婦征西》為了保衛國家，桂英不得以親手射殺獨子文廣，等於讓楊家絕子絕孫，造成許多的衝突與矛盾。其他如《楊門女將》、《百歲掛帥》安排宗保不畏生死，自願於深夜誘敵，都強化楊家割棄小愛，保全國家之忠貞。

（五）忠奸爭鬥

以潘美、王欽若為首的奸佞，不斷利用各種機會打擊傷害楊家將，甚至與遼國勾結，出賣個人及國家，但的宋王卻屢次不聽，幸遭八王爺、寇準的相助，楊家才化險為夷。從金院本《打土櫃密釁》、元雜劇《謝金吾詐拆清風府》、明雜劇《開詔救忠》雜劇、《昭代簫韶》、地方戲曲《李陵碑》、《楊令婆辯本》、《背靴訪帥》等，這些忠奸爭鬥的情節貫串楊家將戲曲，也是中西方各種戲劇的重要思想內容。

其他如《五臺山》、《金刀會》的反戰思想，《昭代簫韶》的宿命婚姻觀，及地方戲曲大量歌頌女英雄之作，說明楊家將戲曲思想內容是很豐富的，劇作家在前人的基礎上，改編一些怪力亂神的迷信情節，讓戲曲更符合現代人的思考邏輯，比較能被觀眾接受。

三、楊家將戲曲之重要人物形象

戲曲利用腳色、臉譜、自報家門，在最快的情形下將人物類型化，類型化下再根據人物的唱唸做打等表演，得出較個性化的的人物形象，以下分成主要人物、次要人物、陪襯人物，簡單歸納如下：

（一）主要人物

　　楊業、佘太君、楊延昭、穆桂英、蕭太后，在戲曲中他們的戲份最重，形象較多樣。楊業、楊延昭被塑造成忠勇愛國、疼愛家人的英雄，也是女性主動追求的對象。佘太君與蕭太后的形象有正有反，前者對子女關愛有加，但《三關排宴》中卻冷血無情，逼死四郎；蕭太后有雄才大略、溫暖慈愛的一面，也有殘暴狠戾的一面。穆桂英時而威凜凜地以山大王的姿態出現，時而揚溢小女人的嬌羞；時而明理，時而霸道。這三位女性是楊家將戲曲中形象最豐富者，也呈顯出她們性格的多面性。

（二）次要人物

　　楊八姐、寇準、楊四郎、潘美、王欽，在戲曲中他們出現的劇目不少，但是戲份次重，較少單綱主腳。潘美、王欽若是為惡多端的奸臣，楊八姐與穆桂英同為女英雄，屬「類型性」人物，但塑造人物宜講究「各肖其聲口」，應有其「典型」性格，所以彼此仍有區別：楊八姐時而女扮男裝闖幽州，時而穿著女靠為國出征，大都以威風凜凜的女英雄形象出現，但她有高貴的氣質，與穆桂英的霸氣直爽是不同的。寇準在戲曲中剛直不阿的形象與史傳記載符合，但戲曲中的他多了機智幽默，大部分的時候，他都能以智取勝，如讓潘美供出殺害揚七郎之實情，說服楊延昭繼續為國效命，說服皇上讓楊排風掛帥迎戰西夏等，展現他的赤膽忠心。楊四郎被批評為不忠不孝，是透過跟楊家諸多血性男子對比而來，他不若楊業、楊延昭忠君愛國的色彩那麼熾烈鮮明，但比起楊五郎、七郎、宗保，他充滿矛盾反覆的性格又讓人印象深刻，因創作者不同的詮釋，展現正面人物與反面人物不同的形象。

（三）陪襯人物

　　楊宗保、楊排風、楊五郎、楊七郎、孟良、焦贊，在戲曲中他們出現的劇目較少，形象較單一，但紅花要有綠葉配，仍是不可缺的人物。宗保是個少年英雄，也是繼楊業之後，支撐家族的唯一血脈，他與桂英在一起之時，常常屈居下風，在《破洪州》、《穆桂英休夫》中他表現出任性的一面，最後仍須付出慘痛教訓，屬於性格較單純的人物。楊排風也是個女英雄，但活潑俏皮、地位較卑下，所以用語、裝扮、動作與其他女英雄也有區別。在外貌方面歷經由醜陋至嬌俏的演變，姓名多變，一直到《昭代簫韶》才固定下來，演火棍是她的武器，也象徵其身分。楊五郎、楊七郎兩人的性格一內斂，一剛烈，楊

五郎看破紅塵而出家，但卻心懷大宋，內心世界從沒平靜過；楊七郎剛烈的個性招惹殺身之禍，但對七娘、八姐的關愛則顯現細膩的一面。

四、楊家將戲曲之文學與藝術

本節從搬演形式、關目結構、曲牌聯套與排場、穿關砌末、曲文賓白等加以評賞元明雜劇、各地方戲曲名作及《昭代簫韶》，重點如下：

（一）元明雜劇

元明楊家將雜劇的搬演方式大致相同，照例由次要腳色「沖末」擔任，開場腳色上場先念「定場詩」，定場詩多數為五、七言四句，一則用以安靜劇場，二則用以表明人物之身分和心志；然後以賓白自我介紹並逗引全劇關目之端緒。雜劇一本四折全由一種腳色獨唱，由正末獨唱的叫「末本」，正旦獨唱的叫「旦本」，依照劇情需要，可以改易主角，元雜劇《昊天塔孟良盜骨》分別由楊令公、孟良、楊五郎扮正末，《謝金吾詐拆清風府》由佘太君、七娘子、國姑扮正旦。明雜劇《楊六郎調兵破天陣》由正末楊景獨撐，《八大王開詔救忠臣》分別由楊七郎、楊景扮正末，《焦光贊活拏蕭天佑》由黨彥進、焦贊扮正末。

元明雜劇唱詞的押韻，按《中原音韻》之韻部，分為十九部，其中《昊天塔孟良盜骨》雜劇第三折齊微、魚模混韻，其餘各折一韻到底，不用重韻。元雜劇每折戲的唱詞，大都一韻到底，而《昊》劇在中間換韻，算是特殊情況。《謝金吾詐拆清風府》雜劇重韻的情形較多，如第一折押皆來韻，其中【油葫蘆】、【天下樂】兩押「來」字，且「來」字重複出現在【仙呂點絳唇】套中，第三折押齊微韻，其中【聖藥王】兩押「你」字，「你」字重複出現在【越調鬥鵪鶉】的後半部。明代楊家將三齣內府雜劇曲韻之聲情與詞情吻合，押蕭豪韻者有三折，齊微、魚模、江陽、皆來、庚青韻各押兩次，可見明雜劇在用韻部方面顯然重複性高。其恪守元曲用韻嚴謹，沒有混韻，但有重韻，如《楊六郎調兵破天陣》第二折押魚模韻【中呂粉蝶兒】兩用「卒」字，第四折押皆來韻：【小梁州】兩用「來」字，《焦光贊活拏蕭天佑》第二折押蕭天豪韻：【滾繡球】兩用「高」字。

元明雜劇的套曲第一折必用【仙呂】，一因其適於平鋪直敘，不強調劇情轉變的型態。二因其可以使用較長的引導曲段，這些都是合乎第一折特點之

處。同時如有必要，它也可以適用任何變化，故使用【仙呂】可以應付絕大多數第一折的需求。第四折用【雙調】，因為雜劇高潮多在第三折，第四折不過收拾情節，結束全劇。而二三折以【正宮】、【中呂】、【南呂】為多，元明楊家將雜劇大致符合此聯套規則，但《楊六郎調兵破天陣》將【雙調】置於第三折，【正宮】置於第四折，是比較特殊的。

元雜劇曲文賓白俚俗、生動，保留許多當時用語，除了本色語頗有特色外，尚有其他修辭技巧值得注意，如用排比句加明喻、疊字：「唬的我急煎煎心如刀攪，痛殺殺腹若佳剜，撲簌簌淚似扒推」，很生動地表現人物焦急不安的心情。明內府雜劇的曲文賓白多為伶人所填寫，受限於時空環境及學識文采，所以曲文賓白較元雜劇略遜一籌方面，雖也有富含民間俗趣之曲文賓白，但不若元雜劇的蒜酪味、本色語，由於賓白為伶人自為之，故多鄙俚蹈襲之語，甚至有些粗鄙的罵人語，實在無法相提並論。

《孤本元明雜劇》提供了《楊六郎調兵破天陣》、《八大王開詔救忠臣》的「穿關」，這些穿關的妝裹標準，如番漢、文武、貴賤、貧富、老少、善惡有別，把中國古典戲劇帶入程式象徵藝術的領域。雖然明雜劇所穿之服飾距今已久遠，但根據考古的資料及史書、野史的記載，尚可窺探究舞台上所穿之服飾與當時常服之關係，如曳撒、貼裡、煙墩帽和三山帽都是明代宦官的常服，但在雜劇中全部被用作武將戎服，這也說明宦官與因為明代宮廷雜劇有密切關係。

（二）清代傳奇《昭代簫韶》

如果以李漁「脫窠臼」、「立主腦」、「減頭緒」、「密針線」的主張來檢視《昭代簫韶》的人物設計或關目安排，會發現此宮廷大戲不符合以上之要求，因為二百四十齣宮廷大戲為要了鋪陳展衍，以增加娛樂效果，所以犯了枝節龐雜，頭緒繁多之弊。清初李漁在其《閒情偶寄》中提出傳奇有五個「一定而不可移」的格局，即「家門」、「衝場」、「出腳色」、「小收煞」、「大收煞」。《昭代簫韶》二百四十齣的篇幅雖然宏大，但在結構上仍然可以看出幾個結構段落的影子。第一齣，保留了副末開場的形式。開場人上場，說明了搬演劇目的名稱，主要情節和劇中主要人物。傳奇的第二齣，謂之衝場，形式上主要是「必用一悠長引子，引子唱完，繼之以四六徘語，謂之定場白」。它的作用是把故事發生的時間、地點、主要人物之間的關係以及矛盾衝突的開始交待

清楚。在第二齣《三霄帝座拱星辰》中，出現了一個凌駕於現實社會之上的
天庭，他們會預知人間將要發生的事情。在這一齣中，雖然也簡單地介紹了
《昭代簫韶》的劇情，起到了「衝場」所應起的作用，但更為重要的是，它宣
揚了一種人間萬事皆天定的宿命觀念。倒數第二齣《帝鑑無私著冊籍》和最
後一齣《天心有感佑升平》，在結構功能上有類於戲曲結構上的大收煞。

　　《昭代簫韶》在用韻處，很嚴格地遵守《中原音韻》的規定，除了四齣
古風韻外，其餘皆一韻到底。其中以東鐘韻為韻腳者二十六齣，以江陽韻為
韻腳者三十三齣，以支思韻為韻腳者三齣，以齊微韻為韻者十六齣，以魚模
韻為韻者十七齣，以皆來韻為韻者九齣，以真文韻為韻者二十八齣，以寒山
韻為韻者五齣，以先天韻為韻者十四齣，以蕭豪韻為韻者三十七齣，以歌戈
韻為韻者二齣，以家麻韻為韻者八齣，以車遮韻為韻者二齣，以庚青韻為韻
者二十二齣，以尤侯韻為韻者十四齣，但此書缺少廉纖、監咸、侵尋、桓歡等
四韻，因為收雙唇鼻音韻尾的侵尋、監咸、廉纖三部，本來就是比較少用的
「險韻」。這與當時的音韻學背景、乾嘉時期的樸學風氣及當時的審定者有關。
其曲牌的運用多依照《新定九宮大成南北詞宮譜》，雖然屬於南曲類的作品，
不像北曲類作品，強調一齣戲中只能用一個宮調，但在大部分的戲齣中，它
所用的宮調都是相同的，這與南戲創作的北曲化有關，也與宮廷雅正的音樂
風格有關。在宮調的運用上，以仙呂為最多，有近八十齣，其次是中呂，有四
十九齣，然後是正宮有三十齣，黃鐘宮有二十七齣，接下來的順序是雙調有
二十三齣，越調有十九齣，高宮有八齣，南呂有七齣，商調有六齣，大石調、
絃索調有三齣，羽調有一齣。大體而言，在曲牌的選擇上是很注意宮調的和
諧。

　　「排場」是指中國戲劇的腳色在「場上」所表演的一個段落，它是以關
目情節的輕重為基礎，再調配適當的腳色、安排相稱的套式、穿戴適合的穿
關，通過演員唱作念打而展現出來。就關目情節的高低潮以及其對主題表現
所關涉的程度而分，有大場、正場、短場、過場四種類型。《昭代簫韶》之排
場配置，屬於大場者約十齣，過場約有二十五齣，短場約九十齣，正場最多
約一百一十齣。這些配置大都符合張清徽老師所主張的傳奇排場之處理，但
少數沒考慮到「文或武，或鬧或靜，或唱或做的特色，都不可以連場不變」的
原則，是其較不理想之處。

　　由於是宮廷大戲，所以《昭代簫韶》不惜一切物力、財力在舞台、穿關

砌末下功夫。一些規模龐大的道具，要由工程處承做，動用武備院將役協助安裝，所以「寫實化」的砌末是《昭代簫韶》之趨向，也是一般宮廷大戲的特色。《昭》劇開拓最多者為神怪的穿關，雖然服飾名目眾多，但其服飾並非都是無所依傍的創新，有的是從明代戲衣及民間戲衣借鑒而來，如襆頭、袍、靠、蟒、常用盔帽來自明代戲衣，有的則是以明代戲衣為基礎，綜合清代某些特徵而形成的，如蟒箭袖就是綜合明代蟒衣曳撒和清代箭袖的特點而形成的。其服裝裝束樣式約有四百多種，可以清楚地看出，清代宮廷比之明代宮廷確已有了很大的進步。一齣戲的裝束樣式，竟有四百多種，這標誌著穿戴規制的細緻嚴謹和裝束樣式上的變化多端，已經達到了相當高的程度。在這方面，清代宮廷也是作出了貢獻的。

《昭》劇之賓白的分類有定場白、對口白、帶白、背白、滾白等：定場白用於人物上場時自報家門，對口白用於互相對白，帶白即插在曲詞當中的賓白，背白為背著劇中人物，直接向觀眾陳說，而滾白是屬於「數唱」或「帶唱」的性質，介於賓白與歌唱之間。《昭代簫韶》在曲文賓白的佳作有限，但仍運用了一些修辭技巧，並用以塑造人物、推展劇情，然而因受限於歌功頌德、忠孝節義的思想內容，或為了合乎曲牌、曲韻而拼湊文詞，比較不理想，賓白則較符合凌濛初所主張的通俗本色。

（三）崑劇與京劇名作之文學與藝術

崑劇因為音樂性格較不符干戈鐵馬之武戲，所以僅有《擋馬》一齣。京劇中有關楊家將之戲曲至少有四十幾種，本節從主題思想、情節演變、表演藝術、舞台佈景、劇種聲腔、曲文賓白等分析傳統京劇《雁門關》、《三岔口》，新編京劇《穆桂英掛帥》、《楊門女將》、《北國情》，京劇小劇場《穆桂英》。

這些劇作如《四郎探母》、《雁門關》、《北國情》乃是「探母」相關劇目，與《四郎探母》不同的是《雁門關》的男主角為楊八郎，由小生扮演多了幾許風情，與鬚生四郎的抑鬱相比，情味上有許多不同。而且八郎是個有情有義、優柔寡斷之人，他與元配妻子乍然相逢的頃刻雖然沒有抱頭痛哭，互訴相思之苦，但也跟她說明是時局的捉弄，不得不如此。當母親要求他留下令箭，助她進入雁門關，他不敢違抗，但卻難過地認為自己害了青蓮母子三人性命，最後還願意承擔一切的結果，只求赦放其妻嫂、兄長、子女等，比起《四郎探母》中四郎見妻時的冷漠與面對蕭后的處斬的膽怯，展現出他男子氣概的一面。《雁門關》中的太君與《四郎探母》的形象略有不同，雖然見到失散多年

的兒子兩者情緒都激動不已，慈愛之情溢於言表，然而《雁門關》中的太君還多了軍事家的韜略。《北國情》此劇突破了《四郎探母》相關戲劇的窠臼，在編劇與戲劇程式的安排頗見功力，然而在唱腔方面略嫌不夠字正腔圓，導演很明顯地要表現其主觀意識，強調少數民族特有的風采及蕭太后寬宏的胸襟，雖然難以攀越《四郎探母》的成就，但亦有其不可抹滅的特色。

　　《穆桂英掛帥》及《楊門女將》是歌頌女英雄之作，這兩劇充分掌握了對比的技巧：前者用捧印獨舞，刻畫穆桂英由不出征轉而出征的情感的矛盾；後者由慶壽轉而祭弔，激發了同仇敵愾的情緒。關目結構符合「鳳頭」、「豬肚」、「豹尾」的要求，兼以唱腔生動、歌詞優美，結合各種高難度做工，可稱得上是新編京劇中的高水準作品。京劇小劇場《穆桂英》則是男性導演主觀詮釋穆桂英的情欲及面對戰爭的恐懼心情，以標榜新戲劇的實驗精神取勝。由傳統戲曲到京劇小劇場，意味隨著時代改變，觀眾的口味也跟著改變，所以戲曲要有實驗的精神，才能留住新一代的觀眾，這樣的改變好不好，雖然見人見智，但導演李六乙認為不改變，將失去更多市場。

（四）地方戲曲名作之文學與藝術

　　中國有三百多個戲曲劇種，由於語言環境、音樂特點、社會歷史、藝術傳統等因素，所以造成各劇種傳統劇目的種類、演出風格、審美情調的差異。本節分析豫劇《穆桂英掛帥》、上黨梆子《三關排宴》、揚劇《百歲掛帥》、評劇《楊八姐游春》、《魂斷天波府》、楚劇《穆桂英休夫》等較具特色的地方戲曲劇目。

　　這些劇目圍繞著女性議題，或歌頌女英雄，或諷刺國君昏庸，或突顯女性也有決定愛慾之主導權，或通過封建禮教與人欲的衝突，抒寫人生的悲劇，說明女性議題在楊家將戲曲佔有很重要的地位。此外，透過比較分析可知同一劇目，因劇種、創作者審美觀的不同，呈現不同的風貌，如豫劇《穆桂英掛帥》與梅蘭芳的京劇《穆桂英掛帥》同中有異：在掛不掛帥的心境之轉折，豫劇用悲壯的豫東二八板抒發出她二十年的心頭怨；梅蘭芳用西皮流水板表現其由消極至積極的慷慨激昂心情；再者豫劇的水袖程式及梅蘭芳捧印獨舞，都各有特色，讓觀眾印象深刻。

　　楊家將戲曲在梆子腔中大量出現，除了上黨梆子《三關排宴》，河北梆子尚有《穆桂英大破天門陣》、《楊排風》、《雁門關》、《四郎探母》等劇目，此外，本論文第一章第三節亦有眾多楊家將梆子腔戲曲的劇目統計。其大量出

現的原因為 1.滿清統治政權用高壓手段迫害漢民族，百姓不敢直接反應其不滿的心聲，只好曲折地歌頌反迫害的楊家將愛國情操。2.與梆子腔剛勁、豪放、粗獷的唱腔及音樂風格有關。此外，地方戲曲鄉土氣息濃厚，語言樸實自然，如《穆桂英休夫》擅用俚語、成語、比喻、疊句，讓人不假思索就明白其意，呼應楚劇之自然本色。又如《楊八姐游春》利用數字遊戲，堆砌星月風雲等無法用量計之自然物當聘禮，接著用誇飾法要一堆天大地大之嫁妝，又引用八仙典故，整段唱詞隔句押韻，曲詞極富庶民情趣。

第二節　楊家將戲曲歷久不衰之原因

一、蘊含忠孝節義之教化精神

　　中國文學特來注重教化的功能，不論詩經、漢賦或戲曲，文學的價值一直依附在它的實用功能上。〈詩大序〉云：「風、風也，教也。風以動之，教以化之」、「上以風化下，下以風刺上，主文而譎諫，言之者無罪，聞之者足以戒，故曰風。」〔註1〕儘管漢賦頌揚娛樂的成分很高，但它也強調諷諭勸懲的重要性。如班固〈兩都賦〉云：

> 或曰：賦者，古詩之流也。……或以抒下情而通諷諭，或以宣上德而盡忠孝。雍容揄揚，著於後世，抑亦《雅》《頌》之業也。……先臣之舊式，國家之遺美，不可闕也。

將「賦」提升至古詩之流，說明其有興、觀、群、怨的功能，讓上位者可以考察施政之得失，而且鋪張華麗的大賦並非僅賞心悅目、堆垛文字而已，還有諷諭國君的功能，像司馬相如的〈子虛上林賦〉、揚雄的〈羽獵〉、〈長楊賦〉都對帝王的縱情游獵提出批評，揚雄的〈甘泉賦〉以歷史事實指出侈於營造有悖民情，對帝王提出嚴重警告。此外，「賦」雍容揄揚本就有頌揚聖德的功能，如班固〈東都賦〉盛讚光武帝定都洛陽，「積皇德」、「開帝業」、「昭王業」、「有殷宗中興之則」、「周成隆平之制」又如張衡〈東京賦〉：「於斯之時，海內同悅。曰：吁！漢帝之德，候其禱而。」〔註2〕由此可看出，「賦」的頌揚聖

〔註1〕見《十三經注疏 毛詩正義》，（台北：國立編譯館主編，新文豐出版公司發行，2001 年 6 月），頁 36 及 47。
〔註2〕見費振剛等輯《全漢賦》，（北京：北京大學出版社，1993 年 4 月），頁 47～49，頁 186～208，頁 328～342，頁 439～456。

德與規諷國君，在政治上是相輔相成、殊途同歸的。一方面，帝王們大力獎掖頌揚，以此來美化自己和整個封建統治；另一方面，他們又在一定的程度上允許和提倡規諷，藉以考風俗知得失，因為這不但不會危及政權，還能讓百姓肯定用心。只是「賦」的諷諫僅見結語，與長篇頌揚之處不成比例，因此被認為「勸百諷一」。

　　由於傳統文學理論相當重視教化的功能，所以戲曲也強調「不關風化體，縱好也徒然」。〔註3〕明‧朱權《太和正音譜》的戲曲觀具有狹隘的功利主義色彩，一如前述班固所云既要「抒下情而通諷諭」，又要「宣上德而盡忠孝」。他認為戲曲是太平盛世的產物，「蓋雜劇者，太平之勝事，非太平則無以出。」又認為戲曲必須具有歌功頌德、粉飾太平的功能，「『治世之音，安以樂，其政和』。是以諸賢形諸樂府，流行於世，膾炙人口，鏗金戛玉，鏘然播乎四裔，使缺舌雕題之氓，垂髮左衽之俗，聞者靡不忻悅」。〔註4〕而朱有燉、祁彪佳、清‧李調元等人也都強調戲曲不但具有興、觀、群、怨的懲戒效用，感發人心的力量還超越詩詞，所謂「南人歌南曲，北人唱北曲，若其吟詠情性，宣暢湮郁，和樂實友，與古之詩又何異焉？或曰：古詩為正音，今曲乃鄭、衛之聲，何可同日而語耶？予曰：不然。」「天下之可興、可觀、可群、可怨者，莫過於曲。」〔註5〕他們認為戲曲不但高於鄭、衛之聲，而且透過理亂興亡、善惡昭彰的故事，達到懲勸世人的效果。筆者同意那些反映社會現實、諷刺時事、表現忠奸之爭和愛國主義思想的劇作，的確可移風易俗、激勵人心，但不可否認的，戲曲中也有不少鄭衛之聲、內容貧乏、庸俗鄙俚之作，一味從「興、觀、群、怨」的功用，強調「曲」凌駕於其他文學作品，反而侷限了戲曲的思想內容。

　　楊家將前仆後繼投入與遼、西夏之爭戰，時而必須與朝廷之奸讒周旋，歷盡九死一生，仍然守衛著宋朝，無數男將浴血戰場後，十二寡婦也從戎征戰，如此忠誠愛國，真是可歌可泣，是施行教化的好題材。清宮大戲《昭代簫韶序》云：

〔註3〕參見本論文第三章，頁101。
〔註4〕見朱權《太和正音譜》，（收於隗芾　吳毓華編《古典戲曲美學資料集》，北京：文化藝術出版社社，1992年10月），頁79、80。
〔註5〕分見朱有燉〈【白鶴子】詠秋景引〉、祁彪佳〈孟子塞五種曲序〉（收於隗芾　吳毓華編《古典戲曲美學資料集》，北京：文化藝術出版社社，1992年10月），頁83、241。

粵以鼖鼓軒舞，揚太平歌詠之風，旌善鋤奸，諭千古褒懲之意，雖一觴一詠無關正史之隱，揚而可興可觀，彌著人心之好惡，茲《昭代簫韶》者因宋代之遺聞，表楊氏之忠，蓋誅佞人於既死，發潛德之幽光，切著一門則輝，爭日月節昭四世，則義薄風雷潤色，固近於子虛，因緣實愜乎？眾欲筆花璀璨，積幻成真，意匠經營，以神設教，魑魅魍魎，縱恣目以飾，觀忠孝節廉，能移風而異俗，哀樂具備，文武兼陳，誠臣子之楷模，而導揚之善術也。〔註6〕

這段話清楚說明現今乃太平盛世，為了表彰楊氏之忠，所以假設詭譎之神教，如神仙點化、人神相戀、人與神魔鬼怪互相鬥法等情節，希望能提倡善道、移風易俗。為何要強調太平盛世呢？這就呼應前賢班固、朱權等文學理論，戲曲除了有教化的功能外，還必須歌功頌德、粉飾太平。

戲曲在古代雖被認為是末道小技，必須依附在教化的實用功能，才能提升它的地位，但它深入人心的力量卻很驚人，鄭師騫指出，由於清代《昭代簫韶》的搬演，楊家將故事才廣為流播，由此證明戲曲的傳播功能大於詩詞。所以在統治者的提倡下，劇作家藉此來頌揚聖德、強化忠孝節義觀，這是楊家將戲曲歷久不衰的原因之一。

二、崇高悲美之人格特質令人感動

中國戲曲喜歡以大團圓作為結局，如李漁《閒情偶記》云：「全本收場，名為『大收煞』。此折之難，在無包括之痕，而有團圓之趣……骨肉團聚，不過歡笑一場，以此收鑼罷鼓，有何趣味？水窮山盡之處，偏宜突起波瀾，或先驚而後喜，或始疑而終信，或喜極信極而反致驚疑。」〔註7〕說明團圓的結局要水到渠成，自然而然，不可太突兀，而且要製造衝突、懸念，歷經曲折坎坷而後團圓，才能讓人看過數日仍回味無窮。王國維《紅樓夢評論》亦云：「吾國人之精神，世間的也，樂天的也，故代表其精神之戲曲、小說，無往而不著此樂天之色彩：始於悲者終於歡，始於離者終於合，始於困者終於亨。」〔註8〕說明中國人樂天尚圓，經過悲、離、困、苦之後，終於可以歡、合、亨、

〔註6〕中國戲劇研究資料第二輯《昭代簫韶序》，（台北：天一出版社，1986 年 9 月），頁 5。

〔註7〕見李漁《閒情偶記》，（上海：上海古籍出版社，2002 年 6 月），頁 150。

〔註8〕見王國維《王國維全集 初編（五）》，（台北：大通書局，1976 年 7 月），頁 1733～1734。

達，這種悲、喜的循環與矛盾，充分構成中國戲曲的審美旨趣。雖然魯迅、胡適等人的批評大團圓的旨趣，但傳承久遠的民族審美觀，仍然沒有輕易被推翻，截至目前的戲曲創作還是奉行以團圓來收場。

楊家將戲曲如《金沙灘》、《昊天塔》、《李陵碑》、《洪羊洞》、《三關排宴》、《十二寡婦征西》、《魂斷天波府》等都有很強烈的悲劇意識，而且也不像上述有「始悲終歡」、「始困終亨」、「始離終合」的團圓結局，為什麼楊家將戲曲還能歷久不衰呢？筆者認為其崇高悲美的人格特質是一重要因素：1. 他們在忠奸爭鬥中有一股頑強拼搏的精神 2. 有儒家「知其不可而為之」的救世之精神 3. 愛護下屬，身先士卒。

放諸歷史，有些人如阮籍在亂世中裝瘋賣傻，以求自保；有些人如陶潛躬耕田園、不問世事；有些人如屈原絕望傷心，投江死諫，不同的人格特質，展現不同的生命情境。楊家將展現出如古神話「刑天武干戚」、「鯀腹生禹」、「精衛填海」等精神不死的頑強生命力，即使楊業撞碑而死，楊延昭克紹箕裘仍然與遼人、朝中奸佞奮戰；延昭死後，佘太君、楊門女將、楊宗保等繼承先人遺志仍奮戰不懈，這種薪火相傳、「知其不可而為之」的救世精神，是生命的高度昇華，尤其在重利輕義的現實社會，幾乎已經絕無僅有了。

楊業、楊延昭對長官展現了忠勇的情操，對下屬則相當愛護、感同身受，據脫脫《宋史》、曾鞏《隆平集》的記載：〔註9〕

> 業不知書，忠烈武勇，有智謀。練習攻戰，與士卒同甘苦。代北苦寒，人多服氈罽，但挾纊，露坐治軍事，傍不設火，侍者殆僵仆，而業怡然無寒色。為政簡易，御下有恩，故士卒樂為用。《宋史》
>
> 業謂：「汝曹各有父母、妻子，速去尚有生還報天子者，無與我俱死於此。」皆流涕不去，無一獲還，淄州刺史王貴亦死焉。勇而有謀，與下同甘苦，代北苦寒，未常獨設炭，為政簡易，郡民愛之，天下聞其死者，皆為之憤嘆，上由痛惜之。《隆平集》

上述楊業體恤下屬，與士卒同甘苦，所以士卒願意效命。在陳家谷之役，王侁不發救兵，楊業體恤士兵都有家人奉養，要他們趕快逃命，不要葬送此

〔註9〕見楊家駱主編，脫脫撰《新本宋史并附編三種一》《列傳第三十一楊業　子延昭》，（台北：鼎文書局，1978 年 9 月），頁 8990～8993。王雲五編《四庫全書珍集二集——隆平集》，頁 644。

地，但士兵都不忍離去。在此楊業頗有漢朝‧李廣、李陵將軍的悲劇色彩，皇上、百姓聽到他的遭遇都非常悲痛。而延昭也有乃父之風，據《隆平集》的記載：

> 智勇善戰，沉默寡言，平居未常問及家事，所得俸賜均遺士卒，奉己簡質，出入騎從如軍校，號令嚴明，同士卒甘苦，寒不披裘，暑不張蓋，遇敵必身先，功成推其下，故人樂為用。威陣異域，守邊二十餘年，虜情畏服，止乎曰楊六郎，其卒也河朔之人皆望樞隕泣。
> 〔註10〕

由於兩人皆愛護下屬，威震遼邦，卻遭到如此多苦難和不平的待遇，所以在他們生存的年代就有已經出現了楊家將的傳說，之後慢慢形成文藝作品，其形象一如史傳的記載是忠勇愛國、身先士卒。

楊業父子夙昔在典範，雖然仕途浮浮沉沉，幾次死裏逃生，但國人「不以成敗論英雄」，他們堅忍奮戰的救世精神，是很可貴的情操，雖然悲壯卻很美麗，其崇高的人格令人感動，是楊家將戲曲歷久不衰的原因之二。

三、抵禦外侮之民族情懷

中華民族是由多數民族組合而成的，自古以來漢族以正統自居，稱呼其它民族為「蠻夷之邦」，由於這種文化優越感十分強烈，儒家要求在華夷關係上「嚴華夷之辨」：「吾聞用夏變夷者，未聞變於夷者也」(《孟子‧藤文公上》)，這樣的思想情懷也反應在戲曲中，劇作家無不以熱情之筆歌頌堅守民族氣節，弘揚民族正義的英雄。南北朝之後邊患日重，「五胡亂華」、「安史之亂」是晉、唐由盛而衰的轉折點，北宋末年漢族皇帝被金擄走，不久蒙古族以高壓、殺戮的手段統一全國。朱明王朝恢復漢家天下，但也好景不常，滿清貴族又擁兵入關，奪取了全國政權。由於歷朝的興亡，往往就是各民族征戰殺戮的結果，所以為國捐軀，精忠報國的民族英雄，在國人心目中是很重要的，楊家將戲曲之所以歷久不衰的重要原因，即因他們抵禦外侮的民族情懷。

元代文人為了突出蒙古民族對漢族的壓迫和侵略，喜歡藉助歷史劇引古諷今，如元‧馬致遠《漢宮秋》對史實作了重大而多方面的變動，將王昭君塑造成一個有膽有識的巾幗女傑，由於進宮數歲，沒有得到國君的寵幸，於是請求嫁予匈奴，從而達到寧息邊患，使人民安居樂業的目的。此外，將原本

〔註10〕見王雲五編《四庫全書珍集二集——隆平集》，頁 647、648。

較漢衰弱的匈奴改為凶悍,而把比匈奴強大的漢處理為頹蔽不振,這種盛衰倒置,旨在有力地影射並突出元宋之間力量對比的實際情況。元代楊家將戲雜劇雖僅有《昊天塔孟良盜骨》、《謝金吾詐拆清風府》兩齣,但它們也是以古喻今,楊業祖孫三代英勇抗遼,本身就帶有傳奇性,在充滿著漢與蒙古民族衝突與對立的環境下,當然更容易受到各階層人士的讚頌。

雖然像岳飛或花木蘭也是抵禦外侮的民族英雄,但他(她)是個別的英雄,楊家將不但一門忠烈,連其妻眷也義無反顧地拋頭顱灑熱血,則是傳統戲曲中少見的一系列愛國英雄。楊門女將首度出現在《昭代簫韶》中,地方戲曲描述楊家將皆亡後,由女將掛帥者有《百歲掛帥》、《穆桂英掛帥》、《雛鳳凌空》、《十二寡婦征西》等,由《百歲掛帥》安東王勸佘太君出征之一段曲文,可看出她們無與倫比的民族情懷:

> 安東王:這抵禦番邦的大事,幾十年來,天下百姓,哪個不指望你
> 楊家,相信你楊家?
>
> 佘太君:哦!
>
> 安東王:老太君,你不要管姓趙的怎樣,看在天下百姓份兒上,就
> 　　　　此發兵吧。哪……哦,向你下跪了。
>
> 佘太君:安東王,不必如此,老身早已決定發兵了。……只要是對
> 　　　　得起皇家對得起百姓,我楊家一門戰死也甘心。……我願
> 　　　　親把兵領,虎頭大印付老身。百歲人提刀跨馬上戰陣,要
> 　　　　把那西夏狂寇一掃平。〔註11〕

不論楊家將對遼的征戰或楊家女將對西夏的征戰,他們捍衛中華民族的情懷被戲曲家深情地禮讚著。在清宮大戲《昭代簫韶》演出之後,楊家將故事廣為流傳,地方戲曲更是蓬勃發展,不論是流離動亂的古代,或兩岸分裂的現代,楊家將戲曲不絕如縷,他們的民族氣節讓人們無限懷念,在不同時期都有反映時代精神的新題材產生。

第三節　楊家將戲曲在「當代戲曲」之意義

「現代戲」與「當代戲曲」是容易混淆的時間斷限,但在中國大陸因有一特殊的戲曲改革階段,為了突顯此一時期之特色,大陸當局稱之為「現代

〔註11〕見《中國戲曲精品　百歲掛帥》,山東教育出版社,頁357。

戲」。為了避免與此概念混淆，本論文以「當代戲曲」稱之，表明是 1949 年之後的當代戲劇，但亦可演古人古事，不限定只演今人今事。

傅僅先生對戲曲美學及現代戲曲用力甚深，筆者於民國九十三年八月曾拜訪傅先生，並請教他「現代戲」與「當代戲曲」之區別。傅先生指出：「現代戲」不僅僅是指戲劇作品表現的時代內容，現代戲所指稱的「現代」，並不純粹是一個時間概念。尤其是當人們提倡戲劇創作必須重視「現代題材」時，多數場合是有它特定指稱的——它是指所謂的當代題材與革命歷史題材，也即基本上被局限於中共於 1949 年以後的「戲曲改革」之範圍內。雖然就嚴格意義上說，對於 60～70 年代「樣板戲」的創作者們而言，只有《海港》和《龍江頌》是真正表現當時社會生活的「當代」題材的作品，其他的劇目都是在寫歷史——幾十年前的歷史，但人們都把這些劇目看成是毋庸置疑的現代戲；因為它們都是為了「表現我們偉大的時代」、「表現我們時代的英雄人物」而創作的。由此可見，所謂「現代戲」和「革命現代戲」也可以視為兩個相重疊的概念，所謂現代戲，實際上具有特定的意識形態色彩，用 50 年代的一種經典表述概括，所謂「現代戲」的題材無非是「回憶革命史，歌頌大躍進」。

另一方面，「現代戲」也不是純粹的題材意義上的分類學概念，它自從誕生以來，就形成了某種形式層面上的約定俗成的規範。它的表演手法是「生活化」而不是「程式化」的，至少不是完全程式化的。在人物造型上它也有不同於傳統戲劇的特徵，比如說，現代戲舞臺上出現的人物都不以古裝造型登場，像清末民初以後在戲劇舞臺上大量出現的清裝戲，甚至包括民國時期曾經一度產生不小影響的「時裝新戲」，就一直沒有被人們看成是現代戲，至少，它們毫無疑問是在後來現代戲提倡者們的提倡物件之外的。當然，還有更多的內涵被附著於「現代戲」這個複雜的稱呼之上，像音樂、舞臺美術等等方面的一些新的表現手法，都通過各自的途徑豐富著「現代戲」這個概念。

此觀點與路應昆先生對「現代戲」的形成時間及表演內容的定義稍有不同。路應昆指出，「現代戲」是指五四以來的創作，反映現當代生活的戲曲作品。在古代戲曲史上，演述當代時事並非創作主流。至民初，在動盪時局下，進步藝人編演「時裝新戲」以刻畫社會情狀和呼應時代思潮，曾一時成為風氣。後來在中共領導的革命根據地，文藝工作者為配合革命工作、鼓動鬥爭精神，也編演了不少現代題材的作品，如秦腔《血淚仇》、眉戶《十二把鐮刀》、秧歌劇《兄妹開荒》等。建國後，在政府的提倡鼓勵和大力支持下，現代戲編

演蔚然成風，成果累累。1960 年現代題材戲曲觀摩演出大會、1964 年京劇現
代戲觀摩演出大會等全國性會演以及一些地區性的現代戲會演，都大大推動
了現代戲的編演。「文革」前湧現的重要現代戲作品，包括京劇《白毛女》、
《紅燈記》、《黛諾》、《儡號門》，評劇《小女婿》、《劉巧兒》，滬劇《羅漢錢》、
《蘆蕩火種》，呂劇《李二嫂改嫁》、豫劇《朝陽溝》、湖南花鼓戲《打銅鑼》、
眉戶《梁秋燕》等等。「文革」期間，京劇的「革命樣板戲」也全屬現代題材。
「文革」後，現代戲編演向縱深邁進，又頗有創獲。但創作中傳統藝術形式
如何更好地用以塑造新的人物和表現新的思想感情，還在繼續探索中。〔註 12〕

　　傅僅先生與路應昆先生主要的差異在 1.前者的時間以 1949 年戲曲改革
為分界；後者以五四運動為分界 2.前者認為有特定的政治意識形態才稱為
「現代戲」；後者指反映現當代生活的戲曲，也包括有特定政治意識形態之戲
曲。所以路先生所指稱的範圍較廣。本文在此採用王安祈教授「當代戲曲」
的定義，是指 1949 年以降至今為時間斷限，「既表明了時間範圍，本身也成
為一個名詞：不只是「當代人所創作的傳統戲曲」，其中更蘊含了當代的時代
意義，形式雖是傳統，質性已不同，是「當代政治社會文化背景下戲曲劇作
家情感思想美學官的整體體現。」〔註 13〕

　　楊家將當代戲曲比較突出的是女性議題，如《佘賽花》、《狀元媒》、《穆
柯寨》強調婚戀自主，《穆桂英掛帥》、《擋馬》、《雛鳳凌空》、《楊門女將》等
是歌詠女英雄之作，《楊八姐游春》、《楊令婆辯本》是諷刺國君昏庸之作，《金
刀會》、《北國情》、《三關明月》等則是為蕭太后翻案之作。此外，《穆桂英休
夫》與《魂斷天波府》可謂楊家將當代地方戲之南北方雙璧。唱詞優美、善於
寫景烘托心情，又有幫腔製造氣氛、互為呼應，不論服裝造型、舞台藝術皆
有特色，值得玩味再三、仔細沉吟。而京劇小劇場《穆桂英》更加大膽地提出
情慾主題，這的確是一次革命——郭文景純粹的音樂與李六乙純粹的戲劇的
交融，也展現傳統與未來的對話，有形的空間與無形的光影的對話。

　　近年來，由於社會制度的保障和西方女權運動的影響，在文藝創作領域
湧動著一股女權主義的潮流，反應現代人不同以往的倫理價值觀。在戲曲中
首先發難的，當數魏明倫的荒誕川劇《潘金蓮》。其後，有川劇《田姐與莊周》

〔註 12〕張迴等編《中國文學通典·戲劇通典》，北京：解放軍文藝出版社，1999 年 1
　　　　月，頁 670。
〔註 13〕見王安祈《當代戲典》，（台北：三民書局，2002 年 9 月），頁 7。

（徐芬編劇）、梨園戲《節婦吟》、越劇《西施歸越》（羅懷臻編劇）、龍江劇《木蘭傳奇》、黃梅戲《徽州女人》、川劇《目蓮之母》（徐芬編劇）等等。這些劇目都以強烈的女性意識去改造歷史之傳說題材，揭示古代婦女被封建婚姻戕害，被畸形社會扭曲，在苦海中掙扎，在旋渦中沉淪的苦難。高揚「我要」、「我認為」的女性話語，從而引發人們對社會性別文化的反思和調整，尊重和維護婦女的合法權益，體現社會文明的發展與進步。這類作品的作者除一些男性外，更多、更有意識的是女性，如徐芬、陳薪伊、陳瑞生等，一踏入創作領域，就對千古的女性問題進行思考。〔註14〕畢竟，「女性」也有很多樣貌，擺脫了閨思幽怨、被荼毒、被拋棄等蒼白薄弱的面孔，她也有血有肉、有情有欲，她也可以很成功，甚至不讓鬚眉。

其次就是與兩岸分裂現狀有關的《四郎探母》相關作品，《四郎探母》、《南北和》、《金刀會》、《北國情》、《三關明月》等因敵對的兩方締結婚姻，進而強調南北和平共處的戲曲，表達了編導的主觀感情，也可以給我們一些醒思——雖然中國現在分裂，但血濃於水，「本是同根生，相煎何太急」？這些戲曲也美化蕭太后的宏大胸襟，與編導的主觀感情、民族性、劇種的區域性等有關，像北方、東北少數民族或認同蕭太后，所以戲曲中的她，不但駕馭親征、開明睿智，還主動與宋朝議和，完全不提她殺害親姐姐的駭人宮廷鬥爭。筆者在前文曾強調歷史劇雖然不一定要完全忠於歷史原貌，可寄寓編導的理念、對美好人事的追求，但也不該離史實太遠，應該遺貌取神。

舞台劇《四郎探母》〔註15〕結合了中國大陸與美洲大陸兩種不同的「探親」故事，利用京劇結構的「分析」形式，分別以《坐宮》、《盜令》、《別宮》、《出關》、《巡營》、《見母》、《晤妻》、《哭堂》、《別家》、《回令》等為小標題，和台北、香港、紐約三個現實地點為場景，輔以《四郎探母》戲中戲的戲曲演出，在探親還只是民間暗潮洶湧，以香港為中途站的一九八七年初，四幕十場的舞台劇《四郎探母》就在這樣的背景下完成。它所要表達的已超越了族群融和的主題，進而強調台灣是第二個故鄉，要珍惜咱的土地。

此劇主要描寫隨著部隊隻身來到臺灣定居的老穆，在臺灣娶妻生女，後

〔註14〕參見陳愛國《歌盡桃花扇底風——戲曲藝術的現代解讀》，（哈爾濱：黑龍江人民出版社，2002 年 1 月），頁 174。

〔註15〕參見王友輝《從古典到現代——談《探母》的衝突形式》，《復興劇藝學刊》第 26 期，頁 117～123。

來妻子去世多年，女兒也旅居美國，老穆自己一個人住在臺灣，年邁的母親及原配妻子則始終留在大陸天津的老家。每天清晨，老移到公園裡做做運動，因而認識了同樣寡居多年的台灣籍老太太阿婆。老穆的女兒在美國教授外國人京劇，藉口期末呈現少個老旦，建議老穆赴美與她同台演出京劇《四郎探母》。思親日勝一日的老穆，在女兒的催促下終於決定赴美探親。在此之前，老穆輾轉託人聯絡上留在老家的親人，於是它們便決定相約在兩岸的中間地——香港會面，演出一段現代版的《探母》情節。離開了香港，老穆又飛到了紐約探視女兒。父女相見有說有笑，老穆甚至親自下廚作菜——為女兒解饞。但是炒菜的濃煙卻引來了警報器的急響，老穆悵然若失。在鑼鼓發中，舞臺上演出了京劇《四郎探母‧哭堂》一折。虛構的故事在虛擬的舞台上搬演，真實的生命中竟也不斷重覆著這深層的悲哀。老穆最後還是風塵僕僕地回到了臺北的公園和阿婆再相見，雙腳踏在生活了四十年的土地，老穆才真正體驗到了泥土的踏實和人情溫暖。

　　由以上的分析，並歸納楊家將戲曲近年來演出的劇目，發現《四郎探母》是楊家將戲曲演出率最高的劇目，其他如《佘賽花》、《狀元媒》等強調婚戀自主的劇目演出率也頗高，以虛擬程式見長的《三岔口》也是兩岸劇團十分鍾愛的折子戲，〔註16〕反映出隨著時代的演變，民眾看戲的口味也不同了，教忠教孝的劇目如《李陵碑》、《洪羊洞》等演出頻率反而不很高，意味楊家將戲曲題材的轉移。有愈來愈多的編導想挖掘更多女英雄不為人知的辛酸，如掛帥前的戀生怕死、野合生子的矛盾痛苦等，試圖貼近時代，爭取更多年輕人口。筆者認為這樣的努力，是值得肯定的，畢竟戲曲已逐漸沒落，如果再不求新求變，終究會被淘汰，所以宜結合時事開拓新題材，並對一些不合時宜的劇作進行改編，〔註17〕相信在有心人的努力下，楊家將戲曲內容會更多樣化，也會持續地演出不輟。

〔註16〕2002 年陝西省秦腔及 2003 年北京京劇院來台都演出《三岔口》，可見此劇目是很受歡迎的。

〔註17〕如京劇《雙被擒》敘述白天佐夫人愛慕楊宗保，還跟穆桂英說「你丈夫也，即我丈夫。……難道你不知聖人說的，乘肥馬，衣輕裘，與朋友共嗎？」這不知是什麼論調，因情節不倫不類，已沒有再演出了。

參考文獻

　　一、以下所列參考書目，分為古籍（民國之前）、專書、單篇期刊、學位論文、工具書、影音資料，每一類按作者（編者）姓氏筆劃排列，同一作者的作品係按發表或出版的時間先後排列，而同姓氏者再依名字之第二字筆劃排列。

　　二、期刊類中凡作者不詳者，即按出版時間先後排列，並置於後。

一、古籍（按作者姓氏排列）

1. 清・王廷章，《昭代簫韶》，台北，天一出版社，1986 年 9 月。
2. 清・王船山，《讀通鑑論・宋論》（四部刊要／史部・史評類），台北：漢京文化事業有限公司，1984 年 7 月。
3. 宋・王稱，《東都事略》，台北：文海出版社，1967 年。
4. 晉・王弼著，樓宇烈校釋，《王弼集校釋》，台北：華正書局，1992 年 12 月。
5. 漢・王符著，汪繼培箋，《潛夫論箋校正》，北京：中華書局出版，1997 年 10 月 2 版。
6. 宋・王溥，《唐會要卷六》，收於《叢書集成初編》0813 冊，北京：中華書局，1985 年。
7. 清・王季烈，《孤本元明雜劇提要》，台北：商務印書館，1971 年 11 月。
8. 明・王驥德，《曲律》，台北：藝文印書館四部分類叢書集成（百部三編 6：51），1971 年。

9. 清・孔尚任，《桃花扇》：台北：里仁書局，1996 年。

10. 周・左丘明傳、晉・杜預注、唐・孔穎達正義，國立編譯館主編，《十三經注疏・春秋左傳正義第三冊》，台北：新文豐文化公司出版，2001 年 6 月。

11. 呂望，《六韜》，收入《叢書集成初編》，北京：中華書局，1985 年。

12. 明・朱權，《太和正音譜》，台北：學海出版社印行，1991 年 10 月。

13. 宋・李昉，《太平廣記》，上海：上海古籍出版社，1990 年。

14. 清・李雨堂，《萬花樓演義》，台北：小知堂文化事業有限公司，2003 年 6 月。

15. 唐・李隆基（玄宗）注、宋・邢昺疏，李學勤主編，《十三經著述本・整理本第 42 本・孝經注疏》，台北：台灣古籍出版有限公司，2001 年 10 月。

16. 明・何良辰撰，《陣紀四卷》，收於《叢書集成初編》，北京：中華書局，1985 年。

17. 清・李漁，《閒情偶寄》，台北：長安出版社，1967 年 6 月。

18. 明・李贄《焚書》，（收錄於劉洪仁主編，《海外藏中國珍本書系第四冊》，北京：中國戲劇出版社，2000 年 5 月。

19. 明・李贄，《藏書》，台北：台灣書局，1974 年。

20. 清・周祥鈺等，王秋桂主編，善本戲曲叢刊《新定九宮大成南北詞宮譜》，台北：學生學局印行，1987 年。

21. 清・玩花主人編選，王秋桂主編，善本戲曲叢刊《綴白裘》台北，學生書局印行，1984 年 7 月。

22. 清・金聖嘆，《金聖嘆全集（三）》，台北：長安出版社，1986 年 9 月。

23. 唐・房玄齡等撰，《新校本晉書並附編六種》，台北：鼎文書局，1978 年 2 月。

24. 明・吳元泰，《東遊記》，收入《古本小說叢刊》第三十九輯第一冊，北京：中華書店，1987 年 6 月。

25. 宋・歐陽修，《歐陽修全集》，台北：河洛出版社，1977 年 4 月。

26. 明・紀振倫，《楊家將演義》：台北：三民書局印行，2001 年 1 月。

27. 宋・程頤、程顥，《二程遺書》，收錄於《景印文淵閣四庫全書，子部，四儒家類》，台北：商務印書館，1985 年。

28. 清・徐珂，《清稗類鈔》，台北：台灣商務印書館，1983 年 10 月。

29. 清・黃文暘，《曲海總目提要》：台北：新興書局，1967 年 8 月。

30. 清・畢沅，《續資治通鑑》，文光出版社，1975 年。

31. 元・脫脫，《新本宋史并附編三種一》，台北：鼎文書局，1978 年 9 月。

32. 元・脫脫，《新校本遼史附遼史源流考一》，台北：鼎文書局，1975 年 9 月。

33. 宋・曾鞏，《隆平集》，台北：文海出版社，1967 年。

34. 宋・張詠，《乖崖集》十二卷，收於紀昀等纂《景印文淵閣四庫全書》第一○八五冊，台北：商務印書館，1985 年。

35. 元・葉隆禮，《契丹國志》，台北：商務印書館，1978 年。

36. 宋・劉煦，《新校本舊唐書附索引六》，台北：鼎文書局，二版，1979 年 2 月。

37. 明・趙元度，《孤本元明雜劇》，台南：平平出版社，1974 年 12 月。

38. 漢・鄭玄注、唐・孔穎達正義，李學勤主編，《十三經注疏，整理本第 25 冊，禮記正義》，台北：台灣古籍出版有限公司，2001 年 10 月。

39. 漢・鄭玄注，李學勤主編，《十三經注疏・整理本第 12 本，周禮注疏》，台北：台灣古籍出版有限公司，2001 年 10 月。

40. 宋・鄭樵，《通志・氏族略序》，收於紀昀等纂《景印文淵閣四庫全書》第三七三冊，台北：商務印書館，1985 年。

41. 清・錢謙益、季振宜輯，屈萬里、劉兆祐主編明清未刊稿第二輯《全唐詩稿本》三十九冊，台北：聯經出版事業公司，1986 年 12 月。

42. 漢・戴德撰，盧辯註，《大戴禮記》，收於《叢書集成初編》，北京：中華書局，1985 年。

43. 明・臧晉叔，《元曲選》，台北：正文書局有限公司，1999 年 9 月。

44. 梁・蕭統編，李善注，《文選》，台北：五南圖書公司，1991 年。

45. 元・鍾嗣成，《錄鬼簿》，收於《續四庫全書》第一七五九冊，2003 年 2 月。

46. 明・魏良輔，《曲律》，台北：新文豐出版社，1996 年。

47. 宋・蘇轍，《蘇轍全集》，台北，河洛圖書出版社，1975 年 10 月。

48. 學海出版社編輯，《古典戲曲聲樂論著叢編》，台北：學海出版社，1997 年 3 月。

49. 學生書局輯,《新修方志叢刊‧山西代州志第四本》,台北:學生書局。

50. 北大古文獻研究所編,《全宋詩》第九冊,北京:北京大學出版社,1992年7月。

51. 北大古文獻研究所編,《全宋詩》第十冊,北京:北京大學出版社,1992年6月。

52. 北大古文獻研究所編,《全宋詩》第十五冊,北京:北京大學出版社,1993年4月。

53. 北大古文獻研究所編,《全宋詩》第十六冊,北京:北京大學出版社,1995年7月。

54. 故宮博物院編,《鼓詞繡像楊家將》,收於《故宮珍本叢刊》第七百十四冊,海南:海南出版社發行,2001年1月

55. 故宮博物院編,《秦腔、單角本、戲曲譜》第四冊,收於《故宮珍本叢刊》,海南:海南出版社發行,2001年1月。

56. 故宮博物院編,《各種題綱》第三冊,收於《故宮珍本叢刊》,海南:海南出版社發行,2001年1月。

57. 故宮博物院編,《各種串頭》第三冊,收於《故宮珍本叢刊》第六七零冊,海南:海南出版社發行,2001年1月。

58. 故宮博物院編,《崑弋本戲‧昭代簫韶》,收於《故宮珍本叢刊》,海南:海南出版社發行,2001年1月。

59. 故宮博物院編,《繪圖楊文廣征南》,收於《故宮珍本叢刊》第七百十七冊海南:海南出版社發行,2001年1月。

二、專書（按姓氏筆劃排列）

1. 王元富,《國劇藝術輯論》,台北:黎明文化事業股份有限公司,1970年11月。

2. 王安祈,《傳統戲曲的現代表現》,台北:里仁書局,1996年10月。

3. 王安祈,《當代戲曲【附劇本選】》,台北:三民書局,2002年9月。

4. 王芷章,《清昇平署志略》(《民國叢書》第三編第五十九種),上海:上海書店,1991年。

5. 王利器輯錄,《元明清三代禁毀小說戲曲史料》,上海:上海古籍出版社,1981年2月。

6. 王國維,《宋元戲曲史》,台北:台灣商務印書館,2001 年 5 月。

7. 王德忠,《蕭太后傳》,瀋陽:吉林人民出版社,1995 年 9 月。

8. 王璦玲,《明清傳奇名作人物刻畫之藝術性》,台北:台灣書店,1998 年 3 月。

9. 王蘊明,《當代戲劇審美論集》,北京:文化藝術出版社,2002 年 6 月。

10. 莊新、邵明波編,《中國十大經典悲劇故事集》,北京:學苑出版社,1993 年。

11. 朱光潛,《悲劇心理學》,台北:日臻出版社,1995 年 2 月。

12. 朱瑞熙等,《遼宋西夏金社會生活史》,北京:中國社會科學出版社,1998 年 8 月。

13. 江曉原,《天學真原》,台北:洪葉文化事業有限公司,1995 年 4 月。

14. 汪玢玲,《中國婚姻史》,上海:上海人民出版社,2001 年 8 月。

15. 李舟林、李景評,《蕭太后評傳》,四川:四川大學出版社,2000 年 6 月。

16 李仲明、譚秀英,《百年家族──梅蘭芳》,台北:立緒文化事業有限公司,2000 年 5 月。

17. 李卓主編,《家庭文化與傳統文化》,河北:天津人民出版社,2000 年 7 月。

18. 李惠綿,《戲曲批評概念史考論》,台北:里仁書局,1990 年 9 月。

19. 宋俊華,《中國古代戲劇研究》,廣東:廣東高等教育出版社,2003 年 7 月。

20. 吳梅,《南北詞簡譜》,台北:學海出版社,1997 年。

21. 吳國欽、李靜、張筱梅,《元雜劇研究》,武漢:湖北教育出版社,2003 年 8 月。

22. 林柏姬,《梅蘭芳平劇唱腔研究》,台北:學生書局,1985 年 10 月。

23. 林岷,《歷史與戲劇的碰撞》,台北:歷史智庫出版社,1996 年。

24. 林鶴宜,《劇校國劇科劇本研讀》,台北:國立復興劇藝實驗學校,1996 年 3 月。

25. 林鶴宜,《明清戲曲學辨疑》,台北:里仁書局,2003 年 2 月。

26. 孟繁樹,《中國板式變化體系曲研究》,台北:文津出版社,1991 年 3 月。

27. 邱坤良,《中國傳統戲曲音樂》,台北:遠流出版社,1981 年。

28. 侯杰、范麗珠《世俗與神聖》,河北:天津人民出版社,2001 年 9 月。

29. 周明泰，《清昇平署存檔事例漫抄》六卷，台北：文海書局，1971年。

30. 周貽白，《中國戲劇史長編》，上海：上海書店出版社，2004年3月

31. 周華斌，《中國戲劇史論考》，北京：中國戲劇出版社，2003年2月。

32. 周傳家等人，《戲曲編劇概論》，浙江：浙江美術學院出版社，1991年8月。

33. 范鈞宏，《戲曲編劇論集》，北京：中國戲劇出版社，1981年。

34. 范鈞宏，《戲曲編劇技巧淺論》，北京：中國戲劇出版社，1984年12月。

35. 胡忌著，《宋金雜劇考》，上海：古典文學出版社，1957年4月。

36. 胡孚琛、呂錫琛《道學通論》，北京：北京，社會科學文獻出版社，1999年1月。

37. 胡新生，《中國古代巫術》，山東：山東人民出版社，1998年12月。

38. 胡適瑩，《話本小說概論》，北京：中華書局，1980年5月。

39. 胡適，《胡適文存》卷一，台北：遠流出版社，1988年9月。

40. 吳晟，《瓦舍文化與宋元戲劇》，北京：中國社會科學院，2001年10月。

41. 吳康，《中國古代夢幻》，台北：萬象圖書股份有限公司，1994年1月。

42. 施旭升，《中國戲曲審美文化論》，北京：北京廣播學院，2002年10月。

43. 柯秀沈，《元雜劇的劇場藝術》，台北：學海出版社，1993年11月。

44. 俞為民、孫蓉蓉，《中國古代戲曲理論史通論》，1998年5月。

45. 姚一葦，《戲劇原理》，台北：書林出版有限公司，1992年。

46. 歐陽健，《歷史小說史》，浙江：浙江古籍出版社，2003年3月。

47. 郎秀華，《中國古代帝王與梨園史話》，北京：中國旅遊出版社，2001年1月。

48. 奚海，《元雜劇論》，河北：河北教育出版社，2001年5月。

49. 徐子方，《明雜劇研究》，台北：文津出版社，1998年1月。

50. 徐扶明，《元代雜劇藝術》，台北：學海出版社，1997年5月。

51. 徐城北，《京劇春秋》，台北：台灣商務印書館，2001年12月。

52. 徐振貴，《中國古代戲劇統論》，濟南：山東教育出版社，1997年9月。

53. 唐翼明，《古典今論》，台北：東大圖書公司，1991年9月。

54. 馬威，《戲劇語言》，台北：淑馨出版社，1991年7月。

55. 馬書田《中國人的神靈世界》，北京：九州出版社，2002年1月。

56. 馬曉宏,《天・神・人——中國傳統文化中的造神運動》,台北:雲龍出版社,1993 年 3 月。

57. 孫楷第,《也是園古今雜劇考》,收於《國學名著珍本彙刊》,台北:中國學典館復館籌備處,1974 年。

58. 涂沛、蘇移,《京劇常識手冊》上下,北京:中國戲劇出版社,2002 年 1 月。

59. 翁再思,《京劇叢談百年錄》,河北:河北教育出版社,1999 年 12 月。

60. 海震,《戲曲音樂史》,北京:文化藝術出版社,2003 年 6 月。

61. 郭英德,《明清文人傳奇研究》,台北:文津出版社,1991 年 1 月。

62. 郭英德,《明清傳奇史》,江蘇:江蘇古籍出版社,2001 年 5 月。

63. 郭經銳,《車王府曲本與京劇的形成》,廣東:汕頭大學出版社,1999 年 10 月。

64. 郭傳廷,《元雜劇的插科打諢藝術》,北京:中國社會科學出版社,2002 年 11 月。

65. 許子漢,《元雜劇聯套研究》,台北:文津出版社,1998 年 12 月。

66. 許子漢,《元雜劇的聲情與劇情》,台北:里仁書局,2003 年 3 月。

67. 許建中,《明清傳奇結構研究》,鄭州:中州古籍出版社,1999 年 4 月。

68. 許進生,《中國古代小說戲曲關係論》,北京:文化藝術出版社,2002 年 6 月。

69. 莊一拂,《古典戲曲存目彙考》,台北:木鐸出版社印行,1986 年。

70. 黃秀錦著《祖師爺的女兒》,台北:時報文化出版,2000 年 11 月。

71. 黃麗貞,《金元北曲語彙之研究》,台北:台灣商務印書館,1968 年 6 月。

72. 黃麗貞,《金元北曲詞語匯釋》,台北:國家出版社,1997 年 8 月。

73. 陳亞仙,《戲劇編劇淺談》,台北:文津出版社,1999 年 8 月。

74. 陳建森,《戲曲與娛樂》,上海:人民出版社,2003 年 7 月。

75. 陳峰,《武士的悲哀——北宋崇文抑武現象透析》,陝西:陝西人民教育出版社,2000 年。

76. 陳新雄,《中原音韻概要》,台北:學海出版社,1976 年。

77. 陳愛國,《歌盡桃花扇底風——戲曲藝術的現代解讀》,哈爾賓市:黑龍江人民出版社,2002 年 1 月。

78. 陳龍，《中國近代通俗戲劇》，台北：三民書局，2002 年 2 月。

79. 陳鵬翔，《主題學理論與實踐》，台北：萬卷樓圖書股份有限公司，2001
年 5 月。

80. 陶君起，《平劇劇目初探》，台北：明文書局股份有限公司，1982 年 7 月。

81. 貫涌，《戲曲劇作法教程》，北京：文化藝術出版社，2002 年 1 月。

82. 隗芾、吳毓華編，《古典戲曲美學資料集》，北京：文化藝術出版社，1992
年 10 月。

83. 張庚、余從主編，《中國京劇藝術》，北京：京華出版社，1996 年 12 月。

84. 張庚、郭漢城等，《中國戲曲通史》，台北：大鴻圖書有限公司，1998 年。

85. 張哲俊，《中日古典悲劇的形式》，上海：上海古籍出版社，2002 年 8 月。

86. 張連，《中國戲曲舞台美術史論》，北京：文化藝術出版社，2000 年 9 月。

87. 張敬，《明清傳奇導論》，台北：華正書局，1986 年 10 月。

88. 焦文彬，《中國古典悲劇》，西安：西北大學出版社，1990 年 5 月。

89. 焦尚志，《中國現代戲劇美學思想發展史》，北京：新華書店，1995 年 12
月。

90. 曾永義，《詩歌與戲曲》，台北：聯經，1988 年 4 月月。

91. 曾永義，《中國古典戲劇的認識與欣賞》，台北：正中，1991 年 11 月。

92. 曾永義，《參軍戲與元雜劇》，台北：聯經，1992 年 5 月。

93. 曾永義，《論說戲曲》，台北：聯經出版社，1997 年 3 月。

94. 曾永義，《我國的傳統戲曲》台北：漢光出版社，1998 年。

95. 曾永義，《戲曲源流新論》，台北：立緒，2000 年 4 月。

96. 曾永義，《俗文學概論》，台北：三民書局，2003 年 6 月。

97. 曾永義，《中國古典戲劇選注》，台北：國家出版社，2004 年 6 月。

98. 齊如山，《齊如山全集》，台北：齊如山先生遺著編印委員會，1964 年。

99. 路應昆，《中國戲曲與社會諸色》，吉林：吉林教育出版社，1992 年 2 月。

100. 路應昆，《戲曲藝術論》，北京：北京廣播學院出版社，2002 年 9 月。

101. 堯文放，《中國戲曲美學的文化闡釋》，北京：中國人民大學出版社，1997
年 7 月。

102. 窪德忠，《道教諸神說》，台北：群益書店股份有限公司，1998 年 10 月。

103. 趙山林，《中國戲劇學通論》，安徽教育出版社，1995 年 12 月。

104. 趙杏根，《八仙故事源流考》，北京：宗教文化出版社，2002 年 11 月。

105. 趙聰，《中共戲曲改革的實例》，香港：香港中文大學出版社，1969 年 8 月。

106. 劉文英、曹田玉著，《夢與中國文化》，北京：人民出版社，2003 年 10 月。

107. 劉仲宇，《中國民間信仰與道教》，台北：東大圖書公司，2003 年 3 月。

108. 劉徐州，《趣談中國戲樓》，天津：百花文藝出版社，2004 年 1 月。

109. 劉慧芬，《古今戲台藝術與戲曲表演美學》，台北：文史哲出版社，2001 年 4 月。

110. 傅瑾，《戲曲美學》，台北：文津出版社，1995 年 7 月。

111. 廖奔，《中國戲曲聲腔源流史》，台北：貫雅文化事業有限公司，1992 年 8 月。

112. 廖奔，《戲劇：中國與東西方》，台北：學海出版社，1999 年。

113. 盧昂，《東西方戲劇的比較與融合》，上海：新華書店，2000 年 6 月。

114. 韓復智等編，《後漢書紀傳今註‧列女傳第七十四》，五南圖書出版公司，2003 年 10 月。

115. 韓幼德，《戲曲表演美學探索》，台北：丹青，1987 年 2 月

116. 鄭傳寅，《中國戲曲文化概論》，台北：志一出版社，1995 年 4 月。

117. 鄭傳寅，《傳統文化與古典戲曲》，台北：揚智文化事業股份有限公司，1995 年。

118. 鄭懷興，《戲劇編劇理論與實踐》，台北：文津出版社，2000 年。

119. 鄭騫，《景午叢編下集燕臺述學》，台北：台灣中華印書局，1972 年。

120. 鄭騫，《北曲套式彙錄詳解》，台北：藝文印書館印行，1973 年 4 月。

121. 燕仁，《中國民間俗神》，台北：漢欣文化事業有限公司，1991 年 2 月。

122. 謝大荒，《易經語解》，台北：大中國圖書公司印行，1994 年 7 月。

123. 謝伯梁，《中國當代戲曲文學史》，北京：中國社會科學出版社，1995 年 11 月。

124. 錢靜方等，《楊家將研究資料》，台北：天一書局，1991 年。

125. 鍾慧玲主編，《女性主義與中國文學》，台北：里仁書局，1997 年 4 月。

126. 魏子雲，《文學 歷史 戲劇》，台北：萬卷樓圖書股份有限公司，2003 年 7 月。

127. 魏子雲，《戲曲藝說》，台北：萬卷樓圖書股份有限公司，2002 年 4 月。

128. 魏林、蘇冰，《中國婚姻史》，台北：文津出版社，1994 年 4 月。

129. 蘇國榮，《中國劇詩美學風格》，台北：丹青圖書公司，1987 年。

130. 譚元杰，《戲曲服裝設計》，北京：文化藝術出版社，2000 年 9 月。

131. 譚元杰，《中國京劇服裝圖譜》，北京：北京工藝美術出版社，2000 年 11 月。

132. 譚達先，《民間文學與元雜劇》，台北：學生書局，1994 年 6 月。

133. 蘭海波，《九十年代中國戲劇研究》，北京：北京廣播學院出版社，2002 年 10 月

134. 顧歆藝，《楊家將與岳家軍系列小說》，瀋陽：遼寧教育出版社，1993 年。

135. 弗雷澤著，汪培基譯，《金枝》──巫術與宗教之研究，台北：桂冠書局，1991 年 2 月。

136. 上海文藝出版社編輯，《京劇曲譜集成》第四集，上海：上海文藝出版社，1992 年 10 月。

137. 上海文藝出版社編輯，《京劇曲譜集成》第八集，上海：上海文藝出版社，1992 年 10 月。

138. 中國戲劇出版社編輯，《中國京劇史》，北京：中國戲劇出版社，1998 年 4 月。

139. 淡江大學中文系主編，《人物類型與中國市井文化》，台北：學生書局，1995 年 1 月。

140.《探母比較研討會論文集》，台北：《復興劇藝學刊》第二十六期，1999 年 1 月。

三、工具書

1. 方葉等編，《中國戲曲劇種大辭典》，上海：上海辭書出版社，1995 年 6 月。

2. 余漢東編著，《中國戲曲表演藝術辭典》，台北：國家出版社，2001 年 10 月。

3. 吳新雷等編，《中國崑劇大辭典》，南京：南京大學出版社，2002 年 5 月。

4. 洪惟助編,《崑劇辭典》,國立傳統藝術中心出版,2002 年 5 月。

5. 曾白融等編,《京劇劇目辭典》,北京:中國戲劇出版社,1989 年。

6. 張炯等編,《戲劇通典》,北京:解放軍出版社,1999 年 1 月。

7. 中國戲曲志·湖南卷編輯委員會《中國戲曲志——湖南卷》,北京:新華書店,1990 年 5 月。

8. 中國戲曲志·河南卷編輯委員會《中國戲曲志——河南卷》,北京:新華書店,1992 年 12 月。

9. 中國戲曲志·湖北卷編輯委員會《中國戲曲志——湖北卷》,北京:新華書店,1993 年 1 月。

10. 中國戲曲志·吉林卷編輯委員會《中國戲曲志——吉林卷》,北京:新華書店,1993 年 8 月。

11. 中國戲曲志·安徽卷編輯委員會《中國戲曲志——安徽卷》,北京:新華書店,1993 年 11 月。

12. 中國戲曲志·廣東卷編輯委員會《中國戲曲志——廣東卷》,北京:新華書店,1993 年 11 月。

13. 中國戲曲志·河北卷編輯委員會《中國戲曲志——河北卷》,北京:新華書店,1993 年 11 月。

14. 中國戲曲志·福建卷編輯委員會《中國戲曲志——福建卷》,北京:新華書店,1993 年 12 月。

15. 中國戲曲志·山東卷編輯委員會《中國戲曲志——山東卷》,北京:新華書店,1994 年 1 月。

16. 中國戲曲志·廣西卷編輯委員會《中國戲曲志——廣西卷》,北京:新華書店,1995 年 2 月。

17. 中國戲曲志·陝西卷編輯委員會《中國戲曲志——陝西卷》,北京:新華書店,1995 年 3 月。

18. 中國戲曲志·四川卷編輯委員會《中國戲曲志——四川卷》,北京:新華書店,1995 年 10 月。

19. 中國戲曲志·甘肅卷《中國戲曲志·甘肅卷編輯委員會》,北京:新華書店,1995 年 12 月。

20. 中國戲曲志·寧夏卷編輯委員會《中國戲曲志——寧夏卷》,北京:新華書店,1996 年 1 月。

21. 中國戲曲志・上海卷編輯委員會《中國戲曲志——上海卷》，北京：新華書店，1996 年 12 月。

四、單篇期刊

1. 王三慶，〈雷神之神話與傳說〉，《中國神話與傳說學術研討會論文集》，台北：漢學研究中心印行，1996 年 3 月。

2. 王安祈，〈戲曲現代化風潮下的逆向思考——從兩岸創新劇作概況談起〉，《兩岸傳統戲曲現代化學術研討會論文集》，1996 年。

3. 王安祈，〈從結構的觀點看大陸「戲曲改革」過程中的新編戲〉，《復興劇藝學刊》22 期 1998 年 1 月。

4. 牛志平，〈唐代的姻緣天定說〉，鮑家麟編著《中國婦女史論集 三集》，台北：稻香出版社，1993 年 3 月。

5. 朱家溍，〈清代內廷演戲情況雜談〉，《故宮博物院院刊》第 2 期，1979 年。

6. 朱家溍，〈清代亂彈戲在宮中發展的史料〉，載於北京戲曲研究所主編《京劇史研究》，1985 年。

7. 余嘉錫，〈楊家將故事考信錄〉，《余嘉錫論學雜著》，台北：河洛圖書出版社，1976 年 3 月。

8. 何冠環，〈北宋楊家將第三代傳人楊文廣事蹟新考〉，《嶺南學報》新第 2 期，2000 年 10 月。

9. 衣若蘭，〈《後漢書》的書寫女性：兼論傳統中國女性史之建構〉，《暨大學報》第四卷第一期，2000 年 3 月。

10. 李孟君，〈「仕」、「隱」與先秦兩漢知識分子〉，《興大中文學報》第十四期，2002 年 2 月。

11. 李孟明，〈試論戲曲臉譜的意向營構與表情體驗〉，《南開學報》第 2 期，2001 年。

12. 李承貴，〈「貞潔」觀念的歷史演變及其現代啟迪〉，《孔孟學報》第七十五期，2002 年。

13. 李祥林，〈戲曲研究和性別批評〉，《劇本雜誌》2002 年 1 月號。

14. 李祥林，〈中國戲曲與道家文化〉，《成都大學學報》第 2 期，2002 年。

15. 李裕民，〈楊家將新考三題〉，《晉陽學刊》第 6 期，2000 年。

16. 李維魯,〈內容與形式的雙重變奏〉——《魂斷天波府》導演簡析與總體構想,《戲曲研究》第四十輯,1992 年 3 月。

17. 邱坤良,〈楊家將的人物與傳說〉,《歷史月刊》1989 年 2 月號。

18. 吳同賓,〈亂花迷人眼,未歌先有情——劉秀容《戰洪州》表演藝術剖析〉,收錄於《戲曲藝術》1982 年 1 期。

19. 周志輔,〈《昭代簫韶》演出的三個腳本〉,《劇學月刊》第 3 卷 1、2 期,1934 年。

20. 俞大綱,〈楊八妹——「楊八妹」題記〉,《俞大綱全集——劇作卷》,台北:幼獅文化事業公司,1987 年 6 月。

21. 高光斌,〈古代衣袖功能與戲曲水袖表現〉,《戲曲藝術》,1999 年 2 月。

22. 孫浩,〈舞台的有限與無限——淺議瀋陽評劇院兩齣戲的舞台美術〉,《戲曲研究》第四十輯,1992 年 3 月。

23. 陳友峰、韓麗萍,〈審美機制的限制與人物的弱化〉,《戲曲藝術》,2001 年 1 月。

24. 陳汝衡,〈楊家將——從民間說唱到戲曲演出〉,《戲劇藝術》第 1 期,1983 年 5 月。

25. 陳素真,〈史家筆下遼金元女性節烈觀綜探〉,《東海中文學報》第十三期,2001 年 7 月。

26 陳貽亮,〈論歷史劇創作問題〉,《戲曲研究》第十六輯,1985 年 9 月。

27. 曾永義,〈宋元南曲戲文之體制與規律〉,台大「宋元戲曲史專題」上課講義,2005 年 3 月。

28. 嵇童,〈中國占夢傳統導覽〉,《歷史月刊》,1998 年 7 月。

29. 黃海碧,〈出浴的「穆桂英」——一次打破歷史侷限的表達〉,《中國戲劇》第 558 期 2003 年 11 月。

30. 董家驤,〈歷史題材的人生化開掘——觀評劇《魂斷天波府》〉,《戲曲研究》第四十輯,1992 年 3 月。

31. 葉長海,〈明清戲曲與女性角色〉,《九州學刊》六卷二期,1994 年 7 月。

32. 張高評,〈北宋使遼詩之主題與風格〉,東吳大學中國文學系「宋元文學學術研討會論文集」,2002 年 3 月。

33. 楊華,〈一聲「休」字,千古絕唱——觀楚劇《穆桂英休夫》〉,《劇本雜誌》1996 年第 5 月號。

34. 詹鄞鑫，〈中國的占星術〉，《古代禮制風俗漫談》，台北：萬卷樓圖書有限公司，1998 年 7 月。

35. 熊鐵基，〈淺談陰陽五行〉，《古代禮制風俗漫談》，台北：萬卷樓圖書有限公司，1998 年 7 月。

36. 鄭亦秋〈穆桂英掛帥排演隨筆〉，收錄於《梅蘭芳藝術論評》，商鼎文化出版社，1991 年 10 月。

37. 謝柏梁，〈《楊門女將》中的穆桂英形象〉，《中國京劇》1998 年 6 月。

38. 謝柏梁，〈元雜劇悲劇總目及其鑑別分類〉，《元雜劇研究》，武漢：湖北教育出版社，2003 年 8 月。

39. 魏子雲，〈「四郎探母」的藝術結構〉，《藝術學報》第 46 期，1980 年 7 月。

40. 劉紀曜，〈仕與隱──傳統政治文化的兩極〉，《中國文化新論──理想與現實》，台北：聯經出版社，1989 年。

41. 劉靜貞，〈劉向《列女傳》的性別意識〉，《東吳歷史學報》第五期，1999 年 3 月。

42. 蔣復璁，〈澶淵之盟的研究〉，台北：國立編譯館中華叢書編審委員會《宋史研究集》第二輯。

43. 韓學宏，〈由《離騷》看屈原出處仕隱之糾結〉，《國立台北技術學院學報》，1994 年。

44. 韓麗萍，〈文體、導演、觀眾──對戲曲導演的再認識〉，《戲曲藝術》，2002 年 1 月。

45. 顏崑陽，〈論漢代文人「悲士不遇」的心靈模式〉，《漢代文學與思想學術研討會論文集》，文史哲出版社，1991 年。

46. 蘇國榮，〈談悲劇文類研究及對當代戲劇創作的影響〉，《中文研究學報》，1999 年。

47. 顧全芳，〈楊家將的傳說與遺蹟〉，《歷史月刊》1995 年 9 月號。

五、學位論文

1. 卓美惠，《明代楊家將小說研究》，逢甲大學中研所碩士論文，1998 年 6 月。

2. 李淑娟，《京劇「四郎探母」之研究》，中國文化大學藝術研究所碩士論文，1992 年 6 月。

3. 柯立思，《傳統戲曲旦行表演新詮釋——以「穆桂英掛帥」、「杜鵑山」及慾望城國之劇場表演為範疇》，國立藝術學院戲劇研究所碩士論文，2000年6月。

4. 陳佳汝，《俞大綱劇作中的女性形象》，中國文化大學藝術研究所戲劇組碩士論文，2002年6月。

5. 韓仁先，《平劇四郎探母研究》，私立輔仁大學中文研究所碩士論文，1980年6月。

6. 韓軍，《楊家將戲曲研究》，南京大學中文所博士論文，1999年。

7. 鄭榮華，《上黨梆子「三關排宴」及京劇「四郎探母」之情節結構比較研究》，2001年6月。

六、劇本

1. 山西省長治專區人民劇團演出本，《三關排宴》劇本，《劇本雜誌》，北京：劇本雜誌社，1957年5月號。

2. 王傳友，京劇《金沙灘》劇本，北京：《劇本雜誌》，1961年11月號。

3. 田漢，京劇《楊八姐智取金刀》劇本，北京：《劇本雜誌》，1998年4月號。

4. 何祚歡、安榮卿，《穆桂英休夫》劇本，北京：《劇本雜誌》，1996年5月號。

5. 李木成、蔡晨，老調《狄楊合兵》劇本，北京：《劇本雜誌》，1984年3月號。

6. 何祚歡、安榮卿，楚劇《穆桂英休夫》劇本，《劇本雜誌》北京：劇本雜誌社，1996年5月號。

7. 孟超，《穆桂英比箭》劇本，北京：《劇本雜誌》，1962年12月號。

8. 范鈞宏，《夜審潘洪》，收於范鈞宏《范鈞宏戲曲選》，北京：中國戲劇出版社，1986年。

9. 陳予一主編《經典京劇劇本全編》，北京：國際文化出版公司，1996年2月。

10. 陳西汀，京劇《澶淵之盟》劇本，北京：《劇本雜誌》，1962年11月月號。

11. 陳麗、葉致冰,高甲戲《金刀會》劇本,北京:《劇本雜誌》,2001 年 7 月號。

12. 羅香圃編劇,滇劇《楊門女將》,雲南:雲南人民出版社,1980 年 2 月。

13. 張伯謹編,《國劇大成》,台北:國防部振興國劇發展委員會,1970 年 2 月。

8 年 12 月。

14. 《中國戲曲精品》,濟南:山東教育出版社,2002 年 12 月。

15. 首都圖書館編輯,《清車王府藏曲本》,北京:古籍出版社,2001 年 1 月。

16. 劉烈茂等主編,《車王府曲本精華》,廣東:中山大學出版社出版,1993 年 10 月。

17. 《新編京劇大觀》,北京:北京出版社,1989 年 6 月。

七、影音資料

1. 上黨梆子《三關排宴》,郝聘芝等主演,廣州音像出版社出版。

2. 上黨梆子《佘賽花》,吳國華、王文濤等主演,北京北影錄音錄像公司出版發行。

3. 京劇《七郎托兆》,吳鈺璋、杜鎮杰、常寶全等主演,中國唱片上海公司。

4. 京劇《三岔口》,張雲溪、張春華等主演,北京北影錄音錄像公司出版發行。

5. 京劇《太君辭廟》,李多奎主演,天津市文化藝術音像出版社出版。

6. 京劇《五臺山》,唐元才等主演,中國唱片上海公司出版發行。

7. 京劇《四郎探母》,王佩瑜等主演,上海音像出版社出版。

8. 京劇《北國情》,台視電視股份有限公司。

9. 京劇《李陵碑》,天津市文化藝術音像出版社出版。

10. 京劇《狀元媒》,北京京劇院演出,中視媒體集團製作發行。

11. 京劇《洪羊洞》,王佩瑜(上海京劇院)等主演,上海音像出版社出版。

12. 京劇《背靴訪帥》,馬騏等主演,黃河音像出版社出版發行。

13. 京劇《雁門關》,公共電視出版發行。

14. 京劇《楊門女將》,楊秋玲、王晶華等主演,中國唱片上海公司出版發行。

15. 京劇《楊家將》,楊寶森等主演,天津市文化藝術音像出版社出版。

16. 京劇《楊家將》，上海京劇院演出，上海音像出版社出版。

17. 京劇《調寇》，奚嘯伯等主演，天津市文化藝術音像出版社出版。

18. 京劇《穆天王》、《穆柯寨》，梅蘭芳等主演，天津市文化藝術音像出版社出版。

19. 京劇《戰洪州》，關肅霜等主演，中國唱片上海公司出版發行。

20. 京劇《穆桂英掛帥》，梅蘭芳等主演，天津市文化藝術音像出版社出版。

21. 京劇《穆桂英掛帥》，杜近芳等主演，中國唱片上海公司出版發行。

22. 京劇《蕭太后》，中華電視股份有限公司發行。

23. 京劇《轅門斬子》，李和曾等主演，天津市文化藝術音像出版社出版。

24. 河北梆子《南北合》，陳春主演（天津市河北梆子劇院百花劇團演出），天津市文化藝術音像出版社出版發行。

25. 河北梆子《楊排風》（又名雛鳳凌空），李穎娜、張艷麗主演（河北省橫水市河北梆子劇團），河北百靈音像出版社出版發行。

26. 河北梆子《穆桂英大破天門陣》，劉曉俊等主演（石家庄河北梆子劇團），河北百靈音像出版社出版發行。

27. 崑劇選輯《擋馬》，中華民俗藝術基金會製作、發行。

28. 淮劇《十二寡婦征西》，施燕萍等主演，揚子江音像有限公司榮譽出品。

29. 紹劇《兩狼山》，趙秀治等主演，浙江文藝音像出版社出版。

30. 越劇《穆桂英》，呂瑞英等主演，中國唱片上海公司出版發行。

31. 揚劇《百歲掛帥》，吳蕙明等主演，安徽音像出版社出版。

32. 評劇《楊八姐游春》，瀋陽評劇院演出，河北百靈音像出版社出版。

33. 評劇《魂斷天波府》，瀋陽評劇院演出，河北百靈音像出版社出版。

34. 楚劇《穆桂英休夫》，王筱枝等主演（武漢市楚劇團），北京北影錄音錄像公司出版發行。

35. 秦腔《三岔口》，財團法人國際新象文教基金會，2002 年 12 月。

36. 豫劇《五世請纓》，王慧主演，河南省文化藝術音像出版社出版發行。

37. 豫劇《穆桂英掛帥》，馬金鳳等主演，中國唱片上海公司出版發行。

附　錄

附錄一：上演劇目統計表 [註1]

一九八〇年上演劇目統計	
演出劇種	演 出 劇 目
京劇、秦腔、莆仙戲	楊門女將
京劇、晉劇	雛鳳凌空
京劇	佘賽花
京劇	十二寡婦征南
京劇、晉劇、漢劇、閩劇、川劇、秦腔、	狀元媒
偶戲	金沙灘
偶戲	穆柯寨招親
偶戲	轅門斬子
豫劇、秦腔、老調	潘楊訟
一九八一年上演劇目統計	
劇團名稱	演 出 劇 目
武漢京劇團	楊排風招親
北京市河北梆子劇團	楊七娘與楊七郎

[註1]　參見《中國戲劇年鑑》,（北京：中國戲劇出版社），分見 1981 年 12 月、1983
年 6 月、1985 年及 1993 年。

邵陽地區祁劇團	楊七郎打擂
南昌市采茶劇團	清官冊
河南省豫劇院一團	破洪州
哈爾賓市京劇團	雁門關
上海京劇院	楊八姐游春、四郎探母、轅門斬子、擋馬、佘賽花、穆桂英掛帥、洪羊洞
江蘇崑劇團	擋馬
中國京劇院	李陵碑、楊門女將、穆柯寨、佘賽花、擋馬、洪羊洞
上海昆劇團	擋馬、三岔口
江蘇省劇團	擋馬
沈陽評劇院	楊八姐游春
北京市河北梆子劇團	打焦贊、三岔口
天津市河北梆子劇院	擋馬、穆柯寨、斬子、天門陣
河北省河北梆子劇院	擋馬、打焦贊、三岔口
上海越劇院	擋馬
上海淮劇院	寇准背靴
江蘇省淮劇院	打焦贊
四川省川劇院	演火棍、擋馬、五台會兄、營門斬子
成都市川劇院	降龍木、破洪州、擋馬、五台會兄、三岔口
重慶市川劇院	擋馬、斬宗保
陝西省戲曲研究院	擋馬
河北省保定地區老調劇團	楊金花奪印、三岔口
江蘇省揚劇團	楊八姐盜刀
江蘇省蘇昆劇團	擋馬
江西省贛劇團	破洪州、孟良搬兵、太君辭廟、擋馬
南昌市採茶劇團	擋馬
山東省柳子劇團	五台會兄
河南豫劇院	穆桂英、穆桂英掛帥、轅門斬子
武漢漢劇院	轅門斬子
湖南省湘劇院	大破天門陣、擋馬、斬子
湖南省漵浦縣辰河戲劇院	楊八姐闖幽州
湖南邵陽地區祁劇團	楊七郎打擂、楊八姐、擋馬、三岔口
雲南省滇劇團	擋馬、楊宗保招親

一九八四年上演劇目統計	
劇團名稱	**上 演 劇 目**
武漢市京劇團	楊排風招親
北京市河北梆子劇團	楊七娘與楊七郎
湖南邵陽地區祁劇團	楊七郎打擂
雲南省滇劇團	告御狀智擒潘仁美
浙江婺劇團	狄楊合兵
青海京劇團	佘賽花
一九八九年上演劇目統計	
劇團名稱	**演 出 劇 目**
寧夏京劇團	三岔口、穆桂英掛帥、轅門斬子
北京市河北梆子劇團	大破天門陣
長春評劇院	契丹魂
沈陽京劇院	三岔口、擋馬、四郎探母、穆桂英大破天門陣、坐宮
黑龍江京劇院	四郎探母、楊家將
哈爾賓市京劇團	雁門關
吉林省四平市戲曲劇團	穆桂英掛帥
常德市武陵戲劇團	楊八姐闖幽州
山西省北路梆子青年實驗劇團	寇準背靴
山西省臨汾蒲劇院蒲劇團	四郎探母、楊門女將
洛陽豫劇團	穆桂英掛帥、楊八姐游春
湖北京劇團	三岔口、四郎探母
湖南湘劇團	擋馬、六郎斬子
湖南京劇團	四郎探母
廈門歌仔戲團	八姐下幽州、穆桂英招親
江西京劇團	四郎探母、李陵碑、穆柯寨、擋馬、三岔口
一九九〇上演劇目統計	
劇團名稱	**演 出 劇 目**
北京市河北梆子劇團	審潘洪
天津市河北梆子劇院	轅門斬子、穆柯寨、擋馬
山西省長治市上黨落子劇團	楊七娘

山西省神池縣道情劇團	楊門女將、擋馬
臨汾蒲劇院蒲劇團	四郎探母、太君辭朝
沈陽評劇院	楊八姐游春
沈陽京劇院	四郎探母、兩狼山、三岔口、坐宮
吉林省京劇團	四郎探母
黑龍江省龍江劇實驗劇團	擋馬
黑龍江省京劇團	狀元媒、三岔口、斬子、四郎探母、擋馬
齊齊哈爾京劇團	狀元媒
佳木斯京劇團	坐宮
上海越劇院	穆桂英
浙江省婺劇團	三岔口、五台會兄
廈門歌仔戲團	百歲掛帥
江西省京劇團	三岔口、打焦贊、穆柯寨
河南省洛陽豫劇團	穆桂英掛帥、楊八姐游春
湖北省京劇團	三岔口、四郎探母
湖南省湘劇院	大破天門陣、金沙灘
四川省自貢市川劇團	桂英打雁、焦贊祭祖、穆虎關、牧虎關、八郎回營、五台會兄、營門斬子
西安市秦腔二團	五台會兄、金沙灘
寧夏京劇團	三岔口、碰碑

<table>
<tr><td colspan="2" align="center">二〇〇四年國光劇場上演劇目</td></tr>
<tr><td align="center">時　間</td><td align="center">演　出　劇　目</td></tr>
<tr><td>9/18</td><td>佘賽花</td></tr>
<tr><td>9/19</td><td>狀元媒</td></tr>
<tr><td>10/2</td><td>金沙灘、托兆碰碑</td></tr>
<tr><td>10/3</td><td>四郎探母</td></tr>
<tr><td>11/20</td><td>五臺山、佘太君抗婚</td></tr>
<tr><td>11/21</td><td>擋馬、洪羊洞</td></tr>
<tr><td>12/4</td><td>楊門女將</td></tr>
</table>

按：由上表可看出那些劇目較常演出，那些劇目幾已消失。因楊家將地方戲曲範疇太
　　大，本文擬從 1. 楊業至楊文廣四代 2. 較常演出的劇目 3. 手邊有劇本或影像
　　之劇目為探討重點。

附錄二：《昭代簫韶》中楊家三代人物譜系圖

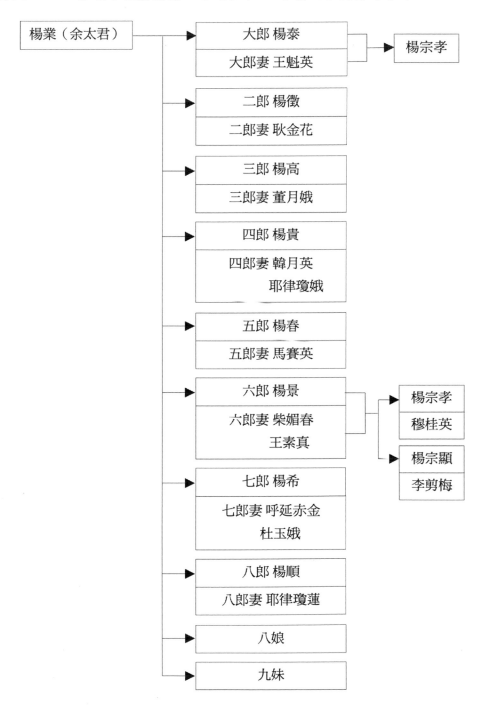

附錄三：《昭代簫韶》之劇目、曲牌聯套與排場

第一本

第一齣　萬國春臺同兆庶　東鍾韻　開場

第二齣　三霄帝座拱星辰　庚青韻　大過場

雙角套曲【新水令】【折桂令】【沉醉東風】【雁兒落】【得勝令】【梅花酒】【掛玉鈎】

第三齣　集鵷班議防邊釁　江陽韻　短場

仙呂宮引【天下樂】【紫蘇丸】【夜行船】

仙呂宮正曲【傍粧臺】【皂羅袍】

第四齣　聯雁序訓守家箴　魚模韻　短場

仙呂宮引【鵲橋仙】【番卜算】

仙呂宮正曲【桂枝香】【醉扶歸】【惜奴嬌序】

第五齣　圍合龍沙馳萬騎　古風韻　正場

絃索調【山坡羊】

第六齣　檄傳雁塞寇三邊　蕭豪韻　正場

正宮引【新荷葉】

正宮正曲【四邊靜】

仙呂調套曲【點絳唇】【混江龍】【油葫蘆】【天下樂令】【寄生草】

第七齣　潘楊釁隙於斯始　江陽韻　正場

正宮正曲【錦腰兒】【又一體】【四邊靜】【又一體】【雙鸂鶒】【玉芙蓉】【又一體】

第八齣　遼宋干戈自此興　庚青韻　短場

黃鐘宮引【點絳唇】

黃鐘宮正曲【燈月交輝】【神仗兒】【滴溜子】

第九齣　報私讐權臣竊柄　先天韻　正場

中呂宮正曲【駐馬聽】【駐雲飛】【又一體】【又一體】

第十齣　申天討御駕親征　江陽韻　過場

中呂宮引【菊花新】

中呂宮正曲【和佛兒】

第十一齣　無敵威名驚北塞　蕭豪韻　正場

黃鐘宮正曲【絳都春序】【畫眉序】【又一體】【三段子】【雙聲子】【歸朝歡】
【慶餘】

第十二齣　如神妙算贊中樞　皆來韻　短場

仙呂宮引【天下樂前】【天下樂後】

仙呂宮正曲【黑麻序】【又一體】【玉胞肚】

第十三齣　振先聲龍驤虎賁　古風韻　正場

黃鐘宮引【西地錦】

越調正曲【水底魚兒】【又一體】

中呂調套曲【粉蝶兒】【醉春風】【迎仙客】【紅繡鞋】【喜春來】【柳青娘】【煞
尾】

第十四齣　合勁旅鯨奮豨張　真文韻　短場

仙呂宮正曲【番鼓兒】

仙呂調雙曲【點絳唇】

正宮正曲【醉太平】【風帖兒】

第十五齣　宋帥嫉功縱強敵　江陽韻　正場

高宮套曲【端正好】【滾繡球】【叨叨令】
【脫布衫】【小梁州】【白鶴子】【芙蓉花】【雙鴛鴦】【上馬嬌煞】

第十六齣　遼師奮勇困堅城　庚青韻　過場

仙呂宮正曲【八聲甘州】【又一體】【五供養】

第十七齣　臣解君憂退虎旅　齊微韻　短場

仙呂宮正曲【玉嬌枝】【玉胞肚】【尹令】【品令】【川撥棹】

第十八齣　子承父志假龍袍　蕭豪韻　正場

越調正曲【竹馬兒賺】【鏵鍬兒】【又一體】

越調集曲【山桃紅】【又一體】

第十九齣　好弟兄全忠死義　真文韻　正場

黃鍾宮正曲【歸朝歡】【又一體】【滴溜子】【雙聲子】【滴溜子】

第二十齣　賢父子扈駕回鑾　東鍾韻　短場

中呂宮正曲【粉孩兒】【紅芍藥】【耍孩兒】【會河陽】【縷縷金】【紅繡鞋】【千秋歲】

第二十一齣　明薦暗謀圖雪怨　尤侯韻　正場

仙呂宮引【天下樂前】【天下樂後】

仙呂宮正曲【惜奴嬌序】【黑麻序】【玉嬌枝】【玉胞肚】【六么令】

第二十二齣　褒封進秩為酬勞　東鍾韻　短場

仙呂調套曲【點絳唇】【天下樂】【金盞兒】【後庭花】

第二十三齣　舉監軍護持良將　皆來韻　短場

仙呂宮正曲【步步嬌】【江兒水】【川撥棹】【五供養】【尾聲】

第二十四齣　驅健卒襲取雄關　先天韻　正場

仙呂宮正曲【天下樂】【皂羅袍】【青天歌】【青歌兒】【好姐姐】【川撥棹】【慶餘】

昭代簫韶　第二本
第一齣　慕少年絲蘿誤結　蕭豪韻　正場

仙呂宮引【菊花新】

中呂宮正曲【駐馬聽】【好事近】【駐馬聽】

第二齣　救老將兄弟連擒　庚青韻　短場

正宮正曲【普天樂】【玉芙蓉】【刷子序】【四邊靜】【福馬郎】【錦腰兒】

第三齣　面真同謀傾勇將　江陽韻　短場

中呂宮集曲【榴花好】【榴花三和】【尾聲】

第四齣　糧假絕計撤監軍　江陽韻　過場

雙調正曲【鎖南枝】【朝元令】【羅帳裏坐】

第五齣　劫宋寨欣得王強　齊微韻　短場

黃鐘宮正曲【撲蝴蝶】【耍鮑老】【滴溜子】【雙聲子】【又一體】

第六齣　投遼邦先圖繼業　蕭豪韻　正場

中呂調套曲【粉蝶兒】【醉春風】【紅繡鞋】【迎仙客】【白鶴子】【快活三】【煞尾】

第七齣　難挽回黑心元帥　江陽韻　短場

仙呂宮引【紫蘇丸】

仙呂宮正曲【風入松】【急三鎗】【風入松】

第八齣　苦逼迫赤膽先鋒　東鍾韻　正場

正宮集曲【四邊芙蓉】【普天錦】【四邊芙蓉】【又一體】【朱奴帶錦纏】【四邊芙蓉】

第九齣　單鎗闖寨思全孝　江陽韻　正場

中呂宮正曲【駐雲飛】【又一體】【好事近】【又一體】

第十齣　萬箭攢身先盡忠　庚青韻　大場

仙呂入雙角合套【北新水令】【南步步嬌】【北折桂令】【南江兒水】【北雁兒落】【南園林好】【北得勝令】【南僥僥令】【北沽美酒】【南僥僥令】【北太平令】

第十一齣　慕義孤軍甘捨命　齊微韻　過場

中呂宮正曲【尾犯序】【又一體】【好事近】

第十二齣　抒忠烈將願捐軀　東鍾韻　短場

中呂宮正曲【鼓板賺】【本宮賺】

中呂宮集曲【銀燈紅】【燈影搖紅】

第十三齣　突絕谷將死兵傷　尤侯韻　正場

中呂宮正曲【紅芍藥】【紅繡鞋】【耍孩兒】【紅繡鞋】【會河陽】【千秋歲】

第十四齣　求救軍父圍弟歿　東鍾韻　過場

中呂宮集曲【好事有四美】四首

第十五齣　頭觸碑欷心未泯　江陽韻　大場

越調正曲【水底魚兒】【又一體】

雙調正曲【鎖南枝】【又一體】【又一體】【慶餘】

第十六齣　屍埋地冷淚難乾　真文韻　短場

越調正曲【下山虎】【山麻稽】【鑔鍬兒】

越調集曲【山桃紅】五首

第十七齣　避世兄勇氣猶存　江陽韻　短場

仙呂宮正曲【風入松】【急三鎗】【風入松】【急三鎗】【風入松】【尾聲】

第十八齣　埋名壻苦情慢述　寒山韻　正場

仙呂宮集曲【甘州歌】【皂羅香】二首【羅袍歌】八首【僥僥撥棹】三首

第十九齣　獻某刺臂期傾宋　東鍾韻　短場

仙呂宮引【天下樂】

仙呂宮正曲【步步嬌】【江兒水】【好姐姐】

第二十齣　文檄回軍急援幽　魚模頭　短場

仙呂宮引【似娘兒】

仙呂宮正曲【掉角兒序】【望吾鄉】【尾聲】

第二十一齣　詳夢境憂疑莫釋　江陽韻　短場

雙調正曲【普賢歌】

雙角套曲【慶宣和】【雁兒落】【得勝令】【月上海棠】

第二十二齣　宿郵亭性命幾戕　江陽韻　正場

越調正曲【吒精令】【又一體】【羅帳裏坐】【泥裏鰍】【又一體】

第二十三齣　楊景渡頭遭暗算　江陽韻　過場

越調正曲【小桃紅】【下山虎】【餘音】

第二十四齣　瓊娥陣上展雄威　尤侯韻　正場

高宮套曲【端正好】【滾繡毬】【叨叨令】【脫布衫】【小梁州】【尾聲】

昭代簫韶　第三本

第一齣　暗偷營瓊娥計拙　蕭豪韻　正場

仙呂宮引【似娘兒】仙呂宮正曲【青天歌】【桂枝香】【鵝鴨滿渡船】【赤馬兒】
【風入松】

仙呂宮正宮【桂枝香】仙呂宮正曲【鵝鴨滿渡船】

第二齣　明對陣廷讓軍殘　魚模韻　短場

黃鐘調套曲【醉花陰】【喜遷鶯】【刮地風】【四門子】【古水仙子】【尾聲】

第三齣　巧寫狀借劍殺人　真文韻　正場

仙呂宮正曲【六么令】【又一體】【五供養】

第四齣　莽劫糧因風放火　江陽韻　正場

中呂調套曲【粉蝶兒】【醉春風】【迎仙客】【紅繡鞋】【快活三】【鮑老兒】【古
鮑老】【普天樂】【煞尾】

第五齣　見慈母言隨淚下　蕭豪韻　正場

越調引【杏花天】

越調正曲【五韻美】【鑔鍬兒】【竹馬兒賺】【山桃紅】

第六齣　擊冤鼓聲竭心摧　庚青韻　正場

仙呂宮集曲【甘州歌】中呂宮正曲【紅繡鞋】【又一體】

南呂宮正曲【五更轉】

第七齣　滾釘難洗孤兒血　庚青韻　正場

南調引【接雲鶴】商調正曲【山坡羊】【簇御林】【黃鶯兒】【慶餘】

第八齣　持節先勞聖主心　東鍾韻　過場

中呂宮正曲【好事近】【馱環著】【越恁好】

第九齣　不量力失機遷怒　真文韻　短場

仙呂宮引【金雞叫】仙呂宮正曲【江兒水】【又一體】

第十齣　懷私忿斬將示威　真文韻　過場

仙呂宮正曲【江兒水】

第十一齣　賺兵符奸邪拘執　江陽韻　短場

仙呂宮正曲【黑麻序】【曉行序】【喜無窮煞】

第十二齣　賣國法狼狽貪緣　蕭豪韻　過場

仙呂宮正曲【園林好】【又一體】

第十三齣　假虎威不分鱺鯉　蕭豪韻　短場

仙呂宮引【海棠春】仙呂宮正曲【五供養】正宮正曲【四邊靜】【又一體】

第十四齣　懼獅吼強納金珠　東鍾韻　過場

正宮正曲【柳穿魚】正宮引【新荷葉】正宮正曲【錦纏道】

第十五齣　舉金鞭義除貪酷　庚青韻　過場

仙呂宮正曲【步步嬌】【皂羅袍】【江兒水】

第十六齣　定鐵案罪著奸雄　寒山韻　正場

黃鐘宮引【點絳唇】中呂調套曲【粉蝶兒】【醉高歌】【喜春來】【紅繡鞋】【快
活三】【白鶴子】

第十七齣　冥主拘魂聚差鬼　齊微韻　正場

黃鐘宮正曲【出隊子】

仙呂宮正曲【皂羅袍】【又一體】【又一體】【又一體】

正宮正曲【四邊靜】【又一體】

第十八齣　　賢王執法諫明君　真文韻　正場

南呂宮引【一剪梅】越角套曲【鬭鵪鶉】越角套曲【紫花兒序】
越角套曲【小桃紅】

第十九齣　　四惡雖除繼二佞　江陽韻　短場

越調正曲【水底魚兒】

中呂宮正曲【駐雲飛】【撲燈蛾】【駐馬兒】【千秋歲】

第二十齣　　一官暫授守三關　先天韻　短場

黃鐘宮正曲【畫眉序】【啄木兒】【出隊子】【黃龍袞】

第二十一齣　　殘兵聚虎豹潛藏　東鍾韻　過場

黃鐘宮正曲【三段子】【滴滴金】【雙聲子】

第二十二齣　　義旅伸鷗鴉並獲　蕭豪韻　正場

中呂宮正曲【粉孩兒】【紅芍藥】【福馬郎】【耍孩兒】【會河湯】【縷縷金】【越
恁好】【紅繡鞋】【尾聲】

第二十三齣　　山寨復讐開勁弩　尤侯韻　正場

高宮套曲【端正好】【滾繡球】【倘秀才】【叨叨令】

第二十四齣　　泉臺捉鬼擲鋼叉　古風韻　大場

越調正曲【水底魚兒】【又一體】【鹻口讚】【佛讚】【歎孤調】【水底魚兒】

昭代簫韶　第四本

第一齣　　射馬初擒雖被縛　齊微韻　短場

正宮引【三疊引】正宮正曲【傾杯序】【普天樂】【玉英蓉】

第二齣　　墜坑再獲未輸心　齊微韻　過場

正宮正曲【四邊靜】【刷子序】

第三齣　　擒虎將義結金蘭　蕭豪韻　短場

羽調正曲【排歌】【急急令】【袞袞令】【雙韻子】

第四齣　　失龍駒奸施讒譖　寒山韻　過場

中呂宮正曲【紅繡鞋】【駐馬兒】【又一體】【駐馬聽】

第五齣　　連鴈心同歸虎帳　古風韻　正場

黃鐘宮正曲【畫眉序】【神仗兒】【滴溜子】【滴滴金】【絳都春序】【三段子】
【歸朝歡】

第六齣　　獻魚膽壯探龍潭　魚模韻　過場

仙呂宮集曲【月照山】【桂花襲袍香】

第七齣　　識名將順夫成績　魚模韻　正場

仙呂宮集曲【桂皂傍粧臺】【風入三松】【五胞玉郎】【供養入江水】【嬌枝撥棹】

第八齣　　藥良驤背母行權　齊微韻　短場

中呂宮集曲【花尾鴈】【榴子鴈聲】

第九齣　　賺來騏驥排兄難　齊微韻　短場

中呂宮引【菊花新】【榴花馬】【銀燈照芙蓉】

第十齣　　逐退熊罷解弟危　東鍾韻　正場

黃鐘調套曲【醉花陰】【喜遷鶯】【出隊子】【刮地風】【四門子】【九條龍】【古水仙子】【尾聲】

第十一齣　　能料敵終墮詭謀　江陽韻　短場

南呂宮引【生查子】南呂宮正曲【金錢花】【搗白練】【風檢才】【駿甲馬】【慶餘】

第十二齣　　敢突圍始稱忠勇　先天韻　過場

雙調正曲【鎖南枝】【又一體】【又一體】【又一體】

第十三齣　　勁旅圍一仇籌莫展　庚青韻　短場

中呂宮集曲【銀燈紅】【好子樂】【榴花好】【石榴掛魚燈】【喜銀燈】

第十四齣　　禪心定五戒難開　庚青韻　正場

中呂宮集曲【漁銀燈】【銀燈紅】【花六么】

第十五齣　　勘惡鬼北獄施刑　寒山韻　短場

仙呂調套曲【點絳唇】【混江龍】【六么遍】【後庭花】

第十六齣　　盜追風南官縱火　尤侯韻　正場

仙呂宮正曲【玉嬌枝】【玉胞肚】【尹令】

第十七齣　　巧易名駒馳萬里　真文韻　正場

雙角套曲【新水令】【駐馬聽】【沉醉東風】【鴈兒落】【得勝令】【收江南】【沽美酒】【太平令】

第十八齣　　迅飛禪杖解重圍　江陽韻　短場

越調正曲【五韻美】【山麻稭】【蠻牌令】【四般宜】【江頭送別】

第十九齣　舌下風雷褫賊魄　蕭豪韻　短場

越調正曲【下山虎】【鏵鍬兒】越調集曲【山桃紅】

第二十齣　眼前褒貶快人心　庚青韻　正場

越角套曲【鬭鵪鶉】【紫花兒序】【調笑令】【禿廝兒】【聖藥王】【收尾】

第二十一齣　試驢驪途計較　皆來韻　正場

仙呂宮正曲【春從天上來】【桂枝香】【青天歌】【川撥棹】【園林好】【尾聲】

第二十二齣　傾樑棟掃穴謀深　尤侯韻　正場

黃鐘宮正曲【滴溜子】【出隊子】【鮑老催】【歸朝歡】【獅子序】【又一體】【鬭雙雞】

第二十三齣　天波樓無端被拆　皆來韻・大場

商調正曲【山坡羊】【又一體】

仙呂宮正曲【風入松】【急三鎗】【風入松】【急三鎗】【風入松】【急三鎗】【風入松】

第二十四齣　森羅殿有案奚逃　尤侯韻　短場

仙呂調套曲【點絳唇】【混江龍】【天下樂令】【煞尾】

昭代簫韶　第五本

第一齣　離寨難違慈母命　真文韻　短場

仙呂調套曲【點絳唇】【混江龍】【天下樂】【哪吒令】【鵲踏枝】【混江龍】【寄生草】【煞尾】

第二齣　還京恰墮佞臣謀　魚模韻　正場

中呂宮正曲【粉孩兒】【紅芍藥】【耍孩兒】【會河陽】【縷縷金】【越恁好】【千秋歲】

第三齣　金吾府魚腸洩憤　江陽韻　正場

中呂宮正曲【駐馬聽】【駐雲飛】【又一體】　中呂宮正曲【好事近】【又一體】中呂宮正曲【紅繡鞋】【石榴花】【千秋歲】【慶餘】

第四齣　雲陽市虎口餘生　蕭豪韻　大場

仙呂入雙角合套【北新水令】【南步步嬌】【折桂令】【南園林好】【北鴈兒落】【南江兒水】【北得勝令】【南川撥棹】【北沽美酒】【南園林好】【北太平令】【南尾聲】

第五齣　聖主憐才肆赦宥　_{先天韻}　_{過場}

黃鐘宮正曲【畫眉序】【啄木兒】

第六齣　頑民漁色逞強梁　_{江陽韻}　_{短場}

越調正曲【水底魚兒】【又一體】　仙呂宮正曲【步步嬌】【江兒水】【園林好】【好姐姐】【川撥棹】【有結果煞】

第七齣　奮雄心揮刀誅賊　_{蕭豪韻}　_{短場}

絃索調【玉芙蓉】仙呂宮正曲【園林好】【曉行序】【玉胞肚】【風入松】【急三鎗】【風入松】【急三艙】【風入松】

第八齣　施毒計易字傾賢　_{齊微韻}　_{正場}

越調引【杏花天】越調正曲【綿搭絮】【五韻美】【山麻稭】

第九齣　獻私箚喪恥忘廉　_{東鍾韻}　_{短場}

越調正曲【本調賺】　越調引【杏花天】越調正曲【水底魚兒】【又一體】　中呂宮正曲【紅繡鞋】

第十齣　解反詩奇宛極枉　_{齊微韻}　_{正場}

正宮引【三疊引】　正宮正曲【普天樂】【又一體】　正宮正曲【朱奴兒】【又一體】

第十一齣　重義輕身甘入地　_{蕭豪韻}　_{大場}

中呂宮正曲【粉孩兒】【紅芍藥】【福馬郎】【耍孩兒】【會河陽】【縷縷金】【越恁好】【又一體】中呂宮正曲【紅繡鞋】【千秋歲】【慶餘】

第十二齣　歸朝函首巧瞞天　_{先天韻}　_{正場}

仙呂宮正曲【步步嬌】【又一體】仙呂宮正曲【風入松】【又一體】中呂宮正曲【縷縷金】仙呂宮正曲【漿水令】

第十三齣　計退三城傾宋社　_{家麻韻}　_{短場}

正宮引【新荷葉】正宮正曲【醉太平】【普天樂】

第十四齣　書搜一紙証奸謀　_{寒山韻}　_{正場}

高宮套曲【端正好】【滾繡球】【倘秀才】【脫布衫】【小梁州】【白鶴子】【菩薩蠻】【叨叨令】【煞尾】

第十五齣　恨粗心書歸賊手　_{蕭豪韻}　_{短場}

中呂宮正曲【尾犯序】【好事近】【又一體】【又一體】中呂宮正曲【撲燈蛾】

【又一體】

第十六齣　遭惡計刑及親身　真文韻　正場

越調集曲【桃花山】【山桃紅】【又一體】越調正曲【雙聲子】越調集曲【山桃紅】

第十七齣　陳諫不從遙扈蹕　東鍾韻　短場

雙調引【玉井蓮】【又一體】雙調正曲【普賢歌】【羅帳裏坐】【五馬江兒水】【朝元令】

第十八齣　受降有變急回鑾　江陽韻　正場

黃鐘宮引【點絳唇】黃鐘宮正曲【滴溜子】【鬪雙雞】【畫眉序】雙調正曲【鎖南枝】【又一體】

第十九齣　強食言遼人肆志　真文韻　正場

黃鐘調套曲【醉花陰】【喜遷鶯】【出隊子】【刮地風】【四門子】【古水仙子】

第二十齣　圖報國俠士同心　江陽韻　短場

仙呂調雙曲【大安樂】【樂神令】【太常引】【杏園芳】【香山會】【得勝令】

第二十一齣　救國患重効馳驅　車遮韻　正場

雙角套曲【夜行船】【銀漢浮槎】【慶宣和】【落梅風】【風入松】【煞尾】

第二十二齣　捉奸魂明彰報應　庚青韻　短場

南呂宮正曲【繡帶兒】【金蓮子】【風檢才】【賀新郎】【節節高】【金錢花】【慶餘】

第二十三齣　旌旗壁壘羣雄會　江陽韻　正場

仙呂宮正曲【惜奴嬌序】【錦衣香】【漿水令】【玉嬌枝】【皂羅袍】【川撥棹】【皂羅袍】

第二十四齣　龍虎風雲大武昭　魚模韻　大場

中宮調套曲【粉蝶兒】中呂調套曲【醉春風】【紅繡鞋】【石榴花】【鬪鵪鶉】【朝天子】【堯民歌】【上小樓】【滿庭芳】【迎仙客】【一煞】

昭代簫韶　第六本

第一齣　奮雄威三城連克　先天韻　短場

中呂宮正曲【粉孩兒】【紅芍藥】【耍孩兒】【會河陽】【越恁好】【紅繡鞋】

第二齣　摧勁敵萬騎齊奔　真文韻　正場

雙角套曲【新水令】【駐馬聽】【沈醉東風】【雁兒落】【得勝令】【挂玉鉤】【沽美酒】【太平令】【煞尾】

第三齣　　逢勇將難圖後舉　蕭豪韻　短場

正宮引【三疊引】正宮正曲【普天樂】【玉芙蓉】【普天樂】【玉芙蓉】

第四齣　　借強兵思復前讐　蕭豪韻　過場

正宮正曲【朱奴兒】【又一體】

第五齣　　一函寶冊由天賜　蕭豪韻　正場

仙呂宮引【天下樂】仙呂宮正曲【步步嬌】【江兒水】【好姐姐】【玉嬌枝】【玉胞肚】

第六齣　　五國雄兵匝地陳　家麻韻　正場

中呂調套曲【粉蝶兒】【醉春風】【迎仙客】【普天樂】【鬭鵪鶉】【上小樓】【十二月】

第七齣　　榜始懸妖仙應召　先天韻　短場

南呂宮正曲【懶畫眉】【又一體】南呂宮正曲【節節高】【賀新郎】【節節高】

第八齣　　陣初佈番帥排兵　魚模韻　正場

仙呂調套曲【點絳唇】【混江龍】【油葫蘆】【天下樂】【鵲踏枝】【寄生草】【遊四門】【賞時花】【勝葫蘆】

第九齣　　示圖有意驕讐國　真文韻　短場

商調引【接雲鶴】商調正曲【高陽臺】【琥珀貓兒墜】【山坡羊】

第十齣　　探陣無心遇至親　蕭豪韻　短場

黃鐘調套曲【醉花陰】【喜遷鶯】【出隊子】【刮地風】【四門子】【古水仙子】

第十一齣　　併勝負陣前決戰　江陽韻　正場

雙角套曲【新水令】【駐馬聽】【雁兒落】【得勝令】【沽美酒】【太平令】

第十二齣　　通消息月下喬裝　魚模韻　正場

雙角隻曲【雙令江兒水】雙調正曲【朝元令】【灞陵橋】【銷金帳】【鎖南枝】【又體】雙調正曲【孝順歌】

第十三齣　　陣圖全驚心駭目　蕭豪韻　短場

黃鐘宮正曲【耍鮑老】【又一體】黃鐘宮正曲【滴溜子】【又一體】

第十四齣　　仙馭降起死回生　尤侯韻　正場

中呂宮集曲【駐馬鎗】【駐馬近】【漁家醉芙蓉】【千秋舞霓裳】【紅雁過】

第十五齣　仗神術英雄被縛　真文韻　正場

中呂調套曲【粉蝶兒】【醉春風】【紅繡鞋】【迎仙客】【石榴花】【鬪鵪鶉】【上小樓】【滿庭芳】【十二月】

第十六齣　結良緣老嫗主婚　蕭豪韻　正場

黃鐘宮正曲【畫眉序】【滴溜子】【降黃龍】【黃龍袞】【又一體】

第十七齣　絕歸途孟良縱火　蕭豪韻　正場

中呂宮正曲【粉孩兒】【紅勺藥】【耍孩兒】【會河陽】【福馬郎】【縷縷金】【越恁好】【紅繡鞋】【千秋歲】

第十八齣　違嚴令宗保忤親　庚青韻　大場

仙呂入雙角合套【北新水令】【南步步嬌】【北折桂令】【南園林好】【北雁兒落】【南江兒水】【北得勝令】【南玉嬌枝】【北收江南】【南江兒水】【北沽美酒帶太平令】

第十九齣　奮雄威救夫闖帳　蕭豪韻　短場

仙呂宮正曲【風入松】【急三鎗】【風入松】【急三鎗】【有結果煞】

第二十齣　乘雲馭招壻下山　真文韻　短場

南呂宮正曲【一江風】【又一體】【又一體】南呂宮正曲【節節高】【又一體】【又一體】

第二十一齣　地現九環耀神武　江陽韻　短場

仙呂調套曲【點絳唇】【混江龍】【由葫蘆】【天下樂】【哪吒令】【後庭花】

第二十二齣　仙圓雙璧訂良緣　蕭豪韻　正場

雙角套曲【新水令】【駐馬聽】【沉醉東風】【雁兒落】【得勝令】【收江南】【掛玉鉤】【竹枝歌】【沽美酒】【大平令】

第二十三齣　寶器順時歸幼主　魚模韻　短場

仙呂宮正曲【步步嬌】【江兒水】【又一體】

第二十四齣　天心消劫降真仙　先天韻　正場

黃鐘宮正曲【畫眉序】【又一體】黃鐘宮引【玉女步瑞雲】黃鐘宮正曲【啄木兒】【又一體】【慶餘】

昭代簫韶　第七本

第一齣　建大纛奮起雄師　蕭豪韻　正場

高宮套曲【端正好】【滾繡毬】【倘秀才】【叨叨令】【塞鴻秋】【脫布衫】【醉太平】

第二齣　舉神刀劈開金鎖　先天韻　大場

黃鐘調合套【醉花陰】黃鐘宮合套【畫眉序】黃鐘調合套【喜遷鶯】黃鐘宮合套【畫眉序】黃鐘調合套【出隊子】黃鐘宮合套【滴溜子】

第三齣　九環被攝因貪績　先天韻　大場

黃鐘調合套【刮地風】黃鐘宮合套【滴滴金】黃鐘調合套【四門子】黃鐘宮合套【鮑老催】黃鐘調合套【古水仙子】黃鐘宮合套【雙聲子】

第四齣　二將爭功互逞雄　東鍾韻　正場

仙呂宮引【天下樂】高宮套曲【端正好】【滾繡毬】【倘秀才】【滾繡毬】【白鶴子】【尾聲】

第五齣　椿樹精假幻木刀　東鍾韻　短場

仙呂宮正曲【長拍】【又一體】仙呂宮正曲【短拍】【又一體】

第六齣　紅顏女巧逢黑煞　庚青韻　短場

仙呂宮正曲【鵝鴨滿渡船】【又一體】仙呂宮正曲【赤馬兒】【又一體】

第七齣　重八北營心益壯　蕭豪韻　過場

仙呂宮集曲【甘州歌】【皂袍罩金衣】【皂花鶯】【羅袍帶封書】

第八齣　先尋南將智猶深　蕭豪韻　過場

仙呂宮集曲【醉羅袍】【醉羅歌】

第九齣　恩愛重夫唱婦隨　蕭豪韻　正場

仙呂宮集曲【桂花徧南枝】【桂皂傍粧臺】【風入三松】【江水撥棹】【江水遶園林】

第十齣　夢寐酣帳空刀失　庚青韻　大場

黃鐘調合套【醉花陰】黃鐘宮合套【畫眉序】黃鐘調合套【喜遷鶯】黃鐘宮合套【畫眉序】黃鐘調合套【出隊子】黃鐘宮合套【滴溜子】黃鐘調合套【刮地風】黃鐘宮合套【鬭雙雞】黃鐘調合套【四門子】黃鐘宮合套【鮑老催】黃鐘調合套【古水仙子】黃鐘宮合套【雙聲子】【煞尾】

第十一齣　假豈混真終受戮　蕭豪韻　短場

仙呂宮正曲【皂羅袍】【又一體】仙呂宮正曲【好姐姐】【又一體】仙呂宮正曲
【好園林】【又一體】

第十二齣　邪難勝正總成虛　真文韻　正場

仙呂宮引【天下樂】仙呂宮正曲【黑麻序】【僥僥令】【又一體】仙呂宮正曲
【六么令】【又一體】仙呂宮正曲【風入松】【又一體】【有結果煞】

第十三齣　邀狐意合揚氛猛　江陽韻　短場

仙呂宮正曲【八聲甘州】【傍粧臺】【八聲甘州】

第十四齣　舐犢情深出令難　江陽韻　短場

仙呂宮正曲【惜花賺】【本宮賺】【尾聲】

第十五齣　小將抒忠甘盡命　先天韻　正場

仙呂調隻曲【八聲甘州】【大安樂】【又一體】仙呂調隻曲【元和令】【又一體】
【煞尾】

第十六齣　香童慕色自燒身　東鍾韻　短場

中呂宮正曲【粉孩兒】【紅芍藥】【耍孩兒】【福馬郎】【會河陽】

第十七齣　欲解夫危空闖陣　東鍾韻　正場

中呂宮正曲【縷縷金】【越恁好】【又一體】中呂宮正曲【紅繡鞋】【千秋歲】
【慶餘】

第十八齣　驚聞子厄急衝圍　齊微韻　短場

仙呂宮正曲【步步嬌】【又一體】仙呂宮正曲【江兒水】【又一體】

第十九齣　發援兵令如火急　庚青韻　短場

仙呂宮正曲【園林好】【又一體】仙呂宮正曲【皂羅袍】【又一體】【尾聲】

第二十齣　破惡陣魔似冰消　家麻韻　正場

仙呂宮正曲【風入松】【急三鎗】【風入松】【僥僥令】【玉胞肚】【喜無窮煞】

第二十一齣　幻世相仙姥圓姻　蕭豪韻　過場

仙呂調隻曲【喜新春】【獻天壽】【鳳凰臺上憶吹簫】

第二十二齣　駕妖雲邪魔攝鏡　庚青韻　正場

南呂調套曲【一支花】【梁州第七】【梧桐樹】【賀新郎】【元鶴鳴】【烏夜啼】
【罵玉郎】【採茶歌】【煞尾】

第二十三齣　夢境迷離偶會合　真文韻　短場

南呂宮正曲【一江風】【又一體】南呂宮正曲【大勝樂】【又一體】

第二十四齣　鏡輝明朗大團圓　<small>蕭豪韻　大場</small>

中呂宮正曲【小團圓】【永團圓】【縷縷金】【駐雲飛】【好事近】【又一體】【又一體】【慶餘】

昭代簫韶　第八本

第一齣　小豪傑鬥武聯盟　<small>齊微韻　短場</small>

中呂宮正曲【馱環著】【又一體】【喬合笙】

第二齣　妖道人書符作法　<small>真文韻　過場</small>

絃索調【玉嬌枝】【山坡羊】【又一體】

第三齣　將帥分符選勁卒　<small>魚模韻　短場</small>

仙呂調隻曲【點絳唇】中呂宮集曲【好子樂】

第四齣　神祈奉敕息洪濤　<small>真文韻　大場</small>

仙呂入雙角合套【北新水令】【南步步嬌】【北折桂令】【南江兒水】【北鴈兒落帶得勝令】【南僥僥令】【北收江南】【南園林好】【北沽美酒帶太平令】【南清江引】

第五齣　電雷奮迅擊妖狐　<small>江陽韻　正場</small>

中呂宮正曲【好事近】【越恁好】【又一體】中呂宮正曲【千秋歲】

第六齣　父女忠誠助大宋　<small>皆來韻　過場</small>

中呂宮正曲【駐雲飛】【又一體】

第七齣　石怪猖狂空作孽　<small>皆來韻　短場</small>

中呂宮正曲【縷縷金】仙呂宮正曲【駐馬聽】【又一體】

第八齣　山靈擁護漫衝營　<small>真文韻　正場</small>

仙呂調套曲【村裏迓鼓】【賞花時】【鞓紅】【天下樂令】【憶王孫】【一半兒】【勝葫蘆】

第九齣　揚鞭擊鏡陰陽散　<small>庚青韻　正場</small>

中呂宮集曲【榴花好】【榴子鴈聲】【榴花三和】【榴花馬】【銀燈紅】

第十齣　激帥投淵罪孽深　<small>魚模韻　短場</small>

正宮正曲【玉芙蓉】【普天樂】【又一體】

第十一齣　一計潛通傾兩陣　<small>蕭豪韻　短場</small>

黃鐘宮正曲【畫眉序】【又一體】【滴溜子】【慶餘】

第十二齣　群妖奮起困全軍　尤侯韻　正場

高宮套曲【端正好】【滾繡毬】【倘秀才】【快活三】【鮑老兒】

第十三齣　王素真故國欣投　尤侯韻　正場

高宮套曲【耍孩兒】【四煞】【三煞】【二煞】【一煞】

第十四齣　胡守信荒山冤陷　東鐘韻　短場

雙調正曲【五馬江兒水】【又一體】雙調正曲【銷金帳】【又一體】

第十五齣　真仙施法迷方醒　東鐘韻　短場

雙調正曲【鎖南枝】【又一體】雙調正曲【孝順歌】

第十六齣　郡主憐姑心向夫　庚青韻　大場

雙角套曲【新水令】【駐馬聽】【沉醉東風】【荊山玉】【水仙子】【鴈兒落】【得勝令】【沽美酒】【太平令】【小絡絲娘煞】

第十七齣　威神靈陰陽兄妹　皆來韻　正場

中呂調套曲【粉蝶兒】【醉春風】【快活三】【朝天子】【鬥鵪鶉】【上小樓】【尾聲】

第十八齣　誇武藝魯莽夫妻　支思韻　過場

中呂宮正曲【駐雲飛】【尾犯序】

第十九齣　曳兵棄甲貽群誚　支思韻　過場

中呂宮正曲【好事近】【又一體】

第二十齣　瀝膽披肝服眾心　東鍾韻　正場

正宮引【七娘子】仙呂調套曲【點降唇】【混江龍】【油葫蘆】【天下樂令】

第二十一齣　神火猛空放葫蘆　江陽韻　短場

仙呂宮正曲【風入松】【槳水令】【光光乍】【槳水令】

第二十二齣　孝心堅欣連喬梓　先天韻　正場

黃鐘宮正曲【滴溜子】【又一體】黃鐘宮正曲【歸朝歡】【雙聲子】

第二十三齣　恩波浹洽酬群虎　江陽韻　短場

南呂宮正曲【繡帶兒】【宜春令】【太師引】【慶餘】

第二十四齣　神火飛騰煉九龍　真文韻　正場

黃鐘宮套曲【醉花陰】黃鐘調套曲【喜遷鶯】【出隊子】【四門子】【古寨兒令】

【九條龍】【古水仙子】【慶餘】

昭代簫韶　第九本

第一齣　誠歸宋寨遇群番　家麻韻　短場

正宮正曲【普天樂】【划鍬兒】【四邊靜】【又一體】

第二齣　猛探遼營逢眾鬼　真文韻　短場

高宮套曲【端正好】【滾繡毯】【倘秀才】【小梁州】【叨叨令】【倘秀才】【尾聲】

第三齣　兵連敗子陷父傾　皆來韻　正場

仙呂宮集曲【風送嬌音】【風入三松】【風入園林】【江水遶園林】【江水撥棹】

第四齣　扇一揮魂消魄散　東鍾韻　正場

越角套曲【看花回】【綿搭絮】【青山口】【聖藥王】【慶元貞】【古竹馬】

第五齣　鐵杖掄開誅猛將　歌戈韻　短場

仙呂調套曲【點絳唇】【混江龍】【油葫蘆】【天下樂】【哪吒令】

第六齣　金鐘劈破援嬌姝　歌戈韻　短場

仙呂調套曲【寄生草】【玉花秋】【後庭花】【青歌兒】【煞尾】

第七齣　九頭獅神通大展　齊微韻　短場

正宮集曲【芙蓉樂】【朱奴剔銀燈】【朱奴帶錦纏】【不絕令煞】

第八齣　三關帥忠忿難舒　魚模韻　正場

仙呂宮正曲【曉行序】【錦衣香】【漿水令】

第九齣　陷主將截回部將　蕭豪韻　正場

中呂宮正曲【粉孩兒】【紅芍藥】【耍孩兒】【福馬郎】【會河陽】【縷縷金】【越恁好】【紅繡鞋】【千秋歲】慶餘

第十齣　降神僧攝伏妖僧　家麻韻　過場

大石調正曲【竹馬兒】【番竹馬】【慶餘】

第十一齣　護陣真求破陣計　尤侯韻　短場

仙呂宮集曲【桂子佳期】【一封鶯】【解羅袍】【有結果煞】

第十二齣　洩機假捏失機形　家麻韻　正場

高大石角套曲【念奴嬌】【燈月交輝】【喜梧桐】【卜金錢】【鴈過南樓】【尾聲】

第十三齣　調貔貅千軍齊奮　東鍾韻　短場

仙呂宮正曲【臘梅花】仙呂宮引【天下樂】仙呂宮正曲【步步嬌】【又一體】
仙呂宮正曲【江兒水】【又一體】

第十四齣　用鎗砲萬弩空埋　真文韻　正場

中呂宮集曲【好子樂】【銀燈紅】【燈影搖紅】中呂宮正曲【撲燈蛾】

第十五齣　椿岩敗北讒言進　江陽韻　大場

仙呂入雙角合套【北新水令】【南步步嬌】【北折桂令】【南江兒水】【北鴈兒落
帶得勝令】【南僥僥令】【北收江南】【南園林好】【北沽美酒帶太平令】【南清
江引】

第十六齣　耶律圖南天象違　先天韻　短場

雙調引【真珠馬】雙調正曲【鎖南枝】【又一體】【又一體】

第十七齣　書抛一計害三賢　真文韻　正場

仙呂宮正曲【醉扶歸】【黑麻序】【錦衣香】【漿水令】【尾聲】

第十八齣　陣列三軍圍一帥　支思韻　短場

商調正曲【琥珀貓兒墜】【山坡羊】【又一體】【尾聲】

第十九齣　逆賊險心傳偽檄　庚青韻　正場

雙調正曲【回回舞】【又一體】雙調正曲【孝順歌】【普賢歌】雙調正曲【孝順
歌】

第二十齣　仁君明鑑得真情　真文韻　短場

商調正曲【山坡羊】【牧犢歌】【簇玉林】【慶餘】

第二十一齣　仙玉成妖人遁跡　家麻韻　短場

仙呂宮正曲【風入松】【急三鎗】【風入松】【有結果煞】

第二十二齣　陣瓦解女帥全忠　蕭豪韻　正場

中呂調套曲【粉蝶兒】【石榴花】【鬥鵪鶉】【上小樓】【攤破喜春來】【尾聲】

第二十三齣　天門開遼軍遊戲　魚模韻　過場

雙角隻曲【雙令江兒水】【又一體】

第二十四齣　仙侶會眾陣消除　庚青韻　正場

仙呂調套曲【八聲甘州】【賞花時】【村裏迓鼓】【元和令】【勝葫蘆】【得勝令】
【後庭花】【尾聲】

昭代簫韶　第十本

第一齣　宋將齊心出營壘　車遮韻　正場

雙角套曲【新水令】【駐馬聽】【沉醉東風】【鴈而落】【得勝令】【收江南】【喬牌兒】

第二齣　天神奉勒返星垣　尤侯韻　短場

黃鐘調隻曲【賺】【美中美】【又一體】

第三齣　箭驅邪燈消軍亂　庚青韻　短場

正宮正曲【四邊靜】【玉芙蓉】【普天樂】【又一體】

第四齣　仙佑正陣破妖除　東鍾韻　正場

雙角套曲【夜行船】【銀漢浮槎】【慶宣和】【落梅花】【風入松】【隨煞】

第五齣　郡王同殷孝母心　齊微韻　短場

正宮正曲【鴈過聲】【三字令】【又一體】【泣秦娥】【小桃紅】

第六齣　元戎誤中緩兵計　齊微韻　正場

正宮正曲【小桃紅】【雙鸂鶒】【又一體】【慶餘】

第七齣　設陷阱奸心愈毒　蕭豪韻　正場

越調正曲【黑麻序】【又一體】越調集曲【山桃紅】【又一體】【餘音】

第八齣　留將相法駕先還　齊微韻　短場

雙調正曲【柳梢青】【五馬江兒水】【又一體】

第九齣　演連環明排組鍊　真文韻　短場

仙呂調套曲【八聲甘州】【混江龍】【醉中天】【後庭花煞】

第十齣　懷狡詐突起戈矛　真文韻　過場

商調正曲【琥珀貓兒墜】【又一體】

第十一齣　聞信移兵添虎翼　尤候韻　過場

仙呂宮正曲【步步嬌】【江兒水】

第十二齣　傳書助米縛鷗翎　尤候韻　短場

仙呂宮正曲【好姊姊】【玉嬌枝】【玉胞肚】

第十三齣　忠誠奮肝膽包身　魚模韻　正場

中呂調套曲【粉蝶兒】【石榴花】【鬥鵪鶉】【滿庭芳】【快活三】【上小樓】【十二月】【堯民歌】【煞尾】

第十四齣　罪孽盈銀鐺錮體　東鍾韻　正場

中呂宮正曲【駐雲飛】【駐馬聽】【四邊靜】【尾犯序】【好事近】

第十五齣　士氣委靡馬脫彎　江陽韻　短場

雙調正曲【普賢歌】【又一體】【鎖南枝】【又一體】【又一體】

第十六齣　人心渙散鳥投林　東鍾韻　短場

大石調正曲【人月圓】【又一體】【又一體】

第十七齣　志扶遼雙忠盡節　魚模韻　正場

中呂調套曲【粉蝶兒】【醉春風】【迎仙客】【紅繡鞋】【石榴花】【鬪鵪鶉】【堯民歌】【上小樓】【蔓菁菜】【白鶴子】

第十八齣　心向宋二女勸降　魚模韻　正場

中呂調套曲【上小樓】【滿庭芳】【倘秀才】【伴讀書】【笑和尚】【煞尾】

第十九齣　懷德畏威欣振旅　家麻韻　短場

雙調集曲【風雲會四朝元】【朝元令】

第二十齣　酬勳錫爵沐推恩　東鍾韻　正場

仙呂宮引【天下樂】中呂宮正曲【山花子】中呂宮引【菊花新】中呂宮正曲【大和佛】【山花子】

第二十一齣　用嚴刑招降伏法　蕭豪韻　正場

仙呂宮引【天下樂】仙呂宮正曲【江兒水】【皂羅袍】中呂宮正曲【好姊姊】仙呂宮正曲【青歌兒】【皂羅袍】【有結果煞】

第二十二齣　開綺宴奉勒完姻　江陽韻　短場

正宮正曲【普天樂】【錦纏道】【普天樂】【金殿喜重重】

第二十三齣　帝鑑無私著冊藉　皆來韻　正場

仙呂調套曲【賞時花】【又一體】【端正好】【天下樂令】【高過金盞兒】【低過金盞兒】【尾聲】

第二十四齣　天心有感佑昇平　真文韻　大場

仙呂入雙角合套【北新水令】【南步步嬌】【北折桂令】【南江兒水】【北收江南】【南僥僥令】【北沽美酒】【南園林好】【北太平令】【慶有餘】

附錄四

一、元雜劇──《昊天塔孟良盜骨》第四折

（外扮長老上，詩云）積水養魚終不釣，深山放鹿願長生，掃地恐傷螻蟻命，為惜飛蛾紗罩燈。貧僧乃五台山興國寺長老是也。我這寺裡，有五百眾上堂僧，內有一個和尚姓楊，此人十八般武藝，無有不拈，無有不會。每日在後山打大蟲耍子。今日無甚事，天色將晚也，且掩上山門者。（楊景上云）某，楊景。直到幽州，盜了父親的骨殖，留兄弟孟良在後，當住追兵去了。我一人一騎，往五台山經過。天色已晚，難以前去，只得在寺中覓一宵宿。來到這山門首，我下的馬來，推開山門。兀那和尚，有甚麼乾淨的僧房，收拾一間與我宿一夜，天明要早行也。（長老云）客官，這一間僧房可乾淨（楊景云）我放下這骨殖咱。（長老云）敢問客官從那裡來了？（楊景云）我來處來。（長老云）你如今那裡去？（楊景云）我去處去（長老云）那裡是你家鄉？（楊景云）我沒家鄉（長老云）你姓甚名誰？（楊景云）我沒名姓。（長老云）兀那客官，怎這等硬頭硬腦的。老僧不打緊，我有一個徒弟，他若來時，怎肯和你干罷也，（楊景云，他來時便敢怎的我！你自回避。父親也，兀得不痛煞我也。（正末扮楊和尚上，云）酒家醉了也。

【雙調新水令】歸來餘醉末曾醒，但觸著我這禿爺爺沒些乾淨。（做聽科，云），哦，恰像似人哭哩。（唱）那哭的莫不是山中老樹怪，潭底毒龍精？敢便待顯聖通靈，只俺個道高的鬼神敬。

（楊景作哭科，云），父親也，兀的个痛殺我也，（正末云）兀的不在那裡哭哩。（唱）

【駐馬聽】那裡每噎噎哽哽，攪亂俺這無是無非窗下僧。（楊景云）：「父親也痛殺我也。」（正末唱）越哭的孤孤另另，莫不是著鎗著箭的敗殘兵！我靠山門倚定壁兒聽，聳雙肩手抵著牙兒定。似這等沸騰騰，可甚麼綠蔭滿地禪房靜。

正末見長老科，長老云：「徒弟。你來了也，適才靠晚間，有個客官，一人一騎，來到俺寺中借宿，我問他，他不肯說實話。他如今在這房裡，你去問他咱。」正末云：「師父，你回方丈中歇息，我自問他去）。長老云：「正是，閉門不管窗前月，一任梅花自主張。」（下）正末見科，云：「客官問訊。」楊景云：「好一個莽和尚也！」正末云：「客官，恰才煩惱的是你來？」楊景云：

「是我來。」正末云：「你為甚麼這等煩惱？」楊景云：「和尚，我心中有事。」正末云：「我試猜你這煩惱咱。」楊景云：「和尚，你是猜我這煩惱咱。」（正末唱）

【步步嬌】只你個負屈含冤的也合通名姓，莫不是遠探你那爹娘的病了（楊景云）不是。（正末唱）莫不是你犯下些違條罪不輕？（楊景云）我有甚麼罪犯？（正末唱）莫不是打擔推車撞著賊兵？（楊景云）便有賊兵呵，量他到的那裡。（正末唱）我連問道你兩三聲，怎沒半句兒將咱來答應？

（云）兀那客官，我問著你，不肯說老實話，俺這裡人利害也。（楊景云）你這裡人利害便怎麼？（正末唱）

【雁兒落】俺這裡便罵了人也誰敢應！（楊景云）敢打人麼？（正末唱）俺這裡便打了人也無爭競（楊景云）敢劫人麼？（正末唱）俺這裡便劫了人也沒罪名！（楊景云）敢殺人麼？（正末唱）俺這裡便殺了人也不償命！（楊景云）你說便這等說，我是不信。（正末云）你不信時試聞咱（唱）

【水仙子】現如今火燒人肉噴鼻腥。（楊景云），哎，好和尚。可不道為惜飛蛾紗罩燈哩。（正末唱）俺幾曾道為惜飛蛾紗罩燈。（做合手科，云），阿彌陀佛，世間萬物，不死不生（唱）若不殺生呵，有甚麼輪廻證，這便是咱念阿彌超度的經。（楊景云），想你也不是個從幼兒出家的。（正末唱），對客官細說分明。我也曾殺的番軍怕，幾曾有個信士請。直到中年才落髮為僧。

楊景云：「兀那和尚，我也不瞞你，我是大宋國的人。」正末云：「客官你既是大宋國人，曾認的那一家人家麼？」楊景云：「是誰家？」正末云：「他家裡有個使金刀的。」（唱）

【雁兒落】他叫做楊令公，手段能。（楊景驚科，云）他怎麼知道俺父親哩。兀那和尚，那楊令公有幾個孩兒？（正末唱）他有那七個孩兒都也心腸硬。（楊景云）他母親是誰？（正末唱）他母親是佘太君，敕賜的清風樓無邪佞。

楊景云：「他弟兄每可都有哩？」（正末唱）

【得勝令】呀，他兄弟每多死少波生！（楊景云）你敢是他家裡人麼？（正末唱）只我在這五台呵又為僧。（楊景云）哦，你原來是楊五郎。你兄弟還有那個在麼？（正末唱）有楊六使在三關上。（楊景云）你可認的他哩？（正末云）他是我的兄弟，怎不認的。（唱）和俺一爺娘親弟兄。（楊景云）哥哥，你今日怎就不認得我楊景也。（正末做認科）（唱）休驚，這會合真僥幸。（云）

兄弟聞的你鎮守瓦橋關上，怎到得這裡？（楊景云）哥哥，您兄弟到幽州昊天寺，取俺父親的骨殖來了也。（正末做悲科）（唱）傷也麼情，枉把這幽魂陷虜城。

　　（淨扮韓延壽上），詩云：「我做將軍快敵鬥，不吃乾糧則吃肉，你道是敢戰官軍沙塞子，怎知我是畏刀避箭韓延壽。某韓延壽是也。頗奈楊六兒無禮，將他令公骨殖偷盜去了。我領著番兵，連夜追趕。原來楊六兒將著骨殖，前面先去，留下孟良在後當住。我如今別著大兵，與孟良廝殺，自己挑選了這五千精兵，抄上前來。明明望見楊六兒走到五台山下，怎麼就不見了？一定躲在這寺裡。大小番兵，圍了這寺者。兀那寺裡和尚，快獻出楊六兒來，若不獻出來，休想滿寺和尚一個得活。」（做吶喊打門科）楊景云：「哥哥，兀的不是番兵來了也？」正末云：「兄弟不要慌，我出去與他打話。我開了這山門。」（做見科）韓延壽云：「兀那和尚，您這寺裡有楊六兒麼？獻將出來便罷，若不獻出來呵，將你滿寺和尚的頭，都似西瓜切將下來，一個也不留還你。」正末云：「兀那將軍，果然有個楊六兒，被我先拿住了，綁縛在這寺裡。俺出家的人，是慈悲為本，方便為門，休把這許多槍刀，嚇殺了俺老師父。您去了兵器，下了馬，我拿楊六兒與你去請功受賞，好不自在哩。」韓延壽云：「我依著你，就去了這刀槍，脫了這鎧甲，我下了這馬。和尚，楊六兒在那裡？快獻出來。」正末云：「將軍，你忙怎的，且跟將我入這山門來。且關上這門。」韓延壽云：「你為甚麼關上門？」正末云：「我是小心的，還怕走了楊六兒。」韓延壽云：「楊六兒走不出，我也走不去。關的是，關的是。」（正末做打淨科，云：「量你這廝走到那裡去？」韓延壽云：「呀！這和尚不老實，你只好關門殺屁棋，怎麼也要打我？」（正末唱）

　　【川撥棹】這廝待放檬掙，早撥起咱無明火不鄧鄧。損壞眾生。撲殺蒼蠅，誰待要鵲巢灌頂？來來來！俺與你打幾合，鬥輸贏。

　　（韓延壽云）這和尚倒來撒的。那山門又關了，我可往那裡出去。（正末唱）

　　【七弟兄】把這廝帶輕。可搭的撢定，先摔你個滿天星。休怪俺出家人沒的這慈悲性。怒轟轟惡向膽邊生，兀良，只要你償還那令公爹爹命。

　　（正末做跌打科云）打死這廝才雪的我恨也。（唱）

　　【梅花酒】呀！打的他就地挺。誰著你惱了天丁。也不用天兵，就待劈碎你這天靈，磕擦的怪眼睛，搊雙拳打不停，颼颼的雨點傾，直打的應心疼。

非是咱不修行，見仇人分外明。若不打死您潑殘生，這冤恨幾時平。（韓延壽云）好打！好打！你且說個名姓與我知道，敢這等無禮。（正末唱）哎，你個韓延壽早噤聲，還問甚姓和名。（正末做拿韓延壽科）（唱）

【喜江南】呀，則我這殺人和尚滅門僧，便鐵金剛也勸不的肯容情。俺兄弟正六郎楊景鎮邊庭。（帶云）韓延壽！（唱）也不則你兵臨在頸，再休想五千人放半個得回營來。

云：「兄弟，我打死番將韓延壽也。」楊景云：「哥哥將韓延壽梟下首級，剜出心肝，在父親骨殖前先祭獻了。就在這五台山寺裏，作七晝夜好事，超度俺父親和兄弟，早升天界也。」外扮寇萊公冲上，云：「老夫寇萊公寇準是也，奉聖人的命，並八大王令旨，直至瓦橋關，迎娶已故護國大將軍楊繼業並楊延嗣的骨殖，歸葬祖塋。有孟良殺退番兵，報說楊景還在五臺山上興國寺，做七晝夜的大道場，超度亡魂。老夫就帶著孟良，不辭星夜來。可早到五台山也。」做見科，云：「兀那楊景，老夫奉聖人的命，特來到此，問你取的楊令公並七郎骨殖安在」楊景云：「大人，我父親並七郎骨殖都有了，現在此處追薦哩。」寇萊公云：「既然有了，楊景同楊朗望闕跪者，聽聖人的命。」詞云：「大宋朝纂承鴻業，選良將鎮守邊疆，楊令公功勞最大，父與子保駕勤王。潘仁美賊臣奸計，陷忠良不得還鄉。李陵碑汝父撞死，連七郎並命身亡。百箭會幽魂託夢，盜骨殖多虧孟良。楊延景全忠全孝，捨性命苦戰沙場，遣敕使遠來迎接，賜黃金高築墳堂。還蓋廟千秋祭享，保山河萬代隆昌。」（眾謝恩科）

二、明雜劇《八大王開詔救孤忠》第三折

【潘太師同淨賀懷簡劉君期領卒子上】【潘太師云】朝中惟我為班首。勢力專權敢殺人。某乃潘太師是也。今有楊令公父子三人。果然中某之計。攢箭射死楊七郎。某聽知令公那老匹夫。撞李陵碑身亡。止有楊景那小賊。打出陣來。說他往東京告某去了。某著人各處挨拏。如若拏住。翦草除根，萌芽不發。纔稱了俺平生之願。小校轅門首看者。但有軍情事。報復某知道。【卒子云】理會的。【党彥進上】【云】輔國安邦作棟梁。臨敵驍勇鎮邊疆。官居太尉身榮顯。耿耿丹心報聖皇。某乃党彥進是也。祖居朔州馬邑縣人氏。幼而給事魏帥杜重威。愛某恭謹。及壯驍勇絕人。不識文字。從太祖征伐四方。居常恂恂如也。每攝甲冑。毛髮皆豎。同李繼勳征北漢。某親領數騎。奮身而

進。累建奇功。四方皆稱驍將也。封某為太尉之職。因為賀懷簡劉君期隨潘仁美為副帥。頗奈三人無禮。在邊庭上謀害了楊家父子。有楊景打出陣來。到東京告了御狀。今奉八大王令旨。奏過聖人。著某親上邊庭。擒拏此三人。回朝問罪施行。某想潘仁美在邊庭上。威權太重。誠恐激變了此事。某到那裡。自有箇主意。可早來到也。小校報復去。道有党彥進下馬也。【卒子云】理會的。【報科】【云】喏。報的元帥得知。有党彥進下馬也。【潘太師云】党彥進。他進是當朝的太尉。來這邊庭上有何事。【賀懷簡云】元帥。他乃達達人。最老實。我和你問他楊景告狀一事。他必然說也。【潘太師云】言者當也。道有請。【卒子云】理會的。有請。【党彥進見科】【云】呀呀呀。太師。二位將軍征進勞神也。【潘太師云】不敢不敢。此乃職分之所當為。敢問太尉因何到此也。【太尉云】元帥。因為你征伐遼寇。那三軍苦勞。奉聖人的命。著小官特來賞軍。【劉君期云】既然這等。擺上果卓來。與太尉接風者。【潘太師云】將酒來。太尉滿飲此杯。【賀懷簡云】敢問太尉。你離朝之日。有楊景告狀一事。可知道麼。【太尉云】我不知道。【劉君期云】你這老兒。又兜搭了。你若說了呵。我買歡喜團兒請你。【太尉云】有有有。楊景告太師。下河東征劉薛王。楊令公射了太師一箭。有此舊仇。你著他父子黑道行兵。困在虎口交牙峪。裏無糧草。外無救軍。楊七郎打出陣來。問你求救。被您三人攢箭射死楊七郎。這事有麼。【潘太師云】太尉。並無此事也。【太尉云】這箇也不打緊。他又告你勾結遼兵。將元帥牌印獻與了韓延壽也。【潘太師云】你說這箇。小四夫無禮。我為國家大臣。豈肯投降外國。他捏出這一段虛情來。【太尉云】太師。你元帥印端的有也無。【賀懷簡云】元帥。請出牌印來。著太尉看。【潘太師云】小校請出牌印來者。【卒子云】理會的。【捧牌印上科】【太尉云】將來我看。太師。這箇是甚麼東西。【潘太師云】則這箇便是牌印也。【太尉云】則這箇便是牌印。楊景也。便好道一莊實。百莊實。一莊虛。百莊虛。你做的箇詐不以實。有誑君之罪麼。休道這牌印不曾與了韓延壽。便與了呵。不打甚麼緊。【潘太師云】這箇人真乃是達達人。不曉的掌印生殺。由某之意。太尉。你豈不知軍隨印轉。藥隨引轉。【太尉云】太師。怎生喚做軍隨印轉。藥隨引轉。【潘太師云】為元帥的。但凡行軍。須憑牌印。有此印。方可調軍。【太尉云】哦。太師有這印。便調的軍馬。無這印。調不動軍馬。我也不信。若是小人掛著這印。可也調的動這人馬麼。【劉君期云】可知哩。你不移時。你就掛了印。休說軍馬。就是我在下老劉。也隨你調。【太尉云】兀那大小三

軍。七重圍子。能征猛將。慣戰英雄。某今掛印為帥。聽吾將令。違令者處斬。與我吶喊三聲者。【卒子云】得令。【眾做吶喊科】【太尉云】刀斧手。與將潘仁美賀懷簡劉君期拏下者。【卒子云】理會的。【做拏下三人科】【潘太師云】太尉你為何拏我。【太尉云】兀那老匹夫。某非是送賞。奉聖人的命。為你在邊庭上。陷害忠臣良將。有誤國欺天之罪。楊景在京師。告下御狀。爭奈你箇老匹夫軍權太重。某奉聖人的命。智賺元戎牌印。擒拏你三箇逆賊來。【潘太師云】某中了他的計策也。【太尉云】軍校將此三人繩纏索綁。囚入檻車內。回東京見聖人去來。聖德巍巍海宇清。股肱良將輔皇明。今日箇施謀智賺元戎印。去來親押三人赴帝京。【党太尉同卒子拏三人下】【長老上云】參禮金容一炷香。誦經功業兩三行。禪林老衲慚無補。特把丹心奉上蒼。貧僧皈依寺住持長老雪冤是也。因貧僧戒行精嚴。深通佛教。十方施主。無不瞻仰。近日有太師潘仁美。同二國舅賀懷簡劉君期。被党太尉就邊庭賺了牌印。拏來寺中。軟監在此。等旨發落。貧僧在此等候。看有甚麼人來。【潘太師同賀懷簡劉君期上】【潘太師云】事要前思。免勞後悔。某乃潘太師是也。自從害了楊公父子二人。不想楊景直至東京告狀。差党太尉前來。賺了我的牌印。將我三人。收在這太原府皈依寺。又不知聖人如何下斷。【賀懷簡云】聞說楊景告了御狀。可怎生不見勘問推官。軟監在此。何日是了也。【劉君期云】你說話不如放屁。倒要推問。假若問出攢箭射死楊七郎又不發救軍情由呵。可不弄了老性命。且由他軟監在此。終日喫酒耍子兒罷。【潘太師云】兀那長老。你三門首望者。但有過往的官員。若知某在此。定有相探的。若有來的呵。報復我知道。【長老云】理會的。【正末扮寇萊公上】【云】老夫姓寇名準字平仲。官封萊公之職。今奉聖人的命。八大王令旨。為因潘仁美賀懷簡劉君期。在邊庭上損害忠良。著楊家父子黑道日行兵。攢箭射死楊七郎。逼老令公撞李陵碑身死。不發救兵。端坐中軍。終日飲酒。不理軍情。被党彥進智賺了他牌印。拏在皈依寺軟監著。奉聖人的命。著老夫勘問去。我今不做勘官打扮。則說老夫失儀落簡。貶去太原做知府。徑去望他三人。他必然酒筵相待。說話中問。務要賺出他真情來。那其間老夫自有箇主意也。【唱】

　　【商調集賢賓】我奉皇宣做推官離帝主。我可便無曉夜踐程塗。堪恨那害忠良狠毒的這潘仁美。送了許多保皇家英勇的征夫。他每都喜孜孜設酒排筵。笑吟吟定計鋪謀。他將那楊七郎坐間一命殂。端的是意狠心毒。好教我怒氣衝牛斗。不由我哀痛淚如珠。

【逍遙樂】論這廝其情難恕。陷的他父子身亡。他可便噢冤負屈。好教人便感歎長吁。不由人氣夯胸脯。論這廝損減忠良當滅族。我教他便自寫招狀。則那他罪同山岳。性狠如狼。心毒如虎。

【云】可早來到也。【做見長老科】兀那和尚。你識的我麼。【長老云】貧僧不認的大人。【正末云】則我便是寇萊公。【長老云】貧僧有失迎逆。望丞相寬恕者。【正末云】不必施禮。兀那和尚。我說與你。我非私來。奉聖人命。著我來體勘潘仁美三人之事。他見我之時。定有酒筵相待。你便回方丈裏。可將紙墨筆硯伺候著。等我酒席間問他一句。他回我一句。你便依他的言語。寫的明白著。不許差了。你若泄漏了此事。決無輕恕。【長老云】貧僧謹領鈞旨。【正末云】你報復去。道有寇萊公相。【長老云】理會的。【報科】【云】太師。有寇萊公相望。【潘太師云】道有請。【長老云】理會。有請。【正末做見科】【潘太師云】老丞相有失迎接。勿罪也。【正末云】老夫不敢。【賀懷簡云】老丞相何往。【正末云】大人不知。因老夫失儀落簡。大聖人怒。今貶在這太原府做知府。經過此處。聞知太師。同二位大人在此。故來相訪也。【做跪科】【云】太師。老夫敢煩三位大人。若到朝中。見了聖人。怎生保奏提拔老夫一言。老夫當以結之報。決不忘大恩也。【潘太師云】老丞相你放心。我到朝中。見了聖人。若無事呵。我在聖人前說過。取你回朝。還著你做萊國公之職【正末云】多謝了太師。【潘太師云】左右檯上那果卓來。我與老丞相飲取三盃。有何不可。【劉君期云】我說寇老官兒。就是你失儀落簡。也將就些罷。直貶做知府。如同我三人。將楊七郎攢箭射死了。也是俺手段來。不發救兵。老楊撞碑身死。休說死了一箇。便死了十箇。打甚麼不緊。把我三人拏將來。監在此寺中。我當初到是好心不忌他。正是好心不得好報也。【正末唱】

【金菊香】太師你驅兵領統軍卒。老夫我落簡失儀禮法踈。今日箇受貶遭危真負屈。太師你仔細躊躇。今日箇太平不用你箇老征夫。

【潘太師云】老丞相說的是。想當日下河東之時。某受盡千辛萬苦。今日太平已定。他則認的楊令公。豈用老夫也。【正末云】兀那和尚。俺這裡說話。你回方丈中歇息去。【長老云】理會的。【下】【潘太師云】老丞相。我有一句話問你。自從黨彥進。將俺三人。拏到此寺中數日光景。未審聖意若何。【正末云】太師。你乃柱國之臣。又有二位大人。不足憂慮。我想楊家父子。委的無禮太師所行之事不差。我若在於朝中。與太師同謀。奏准聖人。將楊家父子翦草除根。萌芽不發。爭奈我遭貶無計可施。三位大人在上。喒原是

一殿之上。幸得到此處。就是一家一計之人。有話不要相瞞。他說你在前請
駕入幽州一事。您怎生主意來。【太師云】老丞相。要是第二箇人呵。我也不
說與他。委的是我故意兒請駕入幽州。暗算楊家父子。不想果然番兵圍了城。
楊令公不免捨其四子。纏救的主人回東京。委的是我來。【正末云】他又說你。
著他父子三人黑道日行兵。此事虛實。【潘太師云】老丞相你不知。前者因為
韓延壽圍了代州。聖人著我為帥。著他父子每為先鋒。不想我領兵先到代州。
與番兵交戰。他父子每來遲。我本待要殺壞。被呼延贊勸了。因此上不曾殺
壞他。肯分的那一日是黑道日。我就著他出軍去。委實的也是我著他黑道日
行兵來。【正末云】又說你將楊七郎攢箭射死。你可曾射他來不曾。【潘太師
云】他父子三人。領人馬與番兵交戰。不想被土金宿將他父子困在兩狼山虎
口交牙峪。有楊七郎打出陣來。問某請救軍去。被某不發救軍。他將我毀罵。
因此上將那小賊拏住。綁在花標樹上。射死他來。【劉君期云】是我同賀兄助
箭來。則說著他耍子哩。不想真箇射死了。雖然是我射他。可是射箭的不是
了。如今你倒成了功也。【正末云】又說你不發救軍。楊令公撞李陵碑身死。
端的這幾莊事。委的是實麼。【潘太師云】請駕入幽州。折了他弟兄四人。黑
道日行兵。射死楊七郎。不發救兵。逼令公撞李陵碑身死。都是我來。件件是
實。並不虛捏。老丞相。若是第二箇人。我也不備細的說與他。【劉君期云】
寇老官兒。我元帥狗也似箇直人。在下老劉也不虛。若有一些兒不實。我就
是驚養的。【正末云】此事一莊莊都是實。【劉君期云】你這箇老兒。我恰纔賭
了這等大誓。若有虛情。我再賭一箇大大的。我就是癩頭黿養的。【正末怒科】
【云】兀那老匹夫。我非私來。奉命著我體問這一件事。你三人招詞已定了。
跟的我回朝。見聖人去來。【劉君期云】好說好說。我跟你回朝去。弄了老性
命不是耍。我則不去。【潘太師云】這箇。老丞相。我恰纔鬥你耍來。你怎生
說我招詞都已定了。跟你回朝去。自古道官憑文書私憑約。就是我謀害了楊
家父子。有何招狀。片紙隻字皆無如何著我招認。【正末云】你的招詞。明明
白白的。你還不認。推甚麼。【潘太師云】我在那裡供狀來。【正末云】你的招
詞在這裡也。兀那和尚。拏他三人的招狀來。【長老云】有有有。招狀在此。
【潘太師云】兀那和尚。我有甚麼招狀。【正末云】兀那和尚。你讀與與他聽。
【長老云】供狀人潘仁美賀懷簡劉君期。各年甲不等。請駕入幽州。折了四
將。也是我來。我著楊令公父子三人。黑道日行兵。也是我來。攢箭射死楊七
郎。也是我來。不發救兵。也是我來。逼楊令公撞李陵碑身死。也是我來。件

件是實。並無虛捏。所供是實。淳化五年十二月日。【劉君期云】好也。這和
尚可也能哉。他一句句寫的明明白白的。早是我老劉不曾說甚麼欺心的事。
太師。你一定替楊家父子償命去也。我還要看你出殯哩。【正末云】左右將這
三箇匹夫。拏回東京去。謹謹密密牢固者。【唱】

【梧葉兒】你明明的供了招狀。我暗的細記取。一件件豈為虛。他父子
遭著毒害。全家兒受著困苦。你尚兀自強支吾。你可便趁早兒償他命去。

【潘太師云】老丞相。我纔說耍子來。便好道拏賊見贓。廝打見傷。休
道我不曾射死楊七郎。便是我射死他呵。這七郎屍首在於何處。打箭的人在
那裡。誰是證見。【正末云】中間裡怎生得箇證見來。可也好也。【陳林柴敢沖
上】【云】喏。俺二人是證見。【潘太師云】可怎麼了也。【正末云】哦。既然
你是證見。你說你那事因。【陳林云】丞相且息雷霆之怒。暫罷虎狼之威。俺
兩箇一箇是陳林。一箇是柴敢。那一日潘太師與賀懷簡劉君期正飲酒中間。
不想七郎將軍。來問太師索取救軍。太師不與救軍。七郎言道。俺父親見在
兩狼山虎口交牙峪受困遭危。你在這裡喜孜孜簪花飲酒。可正是幾處笙歌幾
處愁。潘太師聽言道罷心生惱怒。將七郎拏住。綁在花標樹上。要攢箭射死
七郎。有賀懷簡劉君期助箭。射了一百單三箭。七十二箇透腔。射死了七郎。
就著俺兩箇丟在河內。不往下流。返往上流。俺將那屍首埋在那第七棵柳樹
下。我說兀的做甚。告丞相呼人做主。俺兩箇從頭細數。見放著俺兩箇證見。
這楊七郎委實的含冤負屈。【正末云】是實麼。【陳林云】並無虛詞。【劉君期
云】哎約。俺可死也。【正末云】你今真贓實犯。有何理說。【潘太師云】老丞
相可憐見。看我與你舊交之情。寬恕者。【正末唱】

【醋葫蘆】則因你奸讒佞倖忒心毒。你謀害忠良。欺著聖主。今日箇犯
法違條休怨語。

【劉君期云】老丞相。我們這一去敢朝廷見怪麼。【正末唱】你少不的正
罪遭誅。今日箇臨危試問你何如。【賀懷簡云】老丞相。我此一去。未知聖意
如何也。【劉君期云】不妨事。到的東京。一定丟了這顆顱頭也。砍便砍了頭
罷。則把身子放在露天地裏。【賀懷簡云】為何。【劉君期云】等到六月裏大雨
施行時。還長出來。那其間又做好漢。【賀懷簡云】也長不出來。【正末云】兀
那從人。把這三箇匹夫。拏向東京。明正典刑。與楊家父子償命去來。【唱】

【浪來裏煞】當日箇中軍帳拏住逆賊。今日在皈依寺問出虛實。你將那
忠臣良將故贓謀。想著你按兵不舉心更毒。

【劉君期云】老丞相。你怎麼將就些。指與我簡活路罷。則這遭再不幹這等事了。【正末唱】便休想別尋箇生路。你少不的到東京血染錦征服。【同下】

三、《昭代簫韶》第六本卷第十七齣《絕歸途孟良縱火》至第十九齣《奮雄威救夫闖帳》

中呂宮正曲【耍孩兒】意亂忙忙心焦躁。韻父命軍情急，句被他行再四纏繞。韻白：「還我馬匹器械，放我去。」丫鬟白：「不知藏在哪裡了？」楊宗保白：「不還，我要動手了呀！」唱騰騰，句按不住，讀髮指衝冠惱。韻打教你，讀桃李隨風落。韻合掃殘雲如消耗。韻作拔劍追科，丫鬟喊科，白：「姑娘老太太快來。」旦扮木桂英戴七星額、鸚哥毛尾雉翎、紮靠、襲氅，丑扮甯氏、戴大牛心髮髻狐尾雉翎、紮羅鍋切末、穿氅，從上場門急上作勸科，仝白：「不要如此。」甯氏白：「姑爺為何如此動怒？」楊宗保白：「親事應承，怎麼不放下我山。」木桂英白：「消停一兩日送你下山。」楊宗保白：「再消停兩日，期限早悞了，快還我馬匹器械，俺要去了。」甯氏白：「放不得，一去就不來了。」楊宗保白：「胡說，快放我下山。」頭目從上場門急上白：「大王、大王。」甯氏白：「怎麼說？」頭目白：「不知那裡來了一個紅臉的，一個黑臉的，把寨後奇樹砍去了？」甯氏白：「有這等大膽狂徒！妳們且看守寨門。」頭目應科仍從未上場門下木桂英白：「待我擒來。」楊宗保白：「紅臉，黑臉，只怕是孟良焦贊來尋我的。」

中呂宮正曲【會河陽】名動諸山，讀法振羣豪。韻有誰虎膽惹吾曹。韻仝從下場門下，焦贊作荷降龍木引孟良從上場門仝唱勤勞。韻伐木丁丁，讀學做採樵。韻得奇樹添歡笑韻，合他言，句取奇木知宗保。韻虛言，句，得奇木無宗保。韻木桂英從上場門追上白：「二賊休走，看鎗！」作戰科孟良焦贊白：「慢來，慢來，好利害鎗法，你這女子，不問青紅皂白就是一路鎗法，這是這麼說。」木桂英白：「好大膽狂賊，擅敢闖山伐木，欺俺太甚，看鎗，作合戰科，焦贊白：「不好溜了罷！」丫鬟從上場門作追趕焦贊從下場門下，孟良木桂英挑戰科，孟良從下場門敗下，木桂英追下，丫鬟追焦贊從上場門上，焦贊白：「你們也來追趕俺手中鋼鞭利害，還不回去，看鞭。作合戰科。丫鬟仍從上場門敗下，焦贊白：「看那女子，十分驍勇，恐其搶了此木回去，枉費辛勤，俺今迎著五禪師，先將此木交與他，同來除此山賊便了，從下場門下。

孟良從上場門跑上，白：「好利害，好利害，這女子手段忒很，俺倒不是他的對手，焦兄弟也不來幫俺，這卻如何是好？」作想科，白：「有了！他若再來，只得下個狠手除他便了。」作解葫蘆科，木桂英丫鬟上場門追上，木桂英白：「休走，俺來擒你。」孟良做舉葫蘆咒科，白：「詛！」作放火彩，木桂英作指葫蘆咒科白：「詛！」作回燒科，孟良作驚慌拋棄葫蘆跑科，白：「不好了，不好了。」從下場門跑下，丫鬟作拾葫蘆科，白：「這廝拋下葫蘆走了。」木桂英白：「隨俺趕上擒來。」丫鬟應科從下場門下，孟良從上場門急上白：「好利害！好利害！」俺放葫蘆內神火去燒他，誰知他有回火返燒之術，把俺鬍鬚也燒了，眉毛也燒了，一陣手忙腳亂，把個葫蘆也撇在地下，被他拏去了。」丫鬟引木桂英從上場門追上白：「那裏走」孟良白：「又來了。」木桂英白：「你今還有甚邪術？」孟良白：「我還會加鞭跑哩！」唱

　　楊宗保從上場門急上白：「急壞我也，要走不能走，方纔說山下那兩人，一定是焦孟二公，要去看看也不放。」寗氏從上場門上白：「好野姑爺，又想要溜。」楊宗保白：「我要幫著姑娘，拏那兩個人嘎」寗氏白：「不必，老老實實的等著罷。」丫鬟押孟良隨木桂英從上場門上，木桂英白：「仙傳真妙法，擒將有何難。」作進門見科白：「嬸母，那兩各狂賊，擒得一個在此。」寗氏白：「綁過來。」木桂英白：「綁過來。」丫鬟應作押孟良進門，楊宗保作見驚異科白：「這是我孟叔叔。」孟良白：「姪兒在此。」楊宗保白：「快些放了。」寗氏白：「是姑爺的新親到了，快放了，快放了。」丫鬟應作放綁科，寗氏白：「過來，會會親。」孟良白：「住了，公子，你怎得到此，與他們是什麼親？」楊宗保白：「一言難盡，我原不要來的。」指木桂英科白：「是這位霸道姑娘，搶我上山來，強要招親。」木桂英作羞愧科，孟良白：「姪兒，你只顧在此招親，不怕惧曉你爹爹的限期，你起身後，寇丞相就知你中途有阻，所以命焦叔叔與我急急追趕，直趕到你五伯父廟中說你不曾去。」楊宗保白：「五伯父可會請下？」孟良白：「請下了。」楊宗保白：「請下了，這便還好。」雜扮頭陀兵各戴頭陀髮、紮金箍、穿緞劉唐衣、紮春布、僧衣繫絲縧持齊眉棍、生扮楊春，戴僧綱帽、穿採蓮襖、紮綢僧衣、紅袈裟、持棍隨焦贊降龍木，追頭目從上場門跑上進門科，白：「大王，不好了那黑臉的，帶了無數的和尚，打進來了，焦贊、楊春白：「打進去。」頭陀兵、焦贊、楊春、作打進科，楊宗保、孟良作攔科，白：「住了，住了，不用打，一團親在此。」焦贊白：「姪兒，這是你五伯父，見了。」楊宗保作拜見科，白：「伯父在上，小姪宗保拜見。」

楊春白：「起來，姪兒，軍情緊急，你今限期已悞，怎還在此耽擱？」楊宗保白：「小姪也是這等說，他們不信，執意不肯放我下山。」作指木桂英恨科，白：「這違悞限期，都是你害我的。」唱

……

中呂宮正曲【縷縷金】前生債，句業冤遭。韻累咱軍限悞，句罪難逃。韻楊春白不必埋怨了，這也是前生夙債，你如今即刻打點起身去罷。」楊宗保白：「快放我家將，還我馬匹器械，俺去也。」孟良白：「我的葫蘆雙斧，也還了我。」木桂英白：「丫鬟，去放了眾家將們，還了他們馬匹器械，眾丫鬟應科從兩場門下，竇氏白：「站住，你們去使得，我姪女可不去。」楊宗保白：「理應同去立功。」竇氏白：「那可不能。」木桂英白：「我不去，要在此侍奉嬸母。」楊春孟良焦贊白：「說那裡話來，既許楊門，即是楊門之人，為你，累及宗保違限，你去軍營破陣立功，好替你夫婿贖罪，怎麼說不去。」竇氏白：「姪女，你不要聽他們調唆，去不得。」木桂英白：「姪女怎忍拋撇嬸母前去？」頭目白：「姑娘不好了，這很賊舉火把山寨焚燒，大王被害了。」木桂英作驚慌白：「有這等事，隨我去看。」丫鬟頭目應科，隨木桂英從上場門下，楊春笑科，楊宗保、焦贊白：「這火是誰放的？」楊春白：「這是貧僧與孟良設下調虎離山之計，焚了賊巢，絕其歸路，要使木桂英，同往軍前破陣。」焦贊白：「你出家人的心腸，更比我俗家人還很百倍哩。」全笑科，楊春白：「我們且在那邊等木桂英，來勸他同往便了。」全從下場門下，頭目、丫鬟引木桂英從上場門急上，頭目白：「姑娘，這裡來，你看火焰還未熄哩！」木桂英作下馬向下跪叫哭科，白：「嬸母、哥哥，是桂英害了你們了」

中呂宮正曲【紅繡鞋】見見見漫山煙霧沖霄。韻沖霄格，驚人烈焰光昭。韻光昭格，作哭科，頭目白：「且不要哭，擎住紅臉漢，報讐要緊。」木桂英白：「隨俺趕上，擒拏報讐，眾應丫鬟作帶鎗馬。」木桂英作提鎗上馬眾引遶場科，木桂英唱苦嬸母，句身被燒。韻歎兄長，句禍冤遭。韻合思想起，句恨恢恢。韻木桂英向下喚科白：「很心賊，快來受死。」頭陀兵家將隨楊春、楊宗保、焦贊、孟良從下場門上，楊春、孟良白：「你要回去，怎麼又來了？」木桂英作忿恨指孟良科白：「很心賊，與你何讐，下此毒手，看鎗。」楊春止科白：「住了，你既許做楊門媳婦，理應。棄邪歸正，報效朝廷，還要隨你嬸母做強盜害民怎的？」楊宗保白：「是呀，我等既為朝廷官將，理應替朝廷肅靜地方，勦滅山寇，與民除害，你若棄邪歸正，是我妻子，若言報讐，做冷笑

科，」木桂英白：「不與你相干，閃開看鎗。」楊春作架住回顧科白：「眾人不許上前，待俺降他。」（第六卷第十七齣）

……

雜扮軍士戴馬夫巾，穿蟒、箭袖、卒褂，引外扮寇準戴相貂，穿蟒，束帶，帶印緩捧旨意，生扮德昭戴素王帽，穿蟒，束玉帶從上場門上

白：「聖旨到來，跪聽宣讀」，楊景余氏等作俯伏科，寇準白：「信賞必罰，法不顧親，楊景實乃忠正帥臣，朕心嘉悅。今據悟覺禪師奏明，木桂英因桂英與楊宗保有夙世姻緣，特奏聖母慈諭，於亂石山中，招贅宗保，協助平遼，因斯奇遇，故誤限期，此實天訂良緣，特赦宗保無罪。又據禪師所稱，親試桂英仙法高強，武藝精練，破陣得人，亦聖母慈悲暗佑我軍也就將木桂英賜與宗保為配，留在軍前立功，平遼奏凱後，再賜歸第成親。」謝恩，楊景余氏等作叩首謝恩起，科岳勝接旨意向下置科，德昭白：「元帥如今奏有恩旨，是沒得說了。」笑科，楊景白：「聖上天恩寬宥，便宜他們。」（第六卷第十九齣《奮雄威救夫闖帳》）

四、《昭代簫韶》第七本卷上第十齣《夢寐醋帳空失刀》

丙打二更旦扮耶律瓊娥戴旦扮耶律瓊娥戴七星額、鸚哥毛尾，穿緊身，繫腰裙

從上場門上唱

黃鐘調合套【醉花陰】一步挪來三思省。韻順夫君逆親短行。韻偏奴是遼國女嫁了宋家卿。韻這其間忠孝難評。韻想到此眉黛鎖寸哀哽。韻白：「想俺國稱兵幾載實係逆天抗宋，我今順夫，即為順天也。」唱俺只得嫁雞逐雞鳴。韻這的是順天心從夫命。韻從下場門下小生扮楊順戴盔狐尾穿氅，持燈籠從上場門上唱。

黃鐘宮合套【畫眉序】手足義關情。韻幾載睽違慕思省。韻作四顧科，白：「俺乃楊八郎，自那年在勾注山被擒，改名王英假意投降，指望後圖內應誰料送我到臨潢府，將青蓮郡主招贅，羈身難脫，今喜召我二人軍營聽調，今日在筵席上見我四哥哥，彼此顧目，不敢接談，今日夜半，郡主已歸後帳。為此悄地往西營，探望我哥哥，不免快些前去。」耶律青蓮內白：「郡馬那裏去？楊順恨科白：「惹厭偏偏又被他知道了。」旦扮耶律青蓮戴七星額、鸚哥毛尾、雉翎、穿氅，從上場門上白：「郡馬，半夜三更，獨自往那裏去？」楊

順白：「我到西營探親。」耶律青蓮白：「西營，有你什麼親？」楊順白：「那西營的木郡馬……」耶律青蓮白：「是你什麼親？」楊順白：「是我連襟，是你姐夫，可是該看的。唱探西營親戚讀，你暫待東營。韻白：「請回罷。」耶律青蓮白：「我正要去看姐姐，和你同去走遭，楊順白：「你去，我不去了。」耶律青蓮白：「為何？」楊順白：「早不去，遲不去，恰恰我去，你也去，害羞，不去了。」耶律青蓮白怕什麼，快走作扯楊順走科，唱好連袂同視連襟，句楊順白：「要去，你自己去。」耶律青蓮，唱走不慣生疏營徑。韻楊順白：「放手！放手！」雜扮一遼將戴盔、襯狐尾雉翎，穿打仗甲，捧九環金刀，從上場門急上，白：「親奉嚴嚴令，吾當緊緊行，什麼人？」耶律青蓮作鬆手科白：「是我們。」遼將白：「原來是郡主，郡馬，恕小將失於迴避。」耶律青蓮白：「手持兵器，忙碌碌，那裡去？」遼將白：「這就是楊宗保的九環神鋒。」楊順白：「取來我看，作接刀細看科，白：「好寶刀，我且問你，這是楊宗保所用之刀，緣何得到此處？」遼將白：「嚴軍師攝來，獻與娘娘，又恐宋將前來盜取，命小將交與副元帥師蓋，明白五更，送到臨潢府，為鎮國之寶。楊順白：「原來如此，就交與我罷！」遼將作奪刀科，白：「沒有娘娘旨意，小將不敢自專，小將告辭，從下場門下。楊順白好神鋒，好神鋒，耶律青蓮白：「郡馬見了神鋒，甚有羨慕之意。」楊順白：「為大將者誰不愛此寶刀？」耶律青蓮白：「也說的是，走罷！」

唱合急趨親探舒情分，句敘別後幾年淒景。韻耶律青蓮從下場門下楊順白：「不想先父寶刀，落於他們之手，少間與哥哥商議。」耶律青蓮白：「郡馬！」楊順白：「來了，商議奪取。」從下場門下耶律娥從上場門上唱

黃鐘調合套【喜遷鶯】走不了西營途徑。韻走不了西營途徑疊急煎煎盼母中營。韻心也波怦。韻俺這裡滿胸急拯。韻況有個將軍立等行。韻盼穿了夫婿睛。韻耶律青蓮從上場門悄上作竊聽科，楊順持燈籠追上耶律青蓮，急轉身吹滅燈科。楊順白：「是那個？」耶律青蓮急掩口附耳科，耶律瓊娥白：「我今到母親營中，盜取金刀，一來救姪兒宗保，二來可免四郎憂慮，唱天從人得金刀除災救眚。韻我只得闖入娘營。韻我只得闖入娘營，疊耶律青蓮做佯嗽科，耶律瓊娥作驚急回身科，白：「那個呀！」耶律青蓮白：「好呀！」楊順白：「果然好耶！」律青蓮白：「你要闖入母親營中盜取金刀？」耶律瓊娥作驚科，楊順急掩口科白禁聲，耶律瓊娥白：「妹子，敢是你聽錯了，我去看守金刀，恐人盜去。」楊順白：「不差，是這樣說的。」耶律青蓮作唾面科

白：「與你何干？」楊順白：「竟有相干，是你聽錯了。」耶律青蓮白：「聽錯了，他要盜取金刀，救他姪兒楊宗保，又說什麼四郎，一定你與楊家暗裏勾通，欲謀我國，耶律瓊娥白：「俱是骨肉至親，怎麼這般血口噴人？」耶律青蓮白：「你與楊家是骨肉至親，所以背逆盜刀，同你去見母親。」耶律瓊娥白：「住了，難道你與楊家，不是骨肉至親？」親耶律青蓮冷笑科白：「可笑！我與楊家一些相干也沒有。」楊順白：「欠通，不成話了。」耶律瓊娥冷笑科，白：「好個沒相干。」耶律青蓮白：「其實沒相干，不像你丈夫是楊四郎。」耶律瓊娥白：「偏你丈夫不是楊八郎。」楊順白：「說破。」耶律青蓮作驚科白：「你是那個？」楊順白：「我呀，是你丈夫楊八郎楊順，就是在下。」耶律青蓮作驚呆科，耶律瓊娥白：「看你還嘴硬。」耶律青蓮白：「噫！好很心的，瞞的我好，隨我回營，細細說與我知道。」作扯楊順從上場門下耶律瓊娥白：「若非我道破八郎之事，這妮子必要見我母親，如今不怕他了，快往中營，盜刀要緊。」楊順從上場門急上白：「郡主慢行，我有話告訴你。」耶律瓊娥轉科白：「快講。」楊順白：「蒙郡主救我姪兒，感激不盡，只是金刀，娘娘已差人，送到師蓋營中，不在娘娘處了，快往師蓋營中去吧。」耶律瓊娥白：「知道了。」楊順白：「轉來，我先回營，說明此事，還來助你，我去也。」仍從上場門下耶律瓊娥白：「若不虧他送信，難免徒勞往返，內打三更科，耶律瓊娥白：「你聽三鼓了，我今急急到師蓋營中去者，作急走絆跌叫苦起科，從下場門下場，上設牀帳前設刀架，左側設書桌置燈，右側設桌椅，雜扮遼將各戴盔襯狐尾、雉翎，穿打仗甲，引淨扮師蓋戴外國帽、狐尾、雉翎，紮靠，持九環金刀，從上場門上師蓋唱

　　……煞尾展俺雄威金鎗秉。韻奉嚴宣怎讓逃生。韻重奪那，讀大神鋒功勛請。